LE SECRET DU MASQUE MAYA

Juan Martorell

LE SECRET DU MASQUE MAYA

Roman

Traduit de l'espagnol par Lyne Strouc

PRESSES DE LA CITÉ

Titre original : *La Máscara Maya*

ISBN 978-2-258-08646-3

A mes héroïnes (Héron Bleu est l'une d'elles)

1

Péninsule du Yucatán

– an 610 de notre ère –

Le jaguar avançait avec précaution. On ne percevait que le bruit étouffé de ses pattes prenant appui sur l'épais tapis de feuilles tandis que son corps élastique glissait entre les bouquets de fougères et les lianes qui s'étiraient de la cime des arbres jusqu'au sol. Il évitait ces obstacles sans effort, sans même les regarder, les oreilles dressées, aux aguets. C'était un animal splendide, un mâle dans la force de l'âge. Son corps mesurait plus de deux mètres et sa peau lustrée luisait d'un intense éclat sombre.

Alerté par l'odeur un peu âcre des hommes, il se tenait sur ses gardes : il les savait imprévisibles et avait flairé les effluves qu'ils dégageaient lorsqu'ils se sentaient en danger. L'animal en avait repéré deux, à une cinquantaine de mètres devant lui.

Il aurait été plus sage de rebrousser chemin et de s'éloigner, mais quelque chose poussait le jaguar à les suivre. Son ouïe fine lui permit de distinguer une autre présence humaine, un peu plus loin sur la gauche. Il ne perçut d'abord que faiblement le bruit des pas avant de discerner clairement le son de plusieurs voix.

Il marqua un temps d'arrêt, indécis, tenté de revenir sur ses pas et de se réfugier dans la forêt, mais une force impérieuse l'obligeait à poursuivre. Il coupa à travers bois pour se rapprocher des voix, laissant derrière lui les deux premiers humains, parvint à un sentier dont le sol avait été nettoyé et les broussailles taillées pour former une sorte de tunnel d'environ deux mètres de large. Le jaguar bondit lestement sur un arbre aux branches basses et s'y installa, dissimulé aux regards par un enchevêtrement de feuilles et de lianes. A trois mètres du sol, il pouvait observer sans être vu.

Il vit d'abord arriver presque à sa hauteur les deux hommes qu'il avait suivis. Ils se firent signe, puis allèrent se placer de part et d'autre du chemin. Ils se trouvaient si près de lui que l'animal devait garder une immobilité absolue. Un iguane, fuyant à leur arrivée, traversa le sentier et alla se perdre dans la végétation.

On entendait déjà distinctement les voix qui se rapprochaient. Le jaguar fixa un coude du chemin, à une soixantaine de mètres, évaluant le moment où le groupe ferait son apparition. Il crut d'abord qu'ils étaient deux, mais remarqua très vite que l'un d'eux portait une pièce de toile nouée dans le dos, dans laquelle voyageait un autre humain, beaucoup plus petit, qu'il identifia comme la progéniture du couple qui approchait.

Bien qu'ils fussent chargés, l'homme et la femme avançaient d'un bon pas. La femme portait l'enfant sur son dos et l'homme un sac maintenu à son front par une lanière qui lui laissait les mains libres. Il était armé d'une machette de bois à lame d'obsidienne à l'aide de laquelle il dégageait parfois le sentier.

Le jaguar sentit la tension monter dans le corps des hommes embusqués – l'attitude ancestrale du chasseur à l'affût, prêt à fondre sur sa proie. Il vit leurs regards s'aiguiser et leurs muscles se tendre. Chacun tenait une lance à la main et portait une courte machette à la ceinture.

Lorsque ceux qu'ils guettaient se trouvèrent à cinq mètres de distance, ils bondirent au milieu du sentier et projetèrent leurs lances, qui suivirent une trajectoire parfaitement symétrique vers la même cible. L'homme eut à peine le temps de réaliser qu'il mourait ; les deux lances se fichèrent dans sa poitrine ; il tituba, tomba à la renverse et resta arcbouté sur son sac dans une position grotesque. La femme poussa un cri déchirant et tenta aussitôt de rebrousser chemin. Elle n'eut le temps de parcourir que quelques mètres avant d'être rattrapée par l'un des assaillants. La pointe d'obsidienne trancha net le cou de la femme et s'arrêta sur le visage de l'enfant, lui éraflant la joue. Les deux corps s'affaissèrent sur le sol dans une pluie de sang.

L'homme, sans un regard pour la femme qui se vidait de son sang, attrapa l'enfant par le cou et l'extirpa du linge qui le maintenait attaché au corps de sa mère. Celle-ci, rassemblant ses dernières forces, tendit le bras vers l'assaillant dans un geste de supplique muette, mais l'homme, ignorant sa prière, s'apprêta à trancher aussi la gorge de l'enfant qu'il tenait à bout de bras.

C'est à ce moment que le jaguar attaqua. Prenant appui sur la branche de ses pattes arrière, il fit un bond de quelques mètres et s'abattit sur le dos de l'agresseur. D'un coup de patte, il le fit basculer sur le côté et le maintint au sol sous le poids de son corps. Puis ses griffes cherchèrent la gorge de l'homme et s'y plantèrent. Il les referma dans une étreinte si puissante qu'on entendit craquer les os.

Une fois ce premier ennemi neutralisé, l'animal se tourna vers l'autre assaillant. Il était penché au-dessus du sac que portait l'homme qu'il venait de tuer et dont il avait fait rouler le corps plus loin. Le jaguar perçut le temps d'arrêt que marqua l'homme en l'apercevant et le geste qu'il ébaucha pour se saisir de la machette suspendue à sa ceinture.

D'une foulée rapide, l'animal bondit aussitôt sur l'homme qui, s'attendant à l'attaque, l'esquiva d'un saut de côté tout en lui portant un coup. Le jaguar vit la pierre affilée lui entailler la peau, mais ne ressentit aucune douleur. Bien plus rapide que son adversaire, il se retourna et s'élança à nouveau sur lui. Cette fois-ci, il ne rencontra aucune résistance et le fit tomber sans effort d'un coup de patte. Quelques instants plus tard, sa gueule se refermait autour de son cou, lui brisant la colonne vertébrale.

Le jaguar marqua alors une pause, observant la blessure qui s'ouvrait de sa poitrine à la naissance de sa patte droite. L'entaille était large mais peu profonde et le sang s'en écoulait abondamment. Il lécha la plaie, sentit sur sa langue humide une saveur amère. Autour de lui, il ne vit que la mort ; seul l'enfant était encore en vie.

Le jaguar s'approcha très lentement de lui. Il gisait sur le chemin près du cadavre de sa mère, il paraissait sans défense, entièrement nu sous un mince lange blanc. Perlant à sa joue ouverte, des gouttes de sang tombaient au sol, se mêlant à celui qui, déjà, imbibait la terre.

L'enfant s'était approché de sa mère et tentait d'attirer son attention en lui saisissant doucement les mains. Il ne devait pas avoir plus de deux ans, mais ne pleurait pas. Quand il sentit l'animal s'approcher, il se retourna simplement vers lui et, curieux, l'observa de ses grands yeux noirs.

Le jaguar continua à avancer lentement, la tête baissée vers le sol, ronronnant légèrement pour ne pas l'effrayer. Lorsqu'il arriva à sa hauteur, il allongea vers lui avec grande précaution l'une de ses pattes de devant et l'enfant, tendant le bras droit, s'en saisit doucement. Le jaguar pencha alors sa tête vers celle de la jeune créature et passa sa langue rêche sur la plaie de sa joue.

Lorsqu'il se leva, l'enfant se retrouva au-dessous de l'animal et les gouttes de sang qui continuaient à sourdre de la blessure du jaguar tombèrent sur la joue du petit. Leurs deux sangs se mêlèrent et, pendant un instant, on eût cru que la blessure de l'enfant se refermait pour conserver en elle ce liquide vital qui lui était étranger.

Le jaguar entendit une rumeur : un groupe d'hommes marchait sur le chemin ; ils venaient de la direction opposée à celle qu'avaient suivie l'enfant et ses parents. Rien ne semblait pourtant indiquer de danger, car ils ne cherchaient pas à dissimuler leur présence ; malgré la distance, les pas et les voix étaient parfaitement distincts.

Le jaguar tourna les yeux vers l'enfant, qui continuait à l'observer, et leurs regards se confondirent pendant quelques secondes. Dans celui de l'animal, on pouvait lire une profonde sagesse, une connaissance ancestrale. Dans celui de l'enfant, une maturité étonnante pour son jeune âge. Le félidé ferma les paupières, comme pour conserver à jamais cette image dans sa mémoire.

Lorsqu'il devint évident qu'il ne pouvait attendre davantage, il bondit lestement hors du chemin et disparut dans la forêt.

2

Paris

– an 2001 de notre ère –

Nicole Pascal saisit prestement son sac à main et quitta le bureau en jetant un regard désolé sur sa montre. Il lui semblait qu'en ce moment elle n'avait plus de temps pour rien. Elle occupait depuis un an et demi le poste de conservatrice au musée du Louvre, dans la section des antiquités égyptiennes, mais ses responsabilités n'avaient cessé de croître depuis ce jour où, heureuse et pleine d'illusions, elle avait pris possession du bureau dont elle sortait aujourd'hui en hâte.

Pierre de Lainé, directeur du département à son arrivée, avait quitté ses fonctions plus d'un an auparavant, à la surprise générale. A ce que l'on racontait, il avait souhaité ce départ. Par la suite, Nicole n'avait plus entendu parler de lui. Paul Jacquet, un homme bien plus âgé, qui avait été professeur d'histoire de l'art, l'avait remplacé. Nicole appréciait son amabilité et son calme, mais regrettait la forte personnalité de son prédécesseur. Le souvenir de Pierre de Lainé restait encore très vif en elle, au point qu'en certaines occasions, ou dans les moments où son esprit vagabondait librement, l'image de l'ancien directeur surgissait devant ses yeux ; la jeune femme avait l'impression qu'il lui suffisait de désirer le voir apparaître pour qu'il se matérialise, avec son agaçant sourire un rien suffisant et caustique. Beaucoup le disaient distant et orgueilleux, mais pour la jeune égyptologue il resterait celui qui lui avait fait confiance et l'avait chargée, alors qu'elle venait à peine d'arriver dans la maison, d'établir le catalogue d'une importante donation.

Ce que sa mémoire avait occulté, c'était ce jour où Pierre de Lainé l'avait entraînée jusqu'à la chapelle des templiers, à Laon, pour assister au retour de Satan.

Nicole avait aussi un surcroît de travail depuis le décès inexpliqué de René Martin, le conservateur en chef. Le service avait été réorganisé, il n'avait pas été remplacé et un nouveau doctorant avait été embauché, mais Nicole avait récupéré une partie des responsabilités qui incombaient auparavant à Martin.

Et puis il y avait l'émission de télévision dans laquelle elle intervenait régulièrement. Depuis qu'elle avait découvert une statuette à l'intérieur d'une colonne de la chambre mortuaire du pharaon Séti Ier, sa réputation d'archéologue avait fait le tour du monde et elle était devenue une célébrité nationale. C'est en observant un dessin et des hiéroglyphes tracés sur un débris de céramique que Nicole était parvenue à la conclusion que le disque solaire qui coiffait Ra dans la tombe de la Vallée des Rois renfermait un secret vieux de plus de trois mille ans.

L'émission était hebdomadaire et Nicole n'apparaissait sur le plateau que dix minutes, mais les sujets traités étaient d'une telle variété qu'ils exigeaient d'elle un lourd travail de documentation. Elle ne s'en plaignait pourtant pas : cela l'obligeait à actualiser des connaissances professionnelles qu'elle aurait pu finir par oublier, sans parler de la gratification non négligeable qu'on lui versait. Et, surtout, cela flattait son ego.

Par-dessus tout cela, dans ses rares moments de répit... il y avait son fiancé, Jean, qui deviendrait bientôt son mari. Elle l'avait rencontré quand elle avait emménagé à Saint-Germain-en-Laye, peu de temps après avoir pris son poste au Louvre. Le jeune architecte avait frappé à sa porte un soir pour lui emprunter un peu de sel et... c'est ainsi que tout avait commencé. Il avait assisté avec elle à la cérémonie nocturne de Laon, quand les forces du mal s'étaient réunies pour recevoir leur patron, mais n'en avait pas non plus gardé le souvenir.

Jean et Nicole étaient en pleins préparatifs, la noce devant être célébrée fin novembre, soit dans un mois et demi. La jeune femme s'était toujours figuré que se marier consistait à arriver à l'église, pimpante et toute de blanc vêtue, et à dire oui tandis que sa mère ne pourrait contenir ses larmes. Le tout suivi d'un merveilleux voyage en tête à tête avec l'élu de son cœur. Mais personne ne lui avait parlé des heures qu'elle devrait consacrer au choix des meubles, des rideaux et du linge de maison, du temps passé à trouver une peinture murale qui s'harmonise à la couleur des serviettes de toilette (ou vice versa), à se disputer avec les menuisiers et les maçons qui n'arrivaient jamais à l'heure dite, et à obtenir l'avis de Jean... quoique, en l'occurrence, elle ait vite appris qu'il valait mieux s'en passer. Elle commençait à comprendre pourquoi sa mère disait – surtout en présence de son père – que les hommes ne servaient à rien. Et dire que Jean était architecte ! Il avait quand même fait quelques croquis pour adjoindre un dressing à la chambre et dessiné la nouvelle fenêtre du salon, qu'ils avaient décidé d'agrandir.

Ils vivraient dans la maison que Jean avait achetée, quelques années auparavant, à Saint-Germain, juste en face de celle que Nicole avait louée. C'était une petite construction de deux niveaux entourée d'un jardin dont on pouvait vraiment tirer parti, à condition bien sûr de s'en occuper ! Ils y vivaient ensemble depuis quelques mois déjà, ils avaient emménagé à la fin de l'été. Bien qu'au début Nicole ait trouvé sympathique l'ambiance de cette garçonnière moderniste dont s'enorgueillissait son fiancé, lorsqu'ils avaient commencé à parler mariage et qu'il devint évident que cette maison serait leur résidence pour plusieurs années, elle avait rapidement compris qu'il lui faudrait prendre des initiatives. On ne pouvait pas dire que Jean avait mauvais goût, non, c'est seulement que... pour certaines choses, les hommes ne servent à rien.

Après avoir quitté son bureau, Nicole passa au secrétariat, où Suzanne et Agnès semblaient très occupées ; elles lui adressèrent un sourire. Le nouveau directeur avait bien fait de les maintenir à leur poste : elles en savaient plus que quiconque sur la marche du service. Agnès était la plus âgée, mère de deux enfants, et elle avait passé au Louvre une moitié de sa vie. Suzanne, tout juste quelques années de plus que Nicole, était très enjouée. Les trois femmes étaient devenues amies.

— Je me dépêche, je vais au département des cultures mésoaméricaines. Je ne crois pas en avoir pour très longtemps. Je pense être de retour pour le café !

Nicole leur fit un signe de la main en s'éloignant d'un pas rapide vers l'escalier. Le directeur du département des cultures mésoaméricaines l'avait appelée en personne la veille pour lui donner rendez-vous :

« Pardonnez-moi de ne pas me déplacer, s'était courtoisement excusé le professeur Lasserre, mais je souhaite vous montrer quelque chose et ce sera plus facile dans mon bureau... »

Nicole se pressait, s'interrogeant une fois de plus sur le motif de cette convocation. Elle avait croisé le directeur à plusieurs reprises, lors de réunions communes aux deux départements, mais n'avait jamais eu l'occasion de discuter en tête à tête avec lui. C'était un homme entre deux âges, au physique agréable, qui était intervenu dans ces réunions de manière claire et pertinente. La jeune femme soupçonnait que le soudain intérêt de Lasserre avait un lien avec la découverte récente d'inscriptions mayas dans la zone du Petén, la partie nord du Guatemala, dans la péninsule du Yucatán. Une expédition rassemblant des archéologues du musée du Louvre, de l'université autonome de Mexico et de l'université du Guatemala avait découvert en pleine forêt tropicale des ruines non recensées à ce jour.

Il s'agissait d'un ensemble d'édifices religieux pour la plupart assez endommagés par le temps et par les assauts implacables de la forêt tropicale, mais l'intérieur de l'un des bâtiments, un petit oratoire, présentait un état de conservation exceptionnel. Tout autour de l'autel, les parois murales étaient couvertes de hiéroglyphes mayas, que la presse disait parfaitement déchiffrables.

Nicole avait vu une photo dans un journal : on y apercevait une partie de ces inscriptions derrière le visage souriant de Guy Lalande, l'expert du Louvre qui avait monté l'expédition. L'article rapportait un entretien avec l'archéologue : il était un peu tôt pour pouvoir parler du contenu avec précision, mais les premières recherches promettaient des résultats passionnants. Lalande précisait : « Bien que les archéologues ne puissent jamais faire sonner les cloches à toute volée, on peut au moins avancer que les inscriptions datent de l'an 630 de notre ère, au début de la période dite classique tardive pour les peuples mésoaméricains. »

Peut-être le professeur Lasserre souhaite-t-il que je parle de cela à la télévision. Pourquoi pas ? Quoique je ne m'y connaisse pas trop en culture maya…

Nicole réajusta la veste de son tailleur, reprenant son souffle après sa course à travers les couloirs du musée. Elle regarda sa montre, seulement sept minutes de retard. Elle se dirigea vers la secrétaire qui l'observait depuis le fond de la salle et arbora son plus joli sourire.

— Bonjour, je suis Nicole Pascal. Je crois que le professeur Lasserre m'attend.

— Professeur Pascal, vous m'avez impressionné à la télévision hier et je dois dire que vous êtes aussi charmante dans la réalité !

Lasserre souleva sa tasse de café en signe de bienvenue, comme pour porter un toast. Visiblement satisfait, il observa la jeune femme assise en face de lui. Nicole mesurait à peine un peu plus d'un mètre soixante, elle était brune, avait les traits fins, la peau claire et des yeux d'un vert extraordinaire.

L'archéologue répondit au compliment d'un sourire. Le directeur l'avait reçue sans la faire attendre et ils étaient à présent tous deux installés dans de confortables fauteuils autour d'une table basse. Le vaste bureau était meublé avec goût, il y régnait un ordre parfait. Chaque chose avait l'air à sa place, ce qui éveilla une pointe d'envie chez la jeune femme.

Ils avaient parlé de choses et d'autres pendant quelques minutes tandis que la secrétaire leur servait le café.

Il ne nous reste plus qu'à parler du temps qu'il fait, pensa Nicole tandis que Lasserre déployait des trésors d'amabilité. Soit cet homme est vraiment charmant, soit il attend quelque chose de moi...

Le directeur déposa sa tasse sur la table et regarda Nicole.

— Venons-en au fait, professeur. Vous devez penser que je vous fais perdre votre temps ; quant à moi, je vous assure que je n'ai aucunement le sentiment de perdre le mien. Je suppose que vous êtes au courant de la découverte des inscriptions mayas dans la forêt guatémaltèque, au sud de la frontière mexicaine ?

— Oui, bien sûr. On ne parle que de cela au musée. Permettez-moi de vous féliciter.

L'homme esquissa un vague geste de la main.

— Je vous remercie, mais je n'ai eu qu'un rôle administratif dans cette affaire. Vous connaissez tout cela : mettre les collègues et nos homologues des universités américaines en rapport, demander des autorisations, faire sauter des verrous... et, surtout, trouver l'argent !

Le sourire de Nicole s'élargit et elle hocha la tête en signe d'assentiment. L'argent indispensable... c'était le dieu farouche que chacun vénérait dans le monde de la recherche.

— Fort heureusement, comme vous le savez peut-être, cette expédition a été subventionnée par une multinationale d'envergure. C'est d'ailleurs elle qui a communiqué autour de notre travail et je ne l'en blâme pas. Nous dépendons de leur financement pour pouvoir mener à bien la deuxième partie de nos recherches, qui promet d'être passionnante !

Lasserre se tut quelques instants, sans doute pour donner plus d'emphase à ce qui allait suivre. Puis il chercha le regard de la jeune femme.

— J'ai bien peur, chère madame, que votre collaboration ne soit indispensable si nous voulons compter sur leur nécessaire soutien économique.

Nous y voilà, pensa Nicole. Maintenant, il va me demander de citer le nom de la multinationale à la télévision.

Lasserre dut noter un changement dans l'expression de son interlocutrice car il fit un petit signe de la main comme pour s'excuser.

— Peut-être me suis-je un peu trop avancé et en avez-vous tiré des conclusions erronées. Je vous assure que vous êtes loin d'imaginer ce que je vais vous proposer...

Il marqua une pause, puis :

— Si vous n'y voyez pas d'inconvénient, je vais auparavant revenir brièvement sur les faits...

Nicole se prépara à écouter le directeur sans l'interrompre. Depuis un peu plus d'un mois, une équipe d'archéologues mexicains, guatémaltèques et français travaillait au relevé cartographique d'un site découvert à proximité de la cité maya de Xpujil. Peu de temps auparavant, des Indiens mexicains qui récoltaient le *chicle*[1] avaient découvert des ruines alors qu'ils recherchaient un lieu où établir leur campement. Quelques jours plus tard, ils vendaient l'information à un archéologue de l'université autonome de Mexico qu'ils avaient déjà rencontré dans un village de la forêt du Yucatán. Le prix était légèrement supérieur à deux cents dollars américains et l'archéologue en question était l'un des membres de l'expédition franco-américaine qui travaillait à quelques kilomètres de là. C'était ainsi que l'équipe avait pu arriver très vite jusqu'aux ruines dont les Indiens avaient parlé et faire un premier relevé.

1. Cette gomme est fabriquée à partir du latex blanc recueilli sur le sapotillier. Les ouvriers qui travaillent à la collecte de la résine sont nommés les *chicleros*.

— Bon nombre de découvertes importantes ont été réalisées grâce à de tels concours de circonstances, rappela Lasserre. Au départ, le lieu, dont la dénomination officielle est Petén C-27, ne semblait pas très intéressant, ce qui ne nous avait pas surpris plus que cela. Outre le fait que la jungle est capable d'engloutir une pyramide sans laisser de trace, nous pensions que tous les centres mayas de quelque importance avaient déjà été fouillés. Mais, très vite, on a découvert un petit oratoire ou, pour être plus précis, les inscriptions qui en couvraient les murs. Elles étaient dans un état de conservation incroyable, comme si les signes avaient été tracés la veille !

Lasserre marqua une pause pour siroter son café.

— En tant qu'experte des hiéroglyphes égyptiens, vous serez d'accord avec moi, reprit-il enfin, si je dis que l'écriture maya est très proche de l'égyptienne : bien que nous ayons beaucoup progressé dans sa connaissance, elle nous échappe encore en bonne partie.

— C'est exact, et c'est peut-être pour cela qu'elle présente un intérêt si extraordinaire ! Et je crois malheureusement que nous ne parviendrons jamais à la déchiffrer entièrement. Pour cela, il nous faudrait apprendre à penser de la même manière que ces peuples, apprendre à vivre leur culture... Et, très franchement, je crois que cela n'est plus possible aujourd'hui.

Le directeur approuva et regarda Nicole avec un regain d'intérêt.

— Vous avez raison, madame, parfaitement raison. Bien que quelques personnes, comme vous, aient le don de franchir des portes qui restent fermées aux autres et soient capables de nous faire précisément saisir ce que quelqu'un, en d'autres temps et en d'autres lieux, a voulu transmettre. Une révélation similaire à celle du musicien génial qui déchiffre une partition ou du grand mathématicien qui démontre un théorème. Guy Lalande, notre confrère qui se trouvait au Yucatán quand l'oratoire a été mis au jour, fait partie de ces personnes-là.

Lasserre sourit à Nicole.

— Vous le connaissez ?

Nicole secoua la tête.

— J'espère que vous aurez l'occasion de faire sa connaissance. Vous verrez, chère madame, que vous avez beaucoup en commun. Lalande est à Paris : il a avancé son retour en raison de ces inscriptions. A présent, je dois vous demander la plus grande confidentialité sur ce qui va suivre...

— Mais bien évidemment, professeur. Jamais je ne me permettrais...

— Oui, bien sûr, pardonnez-moi... Ce n'est pas très délicat de ma part de le préciser. Mettons cela sur le compte de l'importance de l'enjeu : il est probable que nous n'allons pas être les seuls à nous intéresser à l'affaire. Mais je crois que je suis encore en train de semer le trouble dans votre esprit, aussi vais-je vous expliquer du mieux que je le peux...

Le directeur se lissa le front de la main, comme pour remettre ses idées en place.

— Les photos qui ont été publiées dans la presse ne représentent qu'une partie des hiéroglyphes, la plus anodine pour être précis. Car le reste des inscriptions pourrait, d'après les premières interprétations de

Lalande, révéler l'emplacement d'un objet que les Mayas avaient pris soin de dissimuler au mieux...

Nicole ne put réprimer un léger frisson et sa bouche s'ouvrit, à la recherche de mots qu'elle était incapable de prononcer. Le rapprochement avec sa propre expérience, lorsqu'elle avait sondé l'une des colonnes de la tombe de Séti Ier pour mettre au jour la statuette dissimulée sous les hiéroglyphes égyptiens, était évident.

— Je comprends votre stupéfaction. Il semble que les appels du passé vous poursuivent, chère amie. Et j'utilise le mot à dessein car j'espère de tout cœur que vous participerez avec nous à cette aventure qui promet d'être passionnante.

— Je ne comprends pas... J'ai eu beaucoup de chance de pouvoir interpréter l'*ostracum*[1] égyptien, mais j'ignore tout de l'écriture et de la culture mayas...

— Non, non, je m'exprime mal et je vous amène à faire des conclusions hâtives. Je crois que mes désirs vont plus vite que ma réflexion. En réalité, je ne voudrais pas que vous pensiez que la demande que je vais vous faire est trop intéressée, c'est pourquoi j'en repousse l'échéance. Vous savez donc qu'une importante entreprise supporte actuellement les coûts de l'expédition au Mexique et au nord du Guatemala. L'engagement de huit mois qu'elle a pris avec nous touche à sa fin, pour tout dire c'en sera terminé d'ici quelques jours. Or, il est évident que les derniers développements appellent de nouvelles recherches, qui sont urgentes et extrêmement onéreuses. Compte tenu de l'importance de l'enjeu, les responsables de la

1. Ce mot latin désigne un tesson de terre cuite.

multinationale auxquels nous avons exposé les faits sont d'accord pour signer un nouveau contrat. Mais ils nous imposent une condition…

Do ut des[1]… Et voilà où j'interviens ! songea Nicole en plissant le front.

— Ils souhaitent que vous fassiez partie de l'expédition et que vous envoyiez régulièrement par satellite de Mexico ou du Guatemala un compte rendu télévisé. Ils veulent que vous donniez des informations sur l'avancée des recherches et que vous brossiez le tableau du monde maya de l'époque.

Lasserre avait prononcé ces phrases d'une traite avant de reprendre son souffle et de regarder Nicole.

Elle aussi demeura silencieuse. Elle était loin d'imaginer une chose pareille et les raisons de décliner l'offre se pressaient dans sa tête.

Avant qu'elle ait pu ouvrir la bouche, Lasserre reprit :

— Pour les réalisateurs de l'émission, je pense que cela ne devrait pas soulever de problème. Bien au contraire, puisqu'ils auront la primeur de diffusion des images. J'ai déjà parlé à Paul Jacquet, votre directeur, qui accepterait de vous libérer. Nous devrons négocier ensemble la durée de votre séjour au Mexique. Enfin, il y a la rétribution que nos sponsors sont disposés à vous offrir. Voulez-vous connaître la somme ?

Nicole avait bien des choses à dire, mais elle fut incapable de prononcer un mot. Elle se contenta de hocher la tête.

---

1. « Je te donne afin que tu me donnes »… Davantage que l'opportunisme, l'expression souligne la réciprocité de l'échange.

— Six mille euros à titre de remerciement pour votre accord et neuf cents de plus chaque semaine passée sur place avec les membres de l'expédition. Tous frais payés, bien sûr. Par ailleurs, vous continuerez à toucher votre salaire et votre rémunération habituelle à la télévision.

— Euh... ce n'est pas une question d'argent, professeur Lasserre. Je ne sais vraiment pas quoi dire. Vous comprendrez que je sois très surprise par une telle proposition et que j'aie besoin de temps pour réfléchir.

— Oui, bien sûr... Cependant, pour vous inciter à mieux réfléchir, permettez-moi de vous montrer les autres photographies des hiéroglyphes. Vous allez voir, ils sont d'une netteté incroyable. Je possède aussi quelques photos de l'oratoire perdu dans la jungle.

Le directeur sortit une liasse de photos du tiroir de la table basse et les tendit à l'archéologue. Elles étaient de grand format et d'excellente qualité, lumineuses et colorées. Nicole ressentit la même émotion que celle qu'elle avait éprouvée, enfant, devant une image de Howard Carter pénétrant dans la tombe de Toutankhamon, celle qui l'avait décidée à consacrer sa vie à l'archéologie. Elle se sentit, comme alors, transportée dans le temps. En contemplant l'oratoire perdu depuis des siècles dans la forêt vierge, elle eut la sensation que l'air humide qui baignait la scène arrivait sur sa peau et les bruits indistincts de la jungle à ses oreilles.

Quand elle parvint à détacher les yeux du cliché, elle aperçut le visage radieux du professeur Lasserre et son regard amusé.

Bon sang, pensa-t-elle, cet homme-là sait s'y prendre.

— Votre proposition est terriblement alléchante. Je vous donnerai une réponse dès que possible, professeur.

— Je vous en remercie, madame. Souvenez-vous surtout que nous devons faire connaître notre position le plus rapidement possible. Nous ne pouvons pas nous permettre de laisser d'autres personnes se saisir de l'opportunité. Si vous me donnez votre réponse... disons, demain, le départ de l'expédition pourra avoir lieu dans une semaine au plus tard...

— Si vite !

Nicole ressentit à nouveau un léger vertige. Dans sa tête défila une succession d'images – tous les travaux qu'elle avait en cours –, qui finit par s'arrêter sur celle de Jean, son futur époux. Le mariage était si proche et il restait tant de choses à régler !

Elle jeta encore un œil à la photographie qui était restée sur le dessus de la pile. On y distinguait à peine le petit oratoire enfoui dans la végétation exubérante et pourtant le linteau central qui marquait l'entrée de l'édifice en façade était d'une impressionnante netteté.

La porte formait un rectangle sombre, une zone obscure contre le fond vivement coloré de l'ensemble. L'image exerça un étrange attrait sur Nicole, fascinée par le mystère que ce puits d'ombre masquait aux regards et par la découverte qu'il semblait promettre. Mais, surtout, elle ressentait la présence presque palpable de ceux qui, de nombreux siècles plus tôt, s'étaient donné la peine de construire cette petite chapelle, mus par les valeurs d'une culture aujourd'hui disparue.

Elle en avait l'absolue certitude : si cette ombre était la porte d'entrée d'une énigme venant d'autres temps, elle se devait de tenter l'aventure pour la déchiffrer.

En relevant les yeux, elle croisa le regard du professeur Lasserre. Confortablement calé dans son siège, il avait le sourire assuré du vainqueur.

— Il reste un dernier point, chère madame. Guy Lalande m'a confié, avec toutes les réserves d'usage, que les hiéroglyphes pourraient faire allusion à un objet caché d'une grande valeur archéologique, mais il pense qu'il ne s'agit pas d'un simple trésor. Il croit que les Mayas accordaient à cet objet une importance capitale, une valeur d'un autre ordre, plutôt spirituel. Il laisse entendre qu'au vu des inscriptions il s'agirait d'un élément investi d'un grand pouvoir. Un objet qui serait remis par la main des dieux, d'après la première traduction… et, à mon avis, comme tout ce qui détient un pouvoir, potentiellement dangereux.

3

Cité de Caracol

– an 610 de notre ère –

C'était le troisième jour de *wayeb*[1], la fin de l'année. Au cours de ces cinq jours nommés « les dormants », rien ne devait troubler la quiétude des cités mayas. La période étant livrée aux esprits mauvais, il était inopportun d'attirer l'attention ou la colère des dieux et l'on s'abstenait de toute activité. Les travaux agricoles, semis ou récoltes, étaient suspendus, de même que les travaux manuels, et l'on évitait soigneusement d'allumer le feu ou de faire des efforts inutiles. Peu d'enfants naissaient et la poignée de ceux qui avaient le malheur de venir au monde au cours de *wayeb* étaient réputés porteurs de quelque malédiction.

1. Le calendrier astronomique maya, dit *haab*, comporte, comme le calendrier rituel, dit *tzolk'in*, dix-huit mois de vingt jours. Les cinq jours « sans âme » et réputés dangereux de *wayeb* permettent de compléter le cycle de trois cent soixante-cinq jours de l'année solaire.

L'homme qui méditait, assis, les yeux fermés, devant la porte de sa cabane, fut donc très surpris par le tintamarre. La rumeur des voix qui lui était parvenue de loin augmentait. Bientôt un groupe de personnes très agitées apparut devant lui.

L'homme se leva, révélant sa stature imposante, bien supérieure à celle des autres habitants du lieu. Il devait avoir dans les trente-cinq ans, ses longs cheveux noirs et brillants lui descendaient jusqu'aux épaules et dans son regard sombre on lisait l'assurance de ceux qui savent inspirer le respect.

Il se nommait Chauve-Souris Blanche (Zaak Tzoo'tz en maya) et était le *halach winik*, le grand prêtre de la cité de Caracol.

Il jeta un regard désapprobateur sur le groupe, encore éloigné, qui devait rassembler une quarantaine de personnes. D'autres, alertées par le tumulte, vinrent se joindre à eux. Seul un événement important pouvait expliquer un tel comportement. Il fixa donc son attention sur les hommes qui ouvraient la marche.

L'un d'entre eux transportait un sac de taille moyenne et un autre serrait contre sa poitrine un très jeune enfant.

Sûr à présent que le groupe venait à sa rencontre, le *halach winik* croisa les bras et s'immobilisa devant le seuil de sa maison. Quand les marcheurs aperçurent le prêtre, la clameur se transforma en murmure et le trajet se termina dans le silence le plus complet.

Quand enfin le groupe arriva, il s'arrêta à bonne distance tandis que les deux hommes qui se trouvaient en tête s'avançaient.

Celui qui tenait l'enfant dans ses bras inclina respectueusement la tête avant de prendre la parole :

— *Halach winik*, quatre personnes sont mortes sur le chemin du nord, qui conduit à Xunantunich et à Naranjo, un peu avant l'entrée de la ville. Nous n'en avons reconnu aucune. Nous avons laissé leurs corps sur place jusqu'à ce que tu décides ce qu'il convient d'en faire, car des circonstances étranges, peut-être dues à l'intervention des dieux, entourent leur mort. Nous avons aussi trouvé ce sac et cet enfant. Comme tu le vois, il est blessé et saigne encore, mais je crois que sa vie n'est pas en danger.

Le sage considéra quelques instants l'enfant sans dire un mot. Il devait avoir environ deux ans. Chauve-Souris Blanche s'étonna qu'il ne pleure pas, mais fut surtout très intrigué par l'intensité avec laquelle le petit soutenait son regard et par la maturité qui se dégageait de ce jeune visage. Pour le reste, il ressemblait à tous les enfants de son âge, avec sa chevelure noire et lisse, son teint bistre et ses grands yeux sombres ; toutefois, chez lui, le nez aquilin n'avait pas commencé à se développer. Sur le haut de la cuisse droite, le garçon portait un tatouage représentant un soleil rayonnant et un quartier de lune décroissante entrelacés.

Le chaman se rapprocha pour observer la blessure, une entaille profonde qui continuait à saigner, et ne put réprimer un léger froncement de sourcils. Non que l'entaille lui semblât sérieuse, mais parce que, curieusement, elle lui parut familière. Sans s'en rendre compte, il caressa du bout des doigts la cicatrice qu'il portait lui-même au bras gauche tandis que des images extrêmement nettes traversaient son esprit.

Il fit un effort pour détacher son regard de l'enfant et s'adressa à l'homme qui avait parlé :

— Dis-moi ce que tu sais.

Pendant que l'homme décrivait ce qu'il avait vu, celui qui portait le sac en déversa le contenu devant le *halach winik*. S'y trouvait le fourniment habituel pour un voyage dans la jungle. Les témoins, de plus en plus nombreux, ne purent réprimer un cri de surprise quand on ouvrit une bourse de cuir : la grande quantité de fèves de cacao répandue sur le sol aurait suffi à faire de son propriétaire un homme riche.

Le compagnon qui rapportait les faits interrompit son récit et dut faire un effort pour conclure :

— Enfin... *halach winik*, nous ne pouvons l'affirmer avec certitude, mais il nous semble que la femme et l'un des hommes ont été assassinés par les deux autres qui, eux, ont été assaillis par un grand animal... Nous pensons à un jaguar, bien que nous n'en ayons pas retrouvé la trace.

Le grand prêtre prit alors la parole :

— Malgré le caractère particulier des jours dans lesquels nous nous trouvons, vous avez agi exactement comme il le fallait. Je vais informer l'intendant du roi pour qu'il s'occupe des cadavres et mène l'enquête. Vous pourrez le seconder. Soyez-en remerciés. Quant à l'enfant, confiez-le-moi, je le soignerai moi-même.

4

Caracol

– an 626 de notre ère –

Chauve-Souris Blanche regardait travailler les quatre jeunes gens dans le patio. Ce jour-là, ils apprenaient à confectionner une potion pour soulager les douleurs musculaires et les rhumatismes. Le chaman les observait tandis qu'ils se concentraient sur leur tâche.

Un seul de ses quatre disciples prendrait sa succession comme grand prêtre de la cité de Caracol. Bien qu'étant en parfaite santé, le *halach winik* arriverait bientôt au terme de son cycle de vie [1]. Chauve-Souris Blanche regardait avec affection son neveu Chalmek, le fils de sa sœur Nuage de Pluie. Rien en lui n'attirait l'attention, ni son physique, plutôt commun, ni son caractère, docile, aimable et paisible. Sa discrétion

1. Les deux calendriers mayas (*haab* et *tzolk'in*) coïncident au terme de cinquante-deux années solaires. Ce cycle correspond à l'estimation moyenne de la longévité.

n'avait d'égale que sa fidélité à ses principes et à ses proches. Le chaman avait élevé le garçon comme son propre fils, mais il se demandait parfois s'il n'avait pas contrarié la véritable personnalité de son neveu en tentant d'en faire une pâle copie de lui-même.

Il est encore jeune, pensa-t-il, le temps en décidera.

A ses côtés, Lumière Noire (Box Sas en langue maya) remuait la préparation à laquelle il venait de mêler des poudres blanches. Ce nom lui allait à la perfection, comme si les dieux eux-mêmes l'avaient choisi. Son intelligence vive et lumineuse évoquait la splendeur de l'astre solaire, mais il pouvait également s'enfermer dans un sombre mutisme. Jamais aucune émotion ne passait dans son regard.

Le quatrième fils de Grand Scorpion (Chak Dzec en langue maya), le roi de Naranjo fêterait bientôt ses dix-neuf ans. Il en avait quinze à son arrivée à Caracol. Il venait y recevoir les enseignements de Chauve-Souris Blanche, dont la réputation dépassait les frontières de sa cité, mais en réalité sa présence garantissait la paix avec Naranjo, car les deux villes, ennemies depuis toujours, avaient instauré cette pratique d'échange d'otages pour assurer leurs nécessaires relations économiques. Ainsi, le fils de K'an II, le roi de Caracol, vivait lui aussi depuis quatre ans à la cour de Grand Scorpion, où il étudiait l'astronomie auprès des Maîtres des étoiles[1].

Lumière Noire assimilait très vite les enseignements du chaman et pouvait énumérer sans erreur les ingrédients de chaque potion. Il s'y astreignait avec

1. Les Mayas dénommaient l'astronome Maître des étoiles (*Ek' Pulyak*) ou Seigneur des jours (*Aj K'inob*).

un soupçon d'agacement, comme s'il n'attachait pas la moindre importance à de tels détails. Le *halach winik* ne l'avait vu manifester sa contrariété que lorsqu'on abordait les affaires d'Etat dans les réunions de la cour auxquelles il était convié, et surtout en présence de Héron Bleu.

La jeune fille, sa troisième disciple, vêtue d'une tunique immaculée, préparait des racines sur une console placée contre le mur. Même de dos, on notait la finesse de sa silhouette et la candeur qui se dégageait de toute sa personne.

Héron Bleu était une nièce du roi K'an II et la petite-fille de la reine Regard de Jade, grande prêtresse et prophétesse vénérée dans les royaumes mayas. Chauve-Souris Blanche avait eu la joie de passer beaucoup de temps avec la reine et ressentait toujours une vive émotion à songer à ses immenses pouvoirs.

Héron Bleu n'avait que dix-sept ans, mais il était évident qu'elle possédait les dons extraordinaires de sa grand-mère. Restait à savoir quand et comment ils se développeraient. Regard de Jade était arrivée à Caracol à dix-huit ans pour devenir reine, ses pouvoirs n'étaient apparus que quelques années plus tard.

Un jour, alors qu'elle était encore une enfant, Héron Bleu avait prévenu son oncle, le roi :

« Tu devras balayer le palais demain, car il sera très sale. »

Tout le monde avait ri tandis que K'an II serrait l'enfant dans ses bras. Le lendemain, une forte tempête s'était abattue sur Caracol. Quand l'ouragan s'était retiré, une épaisse couche de feuilles, de branches et même d'oiseaux morts couvrait le sol du palais.

Une autre fois, à l'âge de douze ans, la fillette fut prise d'une tristesse sans fond. Elle sanglota trois jours d'affilée sans qu'on pût en deviner la cause. Puis des messagers apportèrent la triste nouvelle de la mort subite à Xunantunich de son amie intime, fille de l'un des seigneurs de Caracol. Le drame était survenu précisément à l'heure où le chagrin avait submergé Héron Bleu.

Quelques mois après cet événement, K'an II était venu en personne rendre visite au *halach winik*, accompagné de la fillette.

« Tu as bien connu ma mère, *halach winik*, et tu sais que les dieux l'avaient choisie. Tu as remarqué que sa petite-fille Héron Bleu lui ressemble beaucoup, et pas seulement physiquement. Lumière Noire, le fils de Grand Scorpion, est arrivé parmi nous et viendra bientôt recevoir tes enseignements. Fais-moi la faveur d'accueillir aussi cette enfant et de lui dispenser tes connaissances. Assurer l'éducation de deux jeunes ne te demandera peut-être pas beaucoup plus de peine ? »

L'ordre du roi empruntait le ton d'une humble requête et Chauve-Souris Blanche baissa la tête en signe de reconnaissance.

« Ce sera pour moi un honneur et un plaisir, *k'uhul ajaw*[1]. »

Cela remontait à quatre ans. Entre-temps, les adolescents étaient devenus des jeunes gens. Héron Bleu avait la beauté sereine de sa mère et de sa

1. Marque de respect signifiant « roi divin ».

grand-mère et, comme elles, était de petite taille. Ses cheveux, partagés par une raie au milieu, encadraient le bel ovale de son visage aux traits fins et au regard empreint de douceur.

Chauve-Souris Blanche considéra avec une grande tendresse son quatrième disciple, qui se tenait un peu à l'écart. S'il avait élevé Chalmek comme son propre fils, c'est surtout pour Balam qu'il ressentait un sentiment de fierté presque paternelle, depuis seize ans maintenant.

Sans connaître son origine, son nom ou celui de ses parents, le chaman et son épouse Ix Tab avaient recueilli l'enfant mystérieusement blessé dans la forêt. Une communion s'était immédiatement établie entre eux. Quand le garçon avait posé sa joue contre la sienne, et qu'une goutte de sang était tombée sur le dos de sa main, Chauve-Souris Blanche en avait ressenti la chaleur vitale et essentielle. Il avait nommé l'enfant Balam Kimil (« Jaguar Eternel ») et n'avait plus abordé ce sujet avec personne.

On avait remis les fèves de cacao trouvées avec le jeune garçon à l'Homme de la Vara Alta [1], qui les consigna un certain temps avant d'en déclarer Balam légitime propriétaire puisque personne n'était venu réclamer ce trésor.

Balam n'avait que dix-huit ans, mais sa taille dépassait déjà la moyenne. En cela, il ressemblait beaucoup à son père adoptif, dont il partageait aussi le noble maintien et les gestes élégants, qui faisaient paraître

1. Un civil exerçait les fonctions de maire et de juge de paix dans la cité. Symbole de légitimité, son sceptre au pommeau orné d'un serpent et de deux cordons, que la foule baisait sur son passage, lui valait son nom d'« homme à la grande baguette ».

un peu rustres ceux qui se trouvaient à leur côté. Il avait le front haut, de fins sourcils arqués, de grands yeux sombres et un nez busqué, bien proportionné. Bien qu'il s'exposât chaque jour au soleil, sa peau était à peine moins claire que celle de la jeune fille à ses côtés. Auprès de Lumière Noire, il semblait presque pâle.

Concentré sur son travail, Balam ne sentait pas les regards que Héron Bleu posait à tout moment sur lui. Elle aussi était absorbée par sa tâche, mais ses yeux revenaient régulièrement vers le visage de son compagnon.

Le prêtre sourit. Il avait surpris en plusieurs occasions ces regards pleins de timidité et de tendresse, vite détournés de peur d'être surpris, et il en connaissait bien la cause. Il se souvenait d'avoir lui-même ainsi observé Ix Tab avant leur mariage et de l'émotion d'alors, lorsque leurs regards se rencontraient. C'était le lot de tous les amoureux.

Chauve-Souris Blanche s'approcha de ses disciples. Il s'entretint un moment avec chacun d'eux, s'intéressa à leur travail. Il chercha en vain à déceler des signes d'irritation chez Lumière Noire, car, dernièrement, les relations entre Caracol et Naranjo n'étaient pas des plus harmonieuses, mais il ne rencontra que l'habituelle courtoisie du jeune homme et sa froideur un peu condescendante.

La conversation avec Balam tourna également autour de la potion qu'il préparait, mais leurs yeux échangèrent un autre message. Ce matin même, le *halach winik* avait demandé dans le plus grand secret à son fils adoptif de se tenir prêt à la tombée de la nuit.

« Essaie de dormir un peu cet après-midi, car la nuit risque d'être longue. L'expérience que tu vas vivre pourrait bien modifier ta vision du monde et de toi-même. Pour le moment, je ne peux t'en dire davantage. »

Connaissant bien son maître, Balam avait fait taire sa curiosité. A présent son regard disait : « Je serai au rendez-vous, mon père, très curieux de découvrir ce que vous m'avez réservé. »

Peu avant la tombée de la nuit, Balam retrouva le chaman au lieu convenu : la sortie de la ville, sur le chemin du sud, près du piédestal où l'on déposait la statue du *bakab* dans les années placées sous son signe [1]. Chauve-Souris Blanche sembla surgir de nulle part. Seuls ses yeux brillants étaient visibles dans l'obscurité.

— Bienvenue à toi, Balam, mon fils. A partir de maintenant, tu dois rester vigilant et ne jamais

1. Les *bakabs*, placés aux quatre points cardinaux, sont associés à une couleur et à une période du calendrier. Le premier jour de l'année, une cérémonie entoure le changement de *bakab* sur le piédestal de « porteur de l'année ».

Les deux cent soixante jours du calendrier liturgique (*tzolk'in*) correspondent à une combinaison des chiffres 1 à 13 avec les vingt jours constitutifs du rite maya. Chacun de ces vingt jours possède son signe (*bakab*) et son dieu tutélaire. Le premier jour du calendrier *tzolk'in* est aussi celui qui démarre les dix-huit mois du calendrier astronomique (*haab*), également organisé en cycles de vingt jours. L'année porte donc le nom de ce jour initial. Parce que *wayeb*, le dernier mois du calendrier astronomique, comporte cinq jours, l'année suivante commence par un *bakab* différent du précédent (comptage de 5 en 5). Tous les quatre ans, le même *bakab* revient. Le nom des *bakabs* s'est modifié au cours de l'histoire. Dans la période qui nous occupe, ils se nommaient *akbal, lamat, ben* et *etnnab*.

t'éloigner de moi : dans la forêt, la nuit peut faire disparaître la personne que tu croyais avoir à tes côtés.

Le jeune homme ne fut pas surpris par le message sibyllin du prêtre. Il connaissait bien sa façon de s'exprimer. Il avait aussi la certitude que son père adoptif lui fournirait les informations nécessaires le moment venu.

Il faisait nuit noire quand ils pénétrèrent dans la forêt. La lune parvenait parfois à se frayer un chemin à travers la végétation, illuminant un tronc d'arbre, des buissons ou une clairière. Ces images fantasmagoriques s'effaçaient aussi vite qu'elles étaient apparues.

Balam s'étonna du silence, que seul troublait le bruit de leurs pas. Durant le jour, la forêt emplie de vie ne cessait de résonner des voix de ses habitants. De peur de se perdre, il ne s'y était jamais aventuré après le coucher du soleil. Outre que le risque de s'y égarer était grand, on courait celui d'y rencontrer l'un des êtres surnaturels qui s'emparent de la terre et règnent sur l'inframonde quand l'astre solaire poursuit sa course nocturne.

Il fut donc surpris par l'aisance avec laquelle le grand prêtre avançait, à un rythme normal, évitant sans encombre les passages difficiles et lui désignant d'un geste ou d'un murmure la branche basse ou la liane qui aurait pu entraver sa progression.

Il suivait le *halach winik*, guidé par la faible lueur de sa tunique blanche dans l'obscurité. Le tissu semblait refléter la lune. Le jeune homme ne redoutait pas les esprits de la nuit car l'assurance tranquille de son père et la confiance qu'il plaçait en lui avaient apaisé ses craintes.

Balam n'aurait su dire depuis combien de temps ni dans quelle direction ils marchaient. Lorsque, enfin, ils arrivèrent à destination, le grand prêtre se retourna et lui sourit. Mais lui n'avait d'yeux que pour le lieu où ils étaient parvenus. La forêt dense avait disparu, laissant place au cercle presque parfait d'une clairière. La lune, à son zénith, la baignait d'une douce clarté et le contraste entre cette lumière tamisée et les zones obscures était saisissant. Le jeune homme frissonna lorsqu'il comprit qu'ils se trouvaient dans un lieu sacré.

Chauve-Souris Blanche le prit alors par le bras et le mena lentement au centre de la clairière. Il désigna l'une des souches qui tapissaient le sol.

— Assieds-toi, mon fils, et libère ton esprit. Fais de la nuit et du silence tes alliés. Tu vas bientôt sentir la magie de ces lieux te pénétrer.

Balam s'installa sur le tronc d'arbre, ferma les yeux et s'abandonna à ses sensations comme il l'avait fait si souvent. Il sentit ses sens s'aiguiser et tout son être s'ouvrir pour se fondre à cet environnement au magnétisme puissant. Lorsque le chaman reprit la parole, sa voix lui sembla lointaine mais intelligible :

— Balam Kimil, bien que nous ignorions la date exacte de ta naissance, tu approches de tes dix-huit ans. Tu le sais, j'ai choisi de t'appeler ainsi au lendemain de ton arrivée chez nous. Parce qu'un jaguar t'avait sauvé la vie, tu as reçu son nom. L'intervention de l'animal n'a pas été fortuite, tu peux en être certain, l'un de nos dieux éternels l'a rendue possible... Peut-être même que ce dieu a décidé de s'occuper de toi en personne... Sais-tu quel jour nous sommes aujourd'hui ?

— Oui, bien sûr, le 7 d'*abkal*.

Le jeune homme concentra son attention sur le prêtre. Dans le temple où ils travaillaient, tout comme à l'entrée de l'espace réservé aux astronomes, on prenait soin de changer chaque jour les mosaïques indiquant la date liturgique et la date astronomique.

— Eh bien, si tu réfléchis, tu comprendras que ce moment est particulièrement significatif. Nous sommes dans une année *abkal* et dans un jour du même signe, précisément le septième parmi treize. Tout cela t'indique quelque chose.

Balam se serait permis de sourire s'il n'avait été subjugué par la magie du lieu. Son père et maître ne prenait jamais rien pour acquis, il ne cessait de questionner ses disciples et de raisonner à partir de leurs réponses.

— Certes. C'est aujourd'hui que tous les autres dieux doivent rendre hommage au dieu Jaguar.

Une lueur de contentement dans les yeux du *halach winik* lui confirma que c'était bien la réponse qu'il attendait.

— *Abkal* est le jour qui lui est consacré et le sept est son chiffre, poursuivit Balam.

— Tout à fait, mon fils.

Le visage du chaman semblait d'argent sous la lune.

— Ce qui signifie donc que, ce jour, le jaguar est non seulement le plus grand parmi les grands, mais aussi qu'il est plus proche de nous, mortels.

Observant attentivement le visage de son disciple, le chaman parut changer de sujet :

— L'histoire que m'a contée un jour la grande reine Regard de Jade pourrait bien être une prophétie.

Toutes les siennes se sont réalisées ou le seront, je n'en doute pas un instant. Je te raconterai cela, le moment venu. Mais ce qui nous préoccupe à présent, c'est de connaître les desseins du dieu Jaguar à ton égard.

Chauve-Souris Blanche sortit d'une bourse accrochée à sa taille un petit flacon soigneusement bouché à l'aide d'un tampon de bois et enveloppé dans une mince toile cirée.

— Cette potion va permettre à ton esprit de voyager hors de ton corps. La sensation sera plus intense que tout ce que tu as pu éprouver dans tes moments de méditation... C'est bien sûr plus dangereux. En premier lieu parce qu'il ne s'agit pas d'une hallucination mais d'un voyage réel. Veille à n'absorber que la quantité nécessaire, sans quoi ton esprit poursuivrait son périple et ne reviendrait jamais au corps qu'il a abandonné. Ce serait la mort assurée. On mêle à la substance extraite du crapaud de mer des herbes que tu connais, pour la plupart. N'aie pas peur, je boirai aussi pour t'accompagner dans ton voyage.

Le *halach winik* versa une petite quantité de liquide dans un long verre qu'il avait extrait de la bourse.

— Bois lentement, d'un seul trait, détends-toi et concentre-toi sur l'image du dieu Jaguar pour l'invoquer.

Le cœur de Balam battait la chamade tandis qu'il avalait la potion. Les paroles de son maître, le charme envoûtant de la clairière et l'atmosphère magique de cette nuit agissaient sur lui, mettant tous ses sens en éveil. Il ne distingua que l'arrière-goût amer de certaines herbes familières, le reste lui était inconnu. Le chaman but à son tour.

Fermant les yeux, Balam suivit les instructions de Chauve-Souris Blanche et se concentra sur l'image du dieu Jaguar, tel qu'il apparaissait sur les fresques à l'intérieur des pyramides dédiées à son culte. Sa tête était celle du puissant animal et son corps celui d'un homme, à l'exception des griffes qu'il portait à l'extrémité des doigts et des orteils. Les sculpteurs le représentaient toujours aux aguets, les oreilles dressées, et les peintres emplissaient ses yeux de jaune vif.

Balam ressentit un léger malaise tandis que l'image du dieu s'estompait. La nausée lui fit rouvrir les yeux et il dut faire un effort pour distinguer la scène autour de lui. Face à lui, son maître resplendissait, masse blanche se détachant sur le fond sombre de la forêt. Pourtant, ses contours devenaient flous, comme un reflet dans l'eau d'un lac. Son mentor l'avait mis en garde : il ne rêvait pas, cela était bien réel... La silhouette se dédoubla et tandis que le chaman demeurait immobile, assis sur une souche, une chauve-souris sembla s'élever de sa poitrine pour gagner les airs au-dessus de la clairière.

Cette vision fut de courte durée. A peine le jeune homme eut-il repris son calme que la chauve-souris réapparut, cette fois très nettement. Elle voleta, puis alla se poser sur la souche, près du corps du chaman. L'animal, de grande envergure, gris sous les rayons de lune, posa son regard brillant sur le jeune homme.

Quand Balam tenta de parler, un grognement rauque sortit de sa gorge. Au bord de l'évanouissement, il se sentit paralysé et l'obscurité se referma sur lui comme une toile.

Puis, sans transition, la lumière revint, plus éclatante que l'instant précédent. Il parvenait maintenant à discerner les formes dans l'obscurité qui entourait la clairière. Des contours, de plus en plus nets, soulignaient chaque détail auparavant imperceptible. Le profond bouleversement qui s'était produit en lui ne le préoccupait pas, il se sentait fort, plein de vitalité, ses sens réagissaient à des sollicitations inédites.

Quand il se mit en mouvement, il ne fut pas surpris de constater que ses bras étaient devenus des pattes élastiques au pelage moucheté. Tournant la tête sans effort, il constata que son corps était à présent celui d'un jaguar.

Il chercha des yeux la chauve-souris : installée sur sa souche, elle le regardait. Puis, comme répondant à un signal, elle battit des ailes et quitta la clairière, gagnant les ténèbres au-dessus de la forêt. Le jaguar la suivit. Quelques mètres avant de s'enfoncer dans la végétation, il se retourna un instant, apercevant alors son propre corps et celui du *halach winik*, statues d'argent immobiles, sur les souches qui les avaient accueillis un peu plus tôt.

5

Paris

– an 2001 de notre ère –

Nicole marchait sur les quais de Seine avec son fiancé, Jean Massard, qui l'écoutait attentivement. Ainsi, main dans la main, ils ne formaient qu'un couple de plus parmi les amoureux venus profiter de la douceur de l'automne à Paris.

Après l'état d'euphorie dans lequel l'avait laissée sa conversation avec le professeur Lasserre, Nicole avait réalisé qu'elle ne pouvait décider seule de se joindre à l'expédition. Bien sûr, il s'agissait de son travail et une telle occasion ne se présenterait certainement pas deux fois, d'autant qu'elle avait l'accord de sa hiérarchie. Mais, en ce moment, sa priorité tenait en quatre lettres, celles qui formaient le prénom de son futur époux. Au cours des années à la ferme familiale, la jeune femme avait compris que l'amour qui liait ses parents était fait d'écoute mutuelle du désir de l'autre. Sa mère pouvait parfois avoir l'air insouciante, bavarde, voire égoïste, mais Nicole savait que dans les moments importants elle faisait front commun avec son mari.

Elle n'avait pas voulu donner de détails à Jean au téléphone et lui avait simplement parlé d'une opportunité professionnelle dont elle aurait aimé discuter avec lui. « Ne viens pas en voiture, nous irons nous balader et je te raconterai cela tranquillement en prenant un verre... »

— ... et cet après-midi, j'ai eu un coup de téléphone de Guy Lalande, l'archéologue qui vient de rentrer de Mexico. Visiblement, le professeur Lasserre ne veut pas que j'oublie sa proposition ! Lalande souhaite me voir demain matin pour parler du voyage et s'est montré surpris quand je lui ai dit que je n'avais pas encore pris ma décision. Il m'a paru sympathique.

Ils se regardèrent un moment et poursuivirent leur promenade en silence. Nicole savait que son fiancé n'avait pas pour habitude de donner des réponses précipitées. Malgré son apparence détachée et ses penchants juvéniles (cheveux un peu trop longs, vêtements décontractés et flambante décapotable rouge), c'était un homme réfléchi et compréhensif, soucieux des opinions de son entourage.

Jean finit par se retourner vers elle. Sa bouche souriait, mais c'était surtout l'étincelle qui pétillait dans ses yeux qui séduisait Nicole.

Jean s'efforça, sans vraiment y parvenir, de prendre un air sérieux.

— Chère professeure, je suis très flatté que vous remettiez votre vie professionnelle entre mes mains, d'autant que je deviendrai bientôt votre mari. Mais je dois vous dire qu'en la matière j'ai tendance à me fier à mes collaborateurs et à leur laisser entière liberté.

Il passa un bras autour de ses épaules en souriant maintenant largement et l'embrassa sur la joue.

— Nicole, mon grand-père Marc, le père de ma mère, m'a souvent répété qu'il ne fallait pas laisser passer les occasions de faire ce dont on avait vraiment envie, si cela était enrichissant pour nous. Il ajoutait que la vie donne rarement une seconde chance et que si l'on ne sait pas se saisir des opportunités, on passe le reste de son existence à le regretter. Ce à quoi j'ajoute personnellement que la vie est trop courte pour la passer à regarder derrière nous. Ne tergiversons pas : en route pour Mexico, à la recherche du trésor perdu ! Ce ne sera pas si long, d'après ce que tu me dis, et la date de notre mariage n'est pas annoncée... Nous pouvons attendre.

Nicole s'arrêta et prit les mains de son fiancé dans les siennes. Elle attira son visage vers le sien et ils échangèrent un baiser plein d'émotion. La Seine suivait son cours, indifférente à un amour de plus. La jeune femme sentit ses yeux s'emplir de larmes.

— Si tu étais un rêve, Jean, je ne verrais pas d'inconvénient à ne jamais m'éveiller... Bon, ne va pas croire tout ce que je te dis, sinon, on ne s'en sortira pas ! Mais je te remercie, vraiment, ta réponse me rend si heureuse.

— Je ne peux pas te cacher que tu vas me manquer... et que je suis aussi un peu jaloux... La forêt vierge, les Mayas, la chasse au trésor... On croirait un film d'aventures !

Le visage de Nicole se figea, une idée venait soudain de lui traverser l'esprit.

— Jean, tu m'as bien dit que tu venais de terminer le projet pour les grands magasins ?

Elle ne lui laissa même pas le temps de répondre et enchaîna :

— Tu m'as dit aussi que tu ne te souvenais plus d'avoir pris de vraies vacances depuis longtemps, n'est-ce pas ? Eh bien, il va falloir que tu dises à ton père de se passer de toi quelque temps parce que tu as avancé notre voyage de noces... Dis-lui ce que tu voudras, mais viens avec moi au Mexique !

Jean en resta pantois quelques secondes, parvint à peine à articuler :

— Mais, mais... Que vont-ils dire de cela, au Louvre ? Comment expliquer la présence d'un architecte urbain dans une expédition ? Et de surcroît un architecte qui est ton fiancé ? Tu ne crois pas que...

— Ecoute, Jean, ils font pression sur moi, ils exercent pratiquement un chantage pour que j'accepte. Dans ces conditions, il est temps que je pose mes conditions. Je ne demande rien d'extraordinaire, pas même tes frais de voyage. Bon, c'est décidé !

L'enthousiasme illuminait le visage de Nicole.

— Nicole, je ne sais pas, c'est... c'est trop...

— Trop quoi ?

— Inattendu ?...

— Si tu ne trouves que ce mot... c'est que l'idée te réjouit, je me trompe ?

— Oui, c'est vrai. Je ne sais pas, je crois que c'est une folie...

— Et que serait la vie sans un grain de folie ? fit-elle avant de reprendre avec sérieux : Tu en as envie ? Vraiment envie ? Tu en es sûr ? Nous en avons envie tous les deux... Que disait ton grand-père, déjà ?

— Comment ?

— Tu sais bien, à propos de l'occasion qui se présente et qu'il ne faut pas laisser passer, des regrets qu'on garde toute sa vie…

— Ça va, ça va, je suis convaincu, je me rends !

— Entièrement convaincu ?

— Oui, absolument !

— Alors, personne ne pourra s'y opposer.

Tous deux étaient radieux, à présent.

— Et maintenant, Jean, donne-moi un baiser, c'est ce que je désire le plus au monde.

6

Caracol

– an 626 de notre ère –

K'in ajaw, l'astre solaire, dut parcourir le ciel plusieurs fois avant que Balam ne se remette de l'expérience qu'il avait vécue avec son maître. Jour après jour, ses rêves ressuscitaient les images magiques de cette nuit qu'il avait peine à croire réelle.

Il n'aurait su dire pendant combien de temps il avait parcouru la forêt dans le corps du jaguar, accompagné de la chauve-souris qu'il avait vue sortir du corps du *halach winik* et qui l'avait guidé sans jamais le quitter, tantôt voletant devant lui, tantôt le suivant. L'animal se maintenait près du sol, parfaitement à son aise dans l'obscurité. Balam le suivait sans effort, avec une étrange sensation de force et de puissance, ses sens en éveil percevant des détails imperceptibles pour l'homme.

Quand ils passaient au travers de zones à la végétation moins dense, la chauve-souris ralentissait l'allure et laissait le jaguar choisir son chemin à la lueur de la lune. Ils traversèrent ainsi certains lieux familiers à Balam et d'autres totalement inconnus. Ils allèrent s'abreuver à la grande lagune, en dehors de la ville, en compagnie d'autres animaux qui ne s'effarouchèrent pas de leur présence. Plus tard, ils allèrent contempler la pyramide isolée au cœur de la jungle et le temple de la pluie qu'elle abritait. Dans la nuit claire, sa blancheur silencieuse prenait de saisissants reflets d'argent sous la lune.

Le retour à la clairière avait été pour Balam pareil à la fin d'un rêve qu'on se refuse à abandonner. Les deux silhouettes humaines se trouvaient à leur place, comme pétrifiées. La chauve-souris s'était alors dirigée vers le *halach winik* puis s'était posée sur son épaule. Là, elle avait attendu, observant les mouvements du jaguar qui, comprenant que l'extraordinaire aventure touchait à sa fin, avait cheminé vers le corps qu'il connaissait si bien. Quelques secondes plus tard, il avait vu la chauve-souris disparaître et senti s'estomper les sensations qui avaient fait de lui le tout-puissant seigneur de la forêt. Quand le grand prêtre s'était levé, quittant la souche où il était assis, Balam avait compris que tous deux avaient retrouvé leur enveloppe humaine.

« Je pourrai répondre à certaines de tes questions, mais je regrette de ne pouvoir dissiper tes doutes sur d'autres, car j'ignore moi-même les réponses. »

Le ton de Chauve-Souris Blanche restait serein tandis que fusaient les interrogations du jeune homme. Ils étaient en route vers Caracol. Balam avait besoin de comprendre, mais tentait aussi de fixer dans sa mémoire le souvenir des sensations extraordinaires qu'il venait de vivre. le grand prêtre avait dû le sentir et, souriant dans la pénombre, avait repris le ton aimable mais ferme que son disciple connaissait bien :

« Ne pose plus de questions, à présent ; contente-toi d'emplir ton esprit de l'expérience que tu as vécue, car la possibilité de passer dans le corps du grand jaguar t'est désormais acquise. Depuis que tu es arrivé chez nous, encore enfant, et que j'ai contemplé ta blessure, je savais que tu étais la deuxième personne de l'étrange prophétie. »

Chauve-Souris Blanche avait levé la main avant que Balam ait pu ouvrir la bouche.

« C'est une longue histoire et il n'est pas encore temps de la raconter. Dans quelques jours, ton esprit sera apaisé et nous pourrons parler. Je te dirai tout ce que je sais. »

Le disciple savait qu'il était inutile d'insister auprès de son maître. Pour le moment, il devait accepter que ceci n'avait pas été un rêve et méditer les paroles de Chauve-Souris Blanche : il avait une révélation à lui faire.

Les jours passaient et le *halach winik* ne faisait pas mine de tenir sa promesse. Il n'avait plus fait allusion à la nuit passée ensemble et avait repris ses anciennes habitudes avec Balam. Le jeune homme mourait d'envie d'interroger son maître, mais savait la démarche inutile. La nuit, quand il ne parvenait pas à trouver le sommeil, il se calmait à l'idée que son père adoptif attendait que son esprit soit au repos. Alors il s'endormait, convaincu que le silence serait rompu le lendemain.

Seule Héron Bleu avait noté le changement qui s'était produit en Balam. Elle parlait peu mais ses yeux vifs captaient tout. Balam était persuadé que les dieux l'avaient dotée non seulement d'extraordinaires dons d'observation mais aussi de pouvoirs surnaturels. Comme sa grand-mère Regard de Jade, que le peuple maya vénérait toujours, la jeune fille pouvait prédire l'avenir et voir ce qui restait obscur aux yeux des autres mortels.

Un matin, elle vint parler à Balam :

— Balam, je te sens accablé et cela me peine. Mais je sais aussi qu'une nouvelle force est en train d'agir en toi pour que ta destinée s'accomplisse. Sois tranquille, car tu retrouveras ta sérénité.

La jeune fille avait caché son émotion en détournant un peu la tête. Balam l'observa en silence. Comme son père adoptif, elle n'ajouterait rien à ce qu'elle venait de dire. Elle le lui avait confié un jour : elle ne dominait pas ces impulsions soudaines qui la poussaient à parler.

— Demain, c'est la fête du maïs...

En entendant Chalmek, Balam et Héron Bleu oublièrent leur conversation et se retournèrent vers lui. Le neveu de Chauve-Souris Blanche s'était approché sans bruit et leur souriait de toutes ses dents. Il poursuivit, s'adressant à Héron Bleu :

— C'est toi qui serviras d'offrande. Les dieux ne pourront manquer de nous donner une magnifique récolte...

La jeune fille lui rendit son sourire.

— Je ne pense pas que cela dépende de moi et je ne crois pas non plus être sacrifiée. Si les prêtres t'entendaient, ils te récompenseraient de quelque maléfice.

Balam posa une main sur l'épaule de son ami et se mit à rire.

— Ou bien ce serait toi qui serais choisi comme offrande et sacrifié au dieu de la pluie. Tu sais combien ils aiment cela.

Lumière Noire s'était rapproché.

— On ne plaisante pas avec un tel sujet, lâcha-t-il. Etre élu pour servir d'offrande aux dieux est un honneur et une chance que personne ne doit craindre. Il revient aux prêtres d'interpréter la volonté des dieux et de la satisfaire.

Balam répondit sèchement :

— A Caracol, nous ne faisons plus de sacrifices depuis bien longtemps et nous n'en éveillons pas pour autant la colère des dieux. Au contraire, ils nous ont donné de belles récoltes depuis plusieurs années.

Le prince s'irrita à cette remarque.

— Et n'as-tu jamais songé que les dieux sont satisfaits parce que d'autres comblent leurs désirs ? Car certains rois, comme mon père ou comme le grand K'awiil de Tikal, ne se substituent pas à leurs prêtres et jugent opportun que les dieux reçoivent leurs offrandes comme le veut la tradition.

Balam ne sut que répondre. En effet, certains prêtres de Caracol, surtout ceux qui servaient les dieux les plus sanguinaires, n'appréciaient pas l'interdiction des sacrifices humains. Héron Bleu vint à sa rescousse :

— Tu sais bien que celui qui a lutté pour bannir les sacrifices était bien plus proche des dieux que les prêtres dont tu parles. Ma grand-mère Regard de Jade a convaincu son mari, le roi, que les dieux n'en réclamaient pas. Quand Yajaw Te K'inich a convoqué les sages, le *halach winik* et les prêtres ont reconnu que les dieux s'étaient exprimés par la bouche de ma grand-mère. Et nul ne conteste que Yajaw Te K'inich était un grand roi.

— Et que Caracol a progressé depuis, ajouta Chalmek à voix basse, comme pour que personne ne l'entende. Mon oncle Chauve-Souris Blanche pense aussi que les sacrifices humains sont inutiles. C'est un prêtre en qui on peut avoir confiance, n'est-ce pas ?

Lumière Noire les dévisagea un à un. Ses lèvres serrées ne formaient plus qu'un fil qui tremblait légèrement, mais il reprit, de son ton habituel, froid et dégagé :

— Je vois que vous êtes tous les trois du même avis, et que vous parlez par la bouche d'autres personnes. Je ne dirai qu'une chose : on ne peut troubler très longtemps l'ordre établi sans que les dieux fassent sentir leur colère. Et là, croyez-moi, ceux qui les ont offensés disparaissent et d'autres les remplacent. Et tout de nouveau revient à sa place comme il convient.

7

Mexico

– an 2001 de notre ère –

Nicole ne parvenait pas à y croire : dans vingt-quatre heures à peine, elle se retrouverait en pleine forêt tropicale, à tenter de suivre une piste vieille de quelque mille quatre cents ans. La nuit, un dais d'étoiles remplacerait les caissons du plafond de l'hôtel qui les abritait aujourd'hui, et les bruits importuns de la civilisation céderaient la place à la mélodie ancienne et toujours recommencée de la nature.

L'arrivée à Mexico avait ébranlé sa perception habituelle du monde. Il y avait eu d'abord la ville, immense, qu'ils avaient survolée et qui lui avait paru sans fin. Puis, plus tard, au terminal de l'aéroport, la longue attente des bagages qui étaient enfin arrivés, à leur grand soulagement, tandis que les gens couraient de-ci de-là, parlant fort dans une langue qu'elle ne comprenait pas. Et enfin, le contact avec cette ville contrastée. Son petit bureau du musée lui paraissait si loin, et pas seulement à cause de la distance.

Pour le moment, leur séjour ressemblait fort à une villégiature. Elle avait voyagé avec Guy Lalande, deux techniciens de la télévision française et Jean. Nicole riait toute seule en repensant à la tête du professeur Lasserre quand elle lui avait annoncé qu'elle ne mettrait qu'une seule condition à son départ : la possibilité pour son fiancé de les accompagner à ses frais. Pour le reste, la décision appartiendrait au musée.

Le professeur Lasserre était resté impassible pendant qu'elle parlait, puis avait affiché l'expression contrite de qui n'a d'autre solution que de céder aux arguments de son interlocuteur. Nicole avait d'abord cherché des justifications plausibles, puis y avait renoncé. Après tout, elle n'avait pas à s'excuser de ce qui ne dérangerait personne.

A Mexico, ils logeaient dans un hôtel de la « Zone rose », sur le Paseo de la Reforma. Quand Nicole fit remarquer que cela devait coûter cher, l'archéologue rétorqua en riant :

— C'est la moindre des choses que le département nous offre ce luxe, chère collègue. Songez que dans quelques jours notre hébergement ne leur coûtera pas un centime.

Le lendemain de leur arrivée, Lalande, Nicole et Jean se rendirent en taxi au musée archéologique. C'était le premier contact des jeunes gens avec la capitale mexicaine et le trafic leur parut terriblement effrayant : rien de comparable avec la circulation à Paris, qu'ils trouvaient pourtant difficile. Lalande ne s'en préoccupait pas.

— Je m'y suis habitué. La ville est extrêmement étendue et les transports publics fonctionnent mal. Il faut ajouter à cela plus de vingt millions d'habitants... qui circulent tous en voiture !

Le professeur Julio Rivera, le collègue mexicain qui ferait aussi partie de l'expédition, les attendait au musée.

« Julio est l'un des plus grands spécialistes au monde de la culture maya », leur avait expliqué Lalande, la veille pendant le dîner, une fois que les techniciens se furent retirés et qu'ils se retrouvèrent tous les trois. Nous avons eu l'occasion de participer à plusieurs expéditions communes, Julio et moi, et nous étions ensemble quand nous avons découvert l'oratoire. Si vous aviez vu sa bobine quand il s'est penché sur les signes hiéroglyphiques ! »

Lalande avait remarqué l'intérêt qu'éveillaient ses propos.

« C'est un homme très intéressant. Vous verrez. Un mélange d'aristocrate anglais et de paysan. Il est capable d'incarner le summum de l'élégance au château de Windsor et de profaner un tombeau en dégageant les pierres de l'entrée à mains nues. Il dirige une chaire à l'université et travaille au musée. Je crois que ses étudiants ne doivent pas le voir beaucoup... Ce qu'il apprécie par-dessus tout est de se perdre dans la forêt pour découvrir des ruines. »

Se souvenant de leur discussion de la veille, Nicole salua Julio Rivera avec un sourire amusé. Ce matin-là, elle faisait sans doute la connaissance de la version aristocratique de l'érudit mexicain. L'homme qui lui serra chaleureusement la main devait avoir légèrement dépassé la cinquantaine. Ses cheveux poivre et sel étaient coiffés en arrière et on devinait à son teint hâlé qu'il travaillait en plein air. Sa voix était agréable et il parlait bien le français.

La jeune femme répondit au salut de l'archéologue, puis, se sentant un peu débraillée, elle rabaissa machinalement ses manches et lissa sa jupe. Il portait un gilet de toile beige sur une chemise à carreaux et une cravate grenat, mais son élégance tenait davantage à son maintien impeccable qu'à sa tenue vestimentaire.

Dans les jours qui suivraient, Nicole et Jean découvriraient aussi que leur amphitryon avait un comportement un peu singulier. S'il se montrait d'une amabilité et d'une prévenance rares avec eux, il pouvait en revanche devenir extrêmement sec et brutal avec les étudiants ou les employés du musée qui avaient l'outrecuidance de lui demander un renseignement.

Julio Rivera leur parla avec émotion de l'expédition qu'ils étaient sur le point d'entreprendre et il y mit tant d'intensité que Jean et Nicole eurent la sensation de se trouver déjà immergés dans cette forêt vierge qu'ils avaient hâte de découvrir.

Quand Guy Lalande s'excusa pour aller régler les détails de leur voyage, l'archéologue mexicain proposa de leur servir de guide.

— Hélas, je dois travailler un peu... Mais nous pouvons visiter ensemble la salle maya et prendre un café. Ensuite, je vous confierai à Pablo, mon assistant, qui vous cornaquera dans le reste du musée.

Il s'inclina légèrement vers Nicole.

— Nous avons une réunion préparatoire dans mon bureau à dix-huit heures. Nous comptons bien évidemment sur votre présence.

Pendant la visite, Nicole et Jean tombèrent sous le charme de Rivera : ses connaissances et son ton amène, son débit posé et son discours nuancé faisaient que l'on restait littéralement suspendu à ses lèvres.

Il leur montra un linteau maya rapporté de Yaxchilán et leur exposa avec clarté le système architectural de l'époque. Devant la reproduction de la tombe du grand roi Pacal de Palenque, il leur offrit une splendide leçon sur les rites funéraires du peuple maya et sur leurs conceptions de la vie et de la mort. Le fac-similé des peintures murales de Bonampak lui permit également de leur expliquer les modes de vie des courtisans et des soldats. Nicole prenait des notes, engrangeant les connaissances et les informations qui lui serviraient pour ses émissions télévisées.

— En réalité, nous ne connaissons pas grand-chose de ce peuple. Nous avons dû pratiquement tout réinventer et nous sommes convaincus de laisser derrière nous d'immenses lacunes qu'il nous sera difficile de combler et des erreurs que nous serons peut-être incapables de corriger. C'est pour cette raison que tout nouvel élément ou découverte est extrêmement précieux.

Nicole et Jean prirent congé de Julio Rivera et, une heure plus tard, de son assistant Pablo. La visite du musée avait été passionnante mais épuisante et ils décidèrent d'aller faire une pause dans une cafétéria. Tout en observant l'énorme sandwich qu'elle ne savait par quelle face attaquer, Nicole soliloquait :

— Cet homme... Rivera, c'est un véritable trésor pour mes émissions de télé. Je lui demanderai de m'éclairer sur le sujet à chaque fois et... l'affaire sera dans le sac ! D'autant que je pourrai l'interviewer de temps en temps, son français est parfait !

Elle décida finalement de planter son couteau au sommet de cette montagne comestible. Jean sourit : il avait commandé un steak, ce qui ne posait pas de problème majeur.

— Tu as remarqué à quel point ils m'ignorent ? Je sais bien que je suis étranger à l'expédition et que je ne suis pas des vôtres... mais, même quand la conversation tourne autour d'autres sujets, j'ai parfois l'impression de ne pas exister. En particulier avec Lalande...

— Mais non, Jean, je crois que tu te trompes. Rivera et son assistant ont été adorables avec nous deux. C'est normal qu'ils s'adressent à moi : après tout, je suis célèbre... et plus jolie que toi ! Non, sérieusement, je n'ai pas eu cette impression. Tu verras, vous allez devenir amis, Rivera et toi. Vous avez beaucoup de choses en commun.

— J'espère que tu ne parles pas de l'âge !... Pardon, tu dois avoir raison : c'est toi la star invitée !

— Parfait. Je suis heureuse que tu le reconnaisses et aussi que tu me rendes hommage. Je finirai par te choisir comme chevalier servant.

— Pourtant, Lalande... Bon, c'est peut-être moi qui me fais des idées. Mais je jurerais qu'il m'ignore sciemment. Comme si ma présence ici l'ennuyait, qu'il ne l'approuvait pas...

— C'est vrai, Guy est compliqué. Tiens, échangeons nos plats, ce sandwich est excellent.

Nicole observa la bataille que Jean livrait à présent avec son assiette.

— Il se peut bien que tu aies raison. En réalité, il ne m'a jamais rien dit de toi, ni en bien ni en mal. En tout cas, c'est sans importance. Et nous ne devons y attacher aucune importance. Ni même à lui !

— Peut-être, mais ce n'est pas très agréable.

— En fait, je crois qu'il ne s'agit pas que de toi, Jean. J'ai déjà senti à Paris, quand nous étions en réunion, comment te dire… J'ai eu la sensation qu'il essayait de me soutirer des informations. Quand je l'ai interrogé à propos des hiéroglyphes, il s'est montré un peu approximatif et ne m'a donné qu'un aperçu très morcelé. Sans parler de la localisation de l'oratoire. Quand il a remarqué que son imprécision me mettait mal à l'aise, il m'a assuré qu'il me donnerait tous les détails sur place. Il a marmonné quelque chose sur les oreilles indiscrètes et sur l'obligation de se taire.

— En fin de compte, ce serait lui, le paranoïaque ? Il t'en a dit plus, ensuite ?

— Non, en réalité il ne m'a rien dit. J'imagine que j'en saurai plus à la réunion de cet après-midi. Dans le cas contraire, je mettrai les pieds dans le plat. Pas question qu'il me prenne pour un pantin.

— En principe, je ne devrais rien te dire. Mais ils ne me l'ont quand même pas fait jurer comme en conseil des ministres…

C'était le troisième jour qu'ils passaient à Mexico et ils prenaient leur petit déjeuner seuls, à l'hôtel. La veille, Nicole avait assisté à la réunion dans le bureau de Rivera pendant que Jean visitait seul la ville. Puis l'archéologue les avait invités dans un restaurant typique, en compagnie des techniciens de la télévision.

La soirée s'était achevée tard et, quand ils avaient fini par rentrer, la fatigue et les effets de l'alcool se conjuguant, ils avaient fait long feu. Julio Rivera avait été un parfait cicérone, bien que deux groupes se soient formés à table : les trois archéologues d'un côté, Jean et les techniciens de l'autre.

A présent, devant leurs œufs brouillés et leur café au lait fumant, Jean et Nicole semblaient plus frais que la veille.

— Ils ne m'ont pas tout raconté, mais ils ont au moins répondu à mes questions, surtout Rivera. Quant à Guy, je ne sais pas si je suis influencée par toi, mais j'ai vraiment l'impression qu'il garde des balles dans sa cartouchière. Il faudra être patient.

Jean l'invita du regard à continuer.

— Tout tourne autour des inscriptions de l'oratoire, le reste du site ne semble pas très important. Et voilà le nœud de l'affaire : d'après ce que j'ai compris, les textes que Rivera et Lalande ont traduits pourraient indiquer un autre lieu…

Nicole marqua une pause et regarda Jean d'un air farceur.

— Un lieu… plus ou moins proche.

Elle s'interrompit encore pour boire très calmement une gorgée de son jus d'orange.

— Et dans ce lieu pourrait se trouver…

— Allons, Nicole, conclus, à la fin !

— Eh bien, dans ce lieu pourrait être caché le cadeau des dieux.

— Pardon ?

— Le cadeau des dieux. Les inscriptions y font allusion. Rivera m'a également dit qu'elles parlaient d'un masque ou d'un ornement de jade. Julio pense que les deux choses, le cadeau et le masque, ne feraient qu'un. Mais nos éminents experts n'ont pas de certitudes absolues et il me semble qu'ils n'ont pas réussi à se mettre d'accord sur certaines parties de la traduction.

— Bon, c'est un bon début ! Et où se trouve ce lieu ?

— C'est là que le bât blesse, ils l'ignorent.

— Pas la moindre idée ?

— Peut-être que cela m'a échappé. Peut-être aussi qu'ils en savent plus qu'ils ne veulent le dire. Ils m'ont parlé d'observatoires astronomiques mayas, des directions désignées par Vénus, des équinoxes... Je ne sais pas, c'est plutôt confus !

— Rappelle-toi du fragment de céramique que tu as déchiffré. Au début aussi, cela te semblait fumeux. Et tout d'un coup, bingo !...

Nicole lui sourit et leva son verre de jus d'orange comme pour porter un toast.

— Tu as raison. Il va falloir qu'ils soient plus clairs s'ils veulent vraiment notre aide.

8

Caracol

– an 626 de notre ère –

Balam regardait Héron Bleu gravir les marches de pierre. Elle se trouvait déjà à proximité du temple élevé au sommet de la pyramide. La jeune fille était vêtue d'une tunique rouge, couleur de l'est d'où viendraient les pluies, et portait une couronne tressée de fleurs et d'épis de maïs. Le récipient qu'elle prenait bien soin de maintenir en équilibre entre ses mains ralentissait son ascension.

Balam se trouvait à côté de Chalmek, parmi les milliers de spectateurs qui assistaient à la cérémonie implorant les dieux d'accorder une bonne récolte à Caracol.

Dès le lever du soleil, les habitants s'étaient mis en route vers la pyramide, qui abritait le temple des divinités de la pluie. Certains prêtres étaient déjà sur place depuis la veille, d'autres accompagnaient la procession, très festive malgré le sérieux que prétendaient lui imposer les prêtres qui ouvraient la marche.

A leurs côtés marchaient Chauve-Souris Blanche, revêtu de tous ses attributs honorifiques de *halach winik*, et Héron Bleu, à qui revenait l'honneur de faire l'offrande du copal. En tête de la procession avançaient également quatre enfants en costume vert et au visage presque entièrement occulté par un masque de grenouille criant de réalisme. Flûtes et tambourins fermaient le groupe de tête du cortège. Derrière suivait une foule bigarrée, qui avait rejoint le défilé en différents points de la ville.

La pyramide se trouvait à six longs jets de flèche[1] de la cité, au centre d'une clairière qui avait été dégagée les jours précédents en prévision de l'affluence.

Pour l'heure, Balam contemplait la majestueuse pyramide qu'il avait vue une certaine nuit, avec Chauve-Souris Blanche, dans la froide clarté de la lune. Aujourd'hui, sous le soleil, entourée de milliers de gens, elle lui semblait plus vaste mais dénuée de magie.

Quand Héron Bleu posa le pied sur la dernière marche de la pyramide, deux prêtres vinrent l'accueillirent tandis que les autres demeuraient près du foyer allumé à l'entrée du temple. Le roi K'an II, arrivé sur place avant la foule, était installé sur une estrade élevée à proximité de la pyramide. Légèrement en retrait sur cette même plate-forme, Chauve-Souris Blanche, témoin silencieux, observait la scène.

Les prêtres, vêtus de grandes tuniques sombres, psalmodiaient un cantique, accompagnés par les voix des enfants à tête de grenouille que l'on avait hissés

1. Environ un kilomètre et demi.

au sommet de l'édifice dès le début de la cérémonie. Chacun, placé à un angle du temple, reprenait en boucle le cri monocorde du batracien. Ils représentaient ainsi, aux quatre points cardinaux, les grenouilles *uo*, qui coassent à l'approche de la saison des pluies, et tentaient d'attirer la bienveillance des *chaacs*[1]. Près de l'autel central, une statue aux yeux protubérants du dieu Tlaloc, autre divinité de la pluie vénérée par les Mayas, trônait sur un piédestal placé à la limite de la plate-forme. Le culte de Tlaloc était récent, il venait des Toltèques, arrivés de la lointaine Teotihuacán pour commercer avec les Mayas.

Le silence se fit dans l'assemblée, car le moment fort de la cérémonie approchait. Héron Bleu s'approcha du feu qui brûlait au centre de l'autel et plaça sur le sommet de sa tête le récipient contenant le copal afin que tous puissent le voir. Les prêtres reculèrent alors, formant un grand cercle autour d'elle, isolée de tous face au foyer.

En bas, dans la foule, Balam ne put contenir son émotion. Les sombres oripeaux des prêtres offraient un contraste saisissant avec la petite Héron Bleu, qui resplendissait telle une fleur lumineuse avec sa tunique rouge et sa couronne multicolore. Même à distance, on apercevait la blancheur de ses bras nus tendus vers le ciel et on imaginait ses grands yeux inquiets.

Lorsqu'il tourna la tête vers son ami, Balam vit que Chalmek ressentait lui aussi un certain trouble.

1. Chacune de ces divinités, au nombre de quatre, était responsable de l'un des points cardinaux. La pluie et la sécheresse dépendaient de leur bon vouloir.

Quiconque connaissait la nièce du roi K'an II ne pouvait s'empêcher de tomber sous son charme et de l'aimer tendrement.

Héron Bleu baissa les bras et cala le récipient sur le foyer, puis elle s'éloigna à son tour. Le chant des prêtres devenait de plus en plus profond. Mains tendues vers le ciel, ils gardaient les yeux rivés sur le copal. La résine fondue coulait par les ouvertures pratiquées au fond du récipient et formait au contact des flammes d'épaisses colonnes de fumée noire.

Quelques minutes plus tard, un véritable nuage obstruait le ciel, masquant la lumière du soleil. On aurait juré que cette masse allait éclater et apporter la pluie sur terre, une illusion si réussie que la foule poussa des cris de joie.

Balam se mit à rire en passant son bras autour des épaules de Chalmek. Puis il dirigea de nouveau son regard vers le sommet de la pyramide, où rien ne semblait avoir bougé. Alors, tandis que tous fixaient le ciel, il fut témoin d'une étrange scène.

L'un des auxiliaires des officiants, un jeune garçon d'une quinzaine d'années, marchait près de la statue de Tlaloc quand un prêtre du dieu se jeta sur lui et le poussa vers le rebord de la plate-forme. Surpris, le jeune garçon ne put que se raccrocher au bras de son assaillant. Alors, avec une rapidité surprenante pour son âge, Chauve-Souris Blanche fit un pas en avant, se saisit à deux mains du bras libre du jeune homme et le tira vers l'intérieur de la plate-forme.

De là où il se trouvait, Balam eut l'impression d'observer le coup de queue d'un serpent. Le *halach winik* attirait à lui le jeune homme qui, lui, s'accrochait au bras du prêtre de Tlaloc. L'impulsion que donna Chauve-Souris Blanche fit pivoter les deux hommes, le prêtre se retrouvant à son tour à l'extrémité de la plate-forme. Affolé, il s'agitait au-dessus du vide quand le jeune homme lui lâcha le bras. Le prêtre perdit son équilibre et la foule se figea, les yeux levés vers le sommet de la pyramide. On entendit le choc lugubre et sourd des os qui se brisaient contre la pierre.

Pas un cri ne s'éleva de l'assemblée et tout le monde resta figé sur place. Le prêtre était mort, sa tête formant un angle impossible avec le reste de son corps. La voix du roi K'an II s'éleva alors dans le silence :

— Gardes, ramassez le corps et poursuivons la cérémonie.

Balam et son maître marchaient côte à côte vers Caracol. La nuit tomberait bientôt et chacun rentrait chez soi. Après les rituels religieux, la musique et les jeux avaient commencé, mais la liesse n'était plus de la partie. Partout, on ne parlait que de la mort du prêtre de Tlaloc, qui avait assombri la fête. Même le partage du chocolat et des galettes de maïs garnies de viande avait paru bien terne, comparé à l'habitude.

Officiellement, un malheureux accident avait eu lieu, mais très vite on s'accorda sur une nouvelle interprétation : le prêtre avait voulu offrir un sacrifice humain aux dieux et son dessein s'était accompli, même si la victime n'était pas celle qu'il avait d'abord désignée.

Balam et Chalmek avaient écouté ce qui se disait dans les attroupements.

« C'était un homme de principes. Il ne cessait de répéter qu'il fallait offrir aux dieux ce qu'ils avaient toujours exigé... »

Certains faisaient à cette remarque des signes d'assentiment. On disait aussi qu'avant l'événement le prêtre avait eu une discussion animée avec le *halach winik*. Mais les conversations cessaient quand les jeunes gens approchaient. Quelques-uns déclaraient que Tlaloc aimait les sacrifices humains puisqu'il les avait permis, mais l'idée dominait que la victime avait offensé les divinités et que sa mort était un châtiment.

Balam interrogea donc Chauve-Souris Blanche à ce sujet sur le chemin du retour. Le chaman l'écouta mais demeura silencieux. Il finit par s'exprimer à voix basse :

— Tout cela ne présage rien de bon. Si la récolte est abondante, on dira sûrement que Tlaloc est satisfait du sang versé. Si au contraire les pluies ne viennent pas, on dira que le dieu réclame des vies humaines. Dans tous les cas, les prêtres se saisiront de l'occasion pour glorifier le culte de Tlaloc. Et la reine Regard de Jade n'est plus parmi nous pour faire entendre sa voix.

Cette dernière phrase fut presque inaudible, comme si Chauve-Souris Blanche se parlait à lui-même. Balam préféra détourner la conversation.

— Tu aurais pu tomber, aussi. L'auxiliaire du prêtre aurait pu t'entraîner...

— Les dieux m'ont déjà accordé une longue vie. Lorsqu'ils décideront d'y mettre un terme, alors je mourrai. Mais je ne crois pas mon heure arrivée.

Dans la pénombre de la forêt, son visage semblait plus fatigué que de coutume. Le chaman fit un pas de côté pour se mettre en retrait du sentier et attira face à lui son jeune disciple.

— Ne pense pas que je me surestime ou que je croie que les dieux m'accordent un traitement de faveur. C'est simplement que... que la prophétie ne s'est pas encore réalisée et que, c'est certain, j'ai un rôle à y jouer. Je ne suis pas le seul... Toi aussi, Balam.

Le *halach winik* ne put maîtriser un sourire, certes à peine esquissé, à la vue de l'expression abasourdie de son disciple. Il finit par joindre les mains comme pour s'excuser.

— Je comprends que tu sois déconcerté, mon garçon... Il faut me pardonner. J'aurais dû t'en parler plus tôt, la nuit où nous avons marché ensemble dans la forêt... mais tu es si jeune...

Balam regarda affectueusement son mentor et attendit.

— Oui, Balam, je dois te dire beaucoup de choses. Mais ce n'est ni le moment ni le lieu... Viens me voir et nous parlerons.

9

Région du Petén, Guatemala

– an 2001 de notre ère –

Nicole ressentait une intense émotion. La forêt tropicale était bien comme elle se l'était imaginée. Se retrouver au cœur de cette nature exubérante au terme d'une journée épuisante, tandis que le ciel s'obscurcissait à l'approche de la nuit, était une sensation merveilleuse dont elle tentait de fixer chaque détail. Celui qui l'avait le plus surprise – mais elle avait très vite compris que c'était justement ce qui rendait le lieu incomparablement vivant –, c'était le bruit de la forêt, la voix par laquelle cette vie millénaire parlait à qui s'en approchait. Au lieu du silence inquiétant et enveloppant qu'elle avait cru trouver, elle découvrait un babil incessant murmuré par une multitude de voix. Elle ne parvenait pas à les isoler, mais chaque son créait en elle une résonance profonde : l'éclat très proche qui fait sursauter, la rumeur lointaine étouffée par les frondaisons, le cri strident d'un oiseau auquel fait écho le rugissement profond d'un animal sauvage en chasse. Et par-dessus tout cela, le raffut des singes.

« Ce sont les singes hurleurs », lui avait expliqué Julio Rivera en l'aidant à décharger son sac à dos.

Avant de traduire en français, il s'était exprimé en espagnol, comme si ces habitants de la forêt devaient être présentés par leur nom original.

« Ils sont épuisants avec leurs commérages, bien qu'on finisse par s'y habituer. Vous verrez, quand ils se taisent, ils commencent à nous manquer ! »

Ce matin très tôt, ils avaient quitté la ville de Belize où, arrivés par avion la veille depuis Mexico, ils avaient rejoint le dernier membre de l'expédition. L'homme s'était présenté avec un salut rigide, dans un français fortement marqué d'accent espagnol.

« Professeur Augusto Fabricio, de l'université du Guatemala. »

Il était mince, ni vieux ni jeune. Ses cheveux noirs n'encadraient que le bas de son visage et le haut de son crâne brillait comme s'il avait été passé à la brosse à reluire. Sa calvitie était cependant compensée par une gigantesque moustache qui semblait lui sortir du nez pour aller se recourber sur ses joues.

Dans l'avion, Jean et Nicole, installés de part et d'autre de Julio Rivera, en avaient déjà beaucoup appris sur l'archéologue. Il semblait que, gagné par l'euphorie du commencement de l'expédition, Rivera, déjà naturellement volubile, fût en veine de conversation.

« C'est un personnage. Il ne faut pas se laisser dérouter par son apparence et ses manières. Je crois qu'il entretient son côté un peu démodé... sa raideur prussienne. Mais quand on apprend à le connaître, on découvre une personne fantastique. Et aussi, ses connaissances archéologiques sur la région du Petén sont inépuisables. Nous avons vécu beaucoup d'aventures ensemble... »

Il avait laissé la phrase en suspens, un demi-sourire aux lèvres.

Jean et Nicole avaient passé une bonne partie de l'après-midi de la veille assis à la terrasse de l'hôtel, à contempler la mer des Caraïbes. Dans ses divagations, Nicole imaginait un navire espagnol découvrant cette terre inconnue au sortir de la légère brume qui couvrait l'horizon, elle se figurait l'émotion des pionniers et la stupeur des Indiens à la vue de ces bâtiments flottants. Ils s'étaient couchés tôt : cette nuit serait la dernière qu'ils passeraient sous un toit... et ils n'auraient probablement pas beaucoup l'occasion par la suite de se retrouver en tête à tête.

Bercés par le bruit de la mer sous le ciel qui s'emplissait d'étoiles, ils en gardèrent le sentiment que l'univers avait été créé pour eux.

Le lendemain matin, Nicole constata que l'expédition représentait une organisation bien plus complexe que ce qu'elle s'était imaginé. Elle comptait dix-neuf personnes, réparties dans cinq véhicules tout-terrain. Les techniciens commencèrent à filmer : ils devaient envoyer leurs images à Paris, pour l'émission programmée deux jours plus tard.

A mesure qu'ils s'enfonçaient à l'intérieur des terres, le bleu intense des paysages des Caraïbes laissait place aux verts changeants de la forêt vierge. A l'occasion d'une halte, ils aperçurent, loin vers l'est, la ligne turquoise de la mer fondue dans l'horizon, et à l'ouest la forêt dense et apparemment impénétrable qu'ils allaient traverser. Deux mondes aux antipodes l'un de l'autre et pourtant intimement liés, parfois seulement séparés par une bande de sable.

Assis main dans la main, Nicole et Jean avaient l'impression que le reste du groupe et la vie qu'ils avaient connue auparavant s'étaient effacés, absorbés dans un autre temps, un autre lieu. Seule la voix de Julio Rivera les tirait parfois de leur rêverie. Le Mexicain, dans son français un peu âpre, attirait de temps en temps leur attention sur un détail, afin de les familiariser avec leur nouveau « foyer ».

— Le chemin sur lequel nous roulons est une piste qu'utilisent les *chicleros*. On a parfois l'impression qu'il disparaît et que l'on ne va pas pouvoir poursuivre, mais les branches s'écartent sur notre passage... La végétation est terriblement envahissante. En un rien de temps, elle recolonise les terres défrichées. Chaque année, à l'époque de la récolte, il faut à nouveau dégager le sentier. Les anciens Mayas ont aussi connu cela : dès qu'ils marquaient une trêve avec la forêt, elle reprenait ses droits. Nous sommes persuadés qu'elle a englouti des villes entières et des pyramides que nous ne découvrirons jamais...

Ils laissèrent les véhicules dans une clairière et continuèrent à pied. Ce fut une expérience nouvelle et passionnante. Au bout de deux heures, ils parvinrent à leur premier campement. Le guide leur avait ouvert le chemin et ils n'avaient parcouru que quelques kilomètres, mais Nicole eut l'impression d'avoir voyagé hors du monde et loin de la civilisation.

Les porteurs avaient déjà préparé le campement et allumé un feu pour éloigner les visiteurs inopportuns. Nicole refit l'inventaire de son sac et s'alarma du peu d'objets qu'il contenait. Et s'il lui manquait quelque chose ? Pas question de courir à l'épicerie du coin comme à Paris… Elle observa ses effets personnels avec une tendresse et une considération inédites.

Puis elle regarda les hamacs, ingénieusement disposés dans le périmètre arboré. Elle qui pensait dormir sous la tente… Heureusement qu'elle avait emporté un pyjama plutôt masculin ! C'est alors qu'elle réalisa pour la première fois qu'elle était la seule femme de cette expédition. Elle se promit aussitôt de faire en sorte que les autres l'oublient, mais les questions commençaient à affluer dans sa tête quand Jean s'approcha d'elle, un petit sourire ironique aux lèvres. Il tenait à la main une sorte de grande bâche de plastique gris équipée d'une ouverture circulaire en son centre.

— C'est pour toi… Ils ont pensé qu'il valait mieux que ce soit moi qui te l'apporte ! Tu l'enfiles par la tête et la toile descend jusqu'au sol. J'ai bien peur que ce soit le maximum qu'on puisse t'offrir en matière d'intimité. Tu as de la chance, moi je n'ai eu droit à rien…

Nicole prit la bâche sans la regarder, la plia et la rangea sans un mot dans son sac pendant qu'il s'éloignait. Il était hors de question de laisser quiconque, pas même Jean, penser qu'elle se sentait en état d'infériorité.

10

Caracol

– an 626 de notre ère –

Chauve-Souris Blanche versa de l'eau sur la pierre du foyer et laissa la vapeur l'envelopper. Puis il reposa sa tête contre le mur et ferma les yeux. Il venait de raconter à Balam ce que Regard de Jade lui avait confié, bien des années auparavant. Il lui semblait encore entendre la voix de la reine et voir sa silhouette. L'image était si forte, si réaliste, que le chaman eut peine à contenir son émotion. Balam venait de partir après le moment qu'ils avaient passé à se détendre dans la vapeur. Son disciple n'avait pas prononcé un mot pendant qu'il parlait. Il n'avait pas non plus pris congé, se contentant de lui adresser un salut muet plein de considération : le *halach winik* savait qu'il faudrait laisser le temps faire son œuvre.

Chauve-Souris Blanche garda les yeux clos pour ne pas brouiller les images qui étaient apparues. Pas seulement de la reine, mais aussi de tout ce qui les entourait ce jour-là et qui lui apparaissait avec une extraordinaire précision. S'abandonnant au pouvoir de ces visions, le chaman s'apprêta à revivre sa rencontre avec Regard de Jade.

En sa présence, tout était superflu, les personnes comme les objets. Elle se déplaçait avec une grâce particulière, son regard était étonnamment profond et son sourire désarmait toute tentative d'opposition. Elle était de petite taille, avait les traits fins et la peau claire, la beauté sereine de ses origines nobles. Fille de Tuun K'ab Hix, le puissant roi de Calakmul, elle avait été donnée en mariage à Yajaw Te K'inich, roi de Caracol, pour sceller l'amitié entre les deux villes [1].

Regard de Jade était arrivée à Caracol pour ses noces à l'âge de dix-huit ans. Chauve-Souris Blanche en avait neuf : il conservait depuis lors précieusement l'image de la jeune fille dans sa mémoire. Vêtu d'une tunique de fête aux reflets verts et jaunes, il avait pour mission d'éventer la reine à l'aide d'une plume dorée de quetzal. En compagnie d'autres enfants, il attendait le cortège sur la vaste avenue conduisant à la pyramide. Yajaw Te K'inich se tenait debout devant la grande pyramide, attendant sa promise. Avec sa coiffe brillante aux motifs compliqués, le prince, déjà bien plus grand que la moyenne, paraissait plus impressionnant encore que de coutume.

---

1. Il s'agit en fait de rapports de vassalité. Calakmul et Tikal, les deux cités les plus puissantes de la période classique (250-900), ont maintenu leur suprématie sur les autres villes mayas pendant ces années. Caracol a ainsi été l'alliée de Tikal jusqu'en 562 avant de passer sous sa domination, à l'issue d'une guerre dans laquelle elle bénéficiait du soutien de Calakmul. Inversement, en 610, Naranjo, fief de Calakmul, devint vassale de Tikal.

Mais Chauve-Souris Blanche n'avait d'yeux que pour la jeune princesse dont six hommes portaient le palanquin. Son vêtement blanc se détachait sur le fond coloré de la fête et l'enfant eut la sensation que son visage resplendissait comme le soleil. Captivé par celle qui ne pouvait être qu'une déesse présidant à la destinée des hommes, il en oublia d'agiter sa plume.

Tournant alors la tête vers l'enfant qui bayait aux corneilles, elle le vit et esquissa un léger sourire. Le cœur du gamin s'emballa, il comprit ce que signifiait être amoureux.

La dévotion de Chauve-Souris Blanche ne s'effaça pas avec le temps. Il aima la reine en secret, car comment eût-il pu en être autrement ? Au fil des années, il ne perdit pourtant jamais une occasion de se retrouver près d'elle dans les cérémonies. Il lui semblait que la souveraine remarquait sa présence car ses lèvres lui souriaient toujours.

Bientôt, les pouvoirs extraordinaires de Regard de Jade furent connus de tous et son renom s'étendit au-delà de la ville. Elle voyait la lumière là où d'autres ne percevaient que ténèbres, son savoir était immense et le roi, son époux, la vénérait : Caracol avait le bonheur de posséder une reine plus proche des dieux que des hommes.

Quand il eut vingt ans et que tous désormais le considéraient comme un sage, Chauve-Souris Blanche, mêlé aux affaires d'Etat, travaillait auprès de sa souveraine bien-aimée. Bien qu'elle ne le lui déclarât jamais, elle lui laissa entendre qu'elle savait parfaitement que le chaman et l'enfant qui la dévorait des yeux étaient une seule et même personne.

Le temps raffermit leur amitié et leur complémentarité. Chauve-Souris Blanche reçut les enseignements de Regard de Jade, apprenant à connaître le monde invisible qui régit les destinées humaines. Il partagea avec elle les connaissances que ses maîtres lui avaient transmises et profita de ses brillantes réflexions.

Un après-midi, la reine avait convoqué Chauve-Souris Blanche dans ses appartements. A vingt-cinq ans, il était déjà plus qu'un simple prêtre et sa capacité à apprendre dépassait de loin celle de ses pairs. S'agissant d'astronomie et de botanique il en savait plus que ses maîtres, mais c'était surtout à cause de son discernement exceptionnel qu'il était reconnu comme un sage. Les habitants recouraient à ses conseils et on requérait son avis dans les assemblées religieuses et les affaires d'Etat, il avait même audience auprès du roi. Il avait toujours une solution à proposer et la qualité de ses analyses était prouvée.

Regard de Jade se tenait devant lui. Seize ans après son arrivée à Caracol, elle n'avait pas changé. Elle était toujours vêtue de blanc et avait gardé son visage de jeune fille. Seul son regard, obscur et profond, auquel le soleil arrachait parfois des éclats verts, semblait avoir vieilli, comme mûri par ce qu'elle avait pu observer pendant toutes ces années.

La reine congédia sa jeune servante d'un geste de la main. Apparemment insensible au trouble du chaman qui se trouvait devant elle, elle l'interrogea :

— Je dois te parler. La blessure que je t'ai aidé à soigner l'autre jour, comment te l'étais-tu faite ?

Chauve-Souris Blanche porta la main à son avant-bras gauche. La blessure avait bien cicatrisé et il l'avait presque oubliée. Regard de Jade l'avait pansée cinq jours plus tôt lorsqu'elle l'avait vu saigner.

— J'étais allé cueillir des herbes dans la forêt et, à la tombée de la nuit, j'ai été attaqué par une chauve-souris. Ces animaux ne sont pas agressifs habituellement, j'avais dû la déranger sans m'en rendre compte. Elle s'est agrippée à mon épaule et ses griffes m'ont lacéré la peau. Je n'ai pas ressenti de douleur, mais j'ai saigné. Quand une autre chauve-souris est arrivée, j'ai pensé qu'elle allait m'attaquer à son tour, mais au contraire elle s'est jetée sur la première avec un cri perçant. Elle était de grande taille et moins noire...

— Une chauve-souris blanche, comme ton nom ?

— Eh bien, pas tout à fait blanche, mais claire. Elle a fait battre l'autre en retraite et s'est posée sur une branche près de mon visage. J'ai alors vu qu'elle saignait aussi. Et pendant qu'elle se balançait sur la branche, une goutte de son sang est tombée sur ma plaie. Je ne l'ai pas vraiment vu, je l'ai senti, en même temps qu'un terrible fourmillement.

— J'ai vu ta blessure. Et j'ai vu ce sang étranger qui est resté comme agrippé à la chair jusqu'à ce que le flux de ton propre sang l'absorbe. Ton corps l'a finalement accepté.

Chauve-Souris Blanche demeura un instant interdit. Regard de Jade lui fit signe de la main.

— Suis-moi. J'espère que tu auras bientôt la réponse à tes questions. Au moins en partie. Il faut que tu saches que l'expérience que tu vas vivre est absolument réelle, même si tu crois rêver.

La reine tira un rideau qui donnait accès à une terrasse très élevée dissimulée aux regards. Avant de sortir, elle saisit sur un guéridon un petit flacon et un verre.

Chauve-Souris Blanche se sécha et décida que le bain de vapeur avait assez duré. Il prit le temps de se souvenir de ses sensations ce jour-là : sans doute un peu les mêmes que celles du jeune Balam pendant leur sortie nocturne. Il avait avalé le liquide amer, avait vu Regard de Jade boire à tour. Il avait ressenti une nausée, un malaise et d'étranges sensations jusqu'alors inconnues. Et il s'était vu, immobile sur son siège tandis que son esprit migrait dans le corps d'une grande chauve-souris argentée.

Il s'était envolé de la terrasse et la forêt obscure semblait s'être ouverte devant lui. Il avait eu la sensation que les branches et les lianes s'écartaient sur son passage. En communion avec le royaume de la nuit, il avait ressenti un extraordinaire sentiment de liberté. Enfin, il était parvenu à la Grande Lagune, où le reflet de la lune brillait sur les eaux tranquilles.

Mais le plus incroyable était encore à venir, se souvint Chauve-Souris Blanche, les yeux fermés.

Dans le corps de l'animal, il percevait son entourage non seulement par la vue, mais par un sens nouveau. Il pouvait évaluer les distances et les volumes et deviner ce qui se trouvait derrière lui. C'est ainsi qu'il nota la présence de la reine avant de poser son regard sur elle. Elle aussi l'avait vu, car son visage était tourné vers l'arbre où se tenait la grande chauve-souris. L'animal franchit la distance qui le séparait de Regard de Jade et alla se poser à ses côtés sur une branche basse. Il voulut lui demander comment elle avait fait pour arriver jusqu'ici, mais seul un gargouillement sourd s'échappa de sa gorge.

— Ne parle pas encore, attends d'être redevenu toi-même, lui dit-elle en posant ses mains sur le corps froid de l'animal.

Chauve-Souris Blanche éprouva les sensations qu'il avait ressenties en buvant, quelque temps plus tôt, et comprit qu'il avait regagné son enveloppe humaine. Regard de Jade ne se montrait pas surprise, elle l'observait.

— Tu peux parler, à présent.

Chauve-Souris Blanche sentait toujours les mains brûlantes de la jeune femme sur ses épaules. Aucune des questions qui assaillirent alors son esprit ne franchit la barrière de ses lèvres. Il comprit qu'il était absolument réel tandis que Regard de Jade, elle, transcendait la réalité. Son parfum, la chaleur de son corps se transmettaient au sien. Le chaman sentit que sa peau gagnait une sensibilité qu'il n'avait jamais éprouvée jusque-là. Sa respiration s'accéléra tandis qu'il cherchait le corps de la femme.

Elle continuait à le regarder fixement, mais Chauve-Souris Blanche crut la sentir tressaillir quand, d'abord timidement, ses mains parcoururent son corps. Regard de Jade ferma les yeux et s'abandonna à ses sensations. Puis elle saisit avec douceur les mains de l'homme dans les siennes et les conserva jointes. Ils se contemplèrent un moment en silence, puis les doigts de la femme dénouèrent doucement le lien qui retenait sa tunique à hauteur des épaules. Quand le vêtement tomba sur le sol, le corps nu de Regard de Jade, argent et ébène, se révéla dans toute sa splendeur au regard ardent de Chauve-Souris Blanche.

Le retour au palais resta quelque peu nébuleux pour le jeune chaman. Il se souvenait vaguement d'être revenu à son point de départ en volant dans le corps de la chauve-souris, bouleversé par les moments magiques qu'il venait de vivre avec Regard de Jade. Quand il se retrouva sur la terrasse, dans son corps d'homme, la princesse, le même sourire énigmatique aux lèvres, semblait ne pas avoir bougé. Il n'aurait su dire combien de temps s'était écoulé, mais la lune était à présent haute dans le ciel.

— Ne te tourmente pas, l'expérience que tu viens de vivre est aussi réelle que ce qui se passe à présent ici. Notre esprit a le pouvoir de se déplacer vers d'autres réalités, y compris hors de notre corps. Mais il faut pour cela avoir la capacité de se libérer. Quelques-uns d'entre nous ont reçu des dieux cette faveur. Le breuvage que je t'ai donné n'est qu'un moyen d'ouvrir cette porte et il n'est permis qu'à peu de gens de le consommer. Il nous permet de nous rapprocher du monde des dieux.

— Mais… la chauve-souris blanche… La Grande Lagune…

Il n'ajouta pas « ta présence près de moi ».

— C'est à toi qu'il revient de mesurer jusqu'à quel point les deux mondes se mêlent et ce qui appartient à l'un ou à l'autre. Mais je crois que tu finiras par comprendre… qu'il n'existe qu'une seule réalité.

Chauve-Souris Blanche ne répondit pas mais se laissa envahir par les sensations toutes récentes. Sous la tunique, il imaginait le corps de Regard de Jade, il ressentait à nouveau dans sa chair le plaisir de leur étreinte. Son émotion sembla troubler aussi la reine, qui s'éloigna vers une fenêtre et contempla le ciel étoilé. Lui tournant le dos, elle recommença à parler :

— A présent, je peux te conter la légende du masque de jade. Il faudrait dire « l'histoire », car je ne doute pas que ce masque existe et qu'un jour il revienne parmi nous. De la lutte que se livreront les hommes pour le posséder naîtra notre destinée... à moins que les dieux n'interviennent.

Regard de Jade regagna son siège tout en poursuivant :

— Quand les dieux eurent achevé la création de notre monde, deux *bak'tuns* durent s'écouler avant que le ciel ne se mette en mouvement et que la vie n'apparaisse dans le Monde du milieu, que nous habitons à présent[1]. Puis quelque temps passa avant que les dieux décident de s'occuper des hommes. Les maîtres des trois univers, le Ciel, la Terre et les Profondeurs, se réunirent pour décider de leur attitude envers eux. Chan K'uh, le dieu du Ciel, dans sa grande bonté, désirait faciliter l'existence des humains : il proposait de leur remettre le masque de jade qu'il avait apporté. Itzamna, le grand dieu créateur, avait utilisé ce masque aux pouvoirs extraordinaires à diverses reprises.

1. Les Mayas situent la Création trois mille cent quatorze années avant l'ère chrétienne. Le jour de la Création est dénommé *4 ajaw 8 kum'u*. Le *bak'tun* est une période d'un peu moins de quatre cents *tun*, ou années de trois cent soixante jours. Deux *bak'tun* équivalent en fait à sept cent quatre-vingt-neuf années solaires.

Quiconque l'aurait en sa possession pourrait réaliser tous ses désirs. Kab K'uh, le dieu de la Terre, arguant que l'homme était une création récente et qu'il convenait d'observer ses réactions avant de prendre une décision, n'y était pas favorable. Mais comme le dieu de l'inframonde, Hun Cimil, soutenait Chan K'uh, le masque fut déposé au centre de la Terre, au pied du grand arbre qui unit les trois univers...

Regard de Jade marqua une pause avant de poursuivre :

— Chan K'uh observa les humains quelque temps avant de leur permettre de découvrir le masque. Convaincu qu'il avait le cœur bienveillant, il choisit un jeune paysan qui plantait le maïs dans un champ aux côtés de son père. Il se nommait Kalel et chacun appréciait sa bonté. Le jeune homme trouva donc le masque et en fit usage pour créer un monde meilleur. Le maïs se mit à croître sans nécessiter de soins, les animaux apparaissaient quand les hommes devaient chasser, les grandes sécheresses et les pluies torrentielles qui dévastaient les cultures disparurent. Mais la communauté devint peu à peu indolente et, ainsi livrés à l'oisiveté, les hommes commencèrent à se quereller. Les groupes s'opposèrent entre eux, puis les familles rivales se combattirent et la discorde ne tarda pas à pénétrer à l'intérieur de chaque foyer. Kalel, que la communauté avait choisi pour chef, devint la cible de la médisance et de la jalousie. Et son propre frère, Keh, finit par l'assassiner et s'empara du masque de jade.

« Keh ne ressemblait en rien à son frère. On dit que Hun Cimil lui souffla l'idée du meurtre, car, au contraire de Chan K'uh, le maître des Profondeurs est un pervers au cœur froid qui a reconnu son image humaine dans la personne de Keh. Comme tu peux l'imaginer, la situation a radicalement changé à dater de ce jour. Keh est devenu un chef despotique, il a assujetti la communauté à ses désirs et n'a utilisé le masque que pour satisfaire ses caprices et son goût du pouvoir. Les choses n'allaient pas mieux parmi les dieux. Chan K'uh et Hun Cimil se reprochaient mutuellement leur choix, tandis que Kab K'uh observait avec fatalisme ce qui se passait sur terre. Il se contentait de se lamenter et de répéter que tout cela était prévisible, il laissait faire.

« La situation s'envenima à tel point, entre les hommes comme entre les dieux, que Kab K'uh sollicita l'intervention d'Itzamna. Le créateur entendit les trois dieux et décida que le masque serait soustrait aux hommes durant sept *bak'tuns*[1]. Au cours de cette période, l'homme aurait évolué et appris à se connaître lui-même. Trois d'entre nous seraient alors désignés par les trois dieux et concourraient pour la possession du masque de jade. Le vainqueur déciderait de l'usage qu'il conviendrait d'en faire.

« Les dieux ont repris le masque. J'ignore ce qui est arrivé à Keh, mais je suppose, connaissant les hommes, qu'il a dû céder face à un adversaire plus ambitieux que lui. Chauve-Souris Blanche, selon le compte long[2], plus de neuf *bak'tuns* se sont écoulés depuis la création de notre monde, et tu te souviens qu'il en a fallu deux avant que le ciel ne commence à

1. Environ deux mille sept cent soixante-deux années solaires.
2. Le troisième calendrier maya : un calendrier continu destiné à la datation des événements historiques.

tourner. Et puisque les dieux ont attendu quelque temps avant de déposer le masque au pied de l'arbre de la création, le calcul est simple : les sept *bak'tuns* qu'avait fixés Itzamna sont passés.

Chauve-Souris Blanche approuva de la tête. Il avait déjà fait le compte.

— La chauve-souris représente Kab K'uh dans notre Monde du milieu. Comme lui, c'est un animal indolent qui vit sur Terre mais qui peut aussi voler pour se rapprocher du Ciel et frôler le monde des Profondeurs en pénétrant dans les grottes et les cavités. Je suis persuadée que Kab K'uh t'a choisi pour mener cette lutte qui approche avec la réapparition du masque.

Comme la reine n'avait pas changé de ton pour prononcer ces derniers mots, Chauve-Souris Blanche tarda à en saisir toutes les implications.

— Mais... pourquoi moi ? Qu'est-ce qui te le fait penser ?

— Ton aventure de l'autre nuit n'est pas un hasard. Dans le corps de la grande chauve-souris qui est accourue à ta rescousse se trouvait sans doute Kab K'uh en personne. Et le sang qui s'est mêlé au tien était le sien. Le dieu en a décidé ainsi, à présent tu es sous sa protection. N'en doute plus, mon ami. Ton voyage de cette nuit dans le corps de la grande chauve-souris blanche le confirme. Seuls les élus des dieux accèdent à un tel honneur.

Le chaman quitta lourdement son banc dans la chambre de vapeur et versa de l'eau sur les braises pour éteindre le foyer. Il pensait, tout en se séchant, au trouble dans lequel devait se trouver Balam après les révélations qu'il lui avait faites.

Il avait rapporté à son fils adoptif l'histoire du masque de jade, s'efforçant d'utiliser les mots que Regard de Jade avait employés, il y avait de cela bien des années, et avait conclu son récit en ces termes :

« Si le dieu de la Terre m'a choisi, il ne fait aucun doute que toi, tu représentes Chan K'uh. Le jaguar est l'animal qui l'incarne. Dans son corps, le dieu du Ciel peut aussi gouverner dans l'inframonde. La bonté et la persévérance qui le caractérisent sont en toi, Balam.

— Mais l'histoire parle d'une compétition pour la possession du masque, et je ne pourrai jamais me battre avec toi...

— Qui dit compétition ne dit pas combat, ni même affrontement. L'être humain ne cesse de lutter contre son environnement pour obtenir ce qu'il juge le meilleur sans nécessairement livrer bataille à ceux qui l'entourent. Les dieux sont sages, mon fils, même si nous sommes parfois déconcertés par leur comportement. Kab K'uh et Chan K'uh savent que nous ne nous ferons jamais de mal l'un à l'autre. »

Ni Chauve-Souris Blanche ni Balam n'avaient évoqué la personnalité que choisirait Hun Cimil. Pourtant, ils y songeaient tous deux, sachant bien que le dieu des Profondeurs ne ressemblait en rien à ses pairs.

11

Oratoire du Petén

– an 2001 de notre ère –

La petite construction se fondait pratiquement dans le décor, qu'elle s'était approprié. Même la clairière défrichée aux alentours de l'oratoire ne l'isolait pas de la forêt. Il semblait dire aux nouveaux venus qu'il les admettait dans son domaine mais qu'ils n'avaient rien à y faire.

Nicole gardait les yeux fixés sur l'édifice de pierre calcaire aux parois extérieures très endommagées. La porte n'était qu'une ombre et le feuillage des arbres qui se serraient autour du bâtiment envahissait tous les murs. L'ensemble exerçait une fascination sur la jeune femme. Elle reconnut les sensations éprouvées maintes fois face aux vestiges d'une civilisation ancienne : la bouche sèche et la tête pleine des images du passé. Elle se figurait sans effort les bâtisseurs qui avaient conçu cet ensemble voilà plusieurs siècles, comme si leur présence demeurait, au-delà du temps.

Ses yeux cherchèrent ceux de Jean. Le jeune architecte, lui aussi absorbé dans la contemplation de ce qui, en tout autre lieu, n'aurait été qu'une cabane en ruine, tourna le regard vers elle plus promptement que si elle avait prononcé son nom. Il en allait ainsi depuis les premiers jours de leur rencontre, comme s'ils partageaient un sixième sens.

Ils échangèrent une mimique complice. Les autres membres de l'expédition n'avaient pas l'air impressionnés outre mesure. Julio Rivera donnait des ordres aux porteurs qui installaient le campement, Augusto Fabricio bourrait sa pipe sous un arbre et les cameramen repéraient les lieux pour trouver leurs angles de prise de vue. Seul Guy Lalande semblait s'intéresser à la construction : accroupi devant l'entrée, il tâtait l'un des montants de pierre.

Il se retourna vers l'archéologue mexicain.

— Quelqu'un est passé par ici. Les fils que j'avais tendus sont brisés.

Cela ne parut pas inquiéter Julio Rivera.

— Je suppose que les inscriptions sont toujours là... Après tout, il n'y a rien à prendre, ici.

— Ce n'est pas la question. Comprends-moi bien, il est important de conserver le secret.

— Ce sont peut-être les *chicleros*, ou quelque animal. Ce n'est pas grave.

Stan, l'un des cameramen, s'approcha de Nicole.

— Nous aurons la liaison par satellite dans un peu moins de trois heures. Avertissez-nous quand vous serez prête à faire quelques images du lieu.

— D'accord, donnez-moi une demi-heure. En attendant, vous pouvez aller repérer l'intérieur. Je pense qu'il va falloir éclairer...

— Vous ne pouvez pas filmer les inscriptions ! s'exclama Guy Lalande avec vivacité. Certains seraient capables de tuer pour les voir !

Nicole sentit sa respiration s'emballer, mais se maîtrisa pour parler le plus calmement possible :

— J'espère que nous n'en arriverons pas là, Guy. Je voudrais simplement vous rappeler que cette expédition a été financée précisément en raison du mystère qu'elle comporte et qui se trouve à l'intérieur de ce bâtiment. Et n'oubliez pas non plus que je suis archéologue comme vous et que je connais les réserves qu'implique notre métier. Si j'ignore les limites à ne pas franchir, c'est bien à vous que je le dois puisque vous ne m'avez informée de rien. Je crois qu'il serait grand temps de me faire partager vos connaissances...

Julio Rivera étouffa un petit rire dans son dos. Augusto Fabricio était resté sous son arbre mais négligeait sa pipe pour s'intéresser à la conversation. Nicole, désireuse d'offrir une porte de sortie à Lalande, poursuivit :

— Pour le moment, j'ai seulement besoin que vous m'indiquiez la partie des hiéroglyphes que je peux filmer aujourd'hui, mais cette nuit il faudra m'expliquer tout le reste... Marché conclu ?

Guy Lalande ne répondit pas au sourire de Nicole mais fit un signe d'assentiment tandis qu'elle concluait, d'une voix enjouée :

— Et maintenant, si nous allions voir ces merveilleuses inscriptions ?...

Dans la profonde obscurité qui enveloppait à présent la forêt, des lampes à gaz délimitaient l'enceinte du campement. Nicole, Jean et les trois archéologues se trouvaient auprès de l'un des deux feux de camp.

Quand la jeune femme avait orienté la conversation sur les inscriptions, le regard insistant de Guy Lalande avait fait comprendre à Stan et Pierre, l'autre cameraman, qu'on se passerait volontiers de leur présence. Ils s'étaient retirés depuis un moment, au signal de Stan, qui avait déclaré qu'ils allaient « prendre un verre », tout en donnant un coup de coude à son compagnon. Jean avait alors fait mine de se lever, mais Nicole l'avait retenu d'une main ferme.

— Et maintenant... qui commence ?

Augusto Fabricio se racla la gorge et sortit quelques feuilles d'un dossier.

— Maintenant que vous avez vu les inscriptions, Nicole, vous comprendrez mieux ce que je vais vous dire...

Dans l'après-midi, ils avaient en effet visité l'oratoire en compagnie de Lalande. A la lueur de la lampe à gaz, Nicole avait vu se transformer le visage renfrogné de son collègue. Les yeux brillants, fier comme un père qui exhibe son enfant nouveau-né, il s'était retourné vers les jeunes gens.

« N'est-ce pas merveilleux ? »

Nicole restait bouche bée, le dos parcouru d'un long frisson. Etait-ce à cause du contraste entre l'éclat coloré des signes et l'extérieur délabré de la chapelle, des jeux d'ombres et de lumières fantasmagoriques ou encore du poids ancestral du mystère qui les enveloppait, elle n'aurait su le dire, mais ces hiéroglyphes qu'elle avait déjà contemplés en photo lui apparaissaient de manière totalement inédite et époustouflante.

Dans l'explosion de couleur qui recouvrait les parois de l'oratoire, le petit autel inséré dans le mur du fond passait pratiquement inaperçu. Quelques rares fissures entamaient le stuc, sans incidence cependant sur les dessins. Les tons se mêlaient : ocre et bleu, rouge, vert, noir... Les photos que Nicole avait vues au Louvre ne représentaient qu'une infime partie de la réalité qui s'offrait à présent à ses yeux.

« Absolument merveilleux, en effet... »

Sous le charme des inscriptions, le différend entre Guy et Nicole avait été balayé. Avec un franc sourire, l'archéologue avait désigné les peintures murales, incluant même Jean dans un généreux cercle de bras.

« Ces inscriptions mêlent les pictogrammes figuratifs aux glyphes phonétiques [1], ce qui est courant dans le système d'écriture maya. Mais leur état de conservation est totalement inhabituel. »

— ... extrêmement bien conservés et d'une grande beauté.

Augusto Fabricio revenait à présent sur le sujet. Sa silhouette se découpait dans la lumière du feu de camp comme celle d'un diablotin farceur.

— Malheureusement, la traduction des glyphes mayas se prête à diverses interprétations, même si, en

1. L'écriture hiéroglyphique maya présente beaucoup de ressemblance avec l'égyptienne dans sa construction. Les glyphes figurent des chiffres, désignent des lieux et peuvent même servir à construire des phrases lorsque la représentation est syllabique.

l'occurrence, l'auteur a pris soin d'éviter les risques de confusion. Ce qui n'exclut pas que nous y soyons quand même plongés... dans cette confusion.

« Je crois que Guy vous a déjà parlé de ces dessins dont la conception ne s'apparente pas à celle que nous connaissions jusqu'ici. Chaque bloc est indépendant et précisément délimité. La construction d'ensemble évoque les cases d'une bande dessinée et chaque vignette est même numérotée pour plus de clarté. Il y en a vingt au total, ce qui n'est sûrement pas un hasard puisque, comme vous le savez, c'est la base de calcul habituelle chez les Mayas [1].

« Julio, Guy et moi sommes tombés d'accord sur la traduction des vignettes. J'ai préparé une retranscription des glyphes pour chacun de vous. Prenez-en connaissance pendant que nous buvons le café. Après quoi, nous poursuivrons cette conversation.

Jean sourit à l'archéologue pour le remercier de son attention. A la lumière du feu, ils découvrirent les indications de Fabricio. Nicole apprécia la belle écriture claire et soigneuse avant de s'intéresser au message, retranscrit en ces termes :

1. *Le masque de jade sera caché.*
2. *Le pouvoir restera avec lui [avec le masque].*

1. La numération maya est un système de base 20, qui utilise des points (valant 1) et des traits (valant 5). Ainsi, quatre points et trois traits signifient 19. La notation est aussi positionnelle : par exemple, le chiffre 29 est représenté par deux points au second niveau et un zéro (qui est représenté par un glyphe particulier) au premier niveau. 51 sera figuré par deux points au second niveau (deux fois 20) et un point et deux barres au premier niveau (onze).

3. Il demeurera en sommeil [caché] jusqu'à ce que se soient écoulés 1 867 895 jours [11.13.9.14.15 dans la numération maya] depuis la création du monde.

4. Chan K'uh [dieu du Ciel], Kab K'uh [dieu de la Terre] et Hun Cimil [dieu des Profondeurs] en ont décidé.

5. Qui voudra s'emparer du présent des dieux [le masque].

6. Devra entreprendre avec attention [dans l'ordre] la lecture [l'interprétation].

7. Des glyphes [le récit] peints dans cet oratoire.

Les commentaires de Fabricio apparaissaient après un espace blanc.

Il semble que l'auteur ait séparé la septième et la huitième vignette. Nous pensons que les sept premiers blocs pourraient constituer une introduction, le récit proprement dit ne commençant qu'au huitième. De plus, à partir de ce huitième ensemble, les vignettes vont par paires, comme il est habituellement d'usage.

8. Dans le temple / du Soleil au solstice d'hiver.

9. Chan K'uh, Kab K'uh et Hun Cimil [les trois dieux] / déposent le masque de jade.

10. Un homme marche [vers] / Vénus du nord [position extrême de Vénus dans l'hémisphère Nord].

11. Un homme [ce pourrait être le même homme] monte au sommet d'une pyramide / dans la cité de Caracol.

12. Dans la cité de Uaxactún / dans la pyramide du Soleil.

13. Chan K'uh, Kab K'uh et Hun Cimil [les trois dieux] / offrent à Itzamna [le dieu créateur] le masque de jade.

14. Deux marcheurs se rencontrent et se saluent.

15. Les deux marcheurs contemplent / la stèle de la célébration de Naranjo.

16. Chan K'uh, Kab K'uh et Hun Cimil [les trois dieux] / se réunissent pour parler.

17. 1 867 895 jours [11.13.9.14.15 dans la numération maya] se sont écoulés depuis la création du monde.

18. L'être humain accédera au présent des dieux.

19. Un homme marche [vers] / le Soleil en direction du solstice d'été.

20. Il possède le masque de jade.

Nicole avait eu le temps de lire deux fois le document et devait s'avouer qu'elle n'y comprenait pas grand-chose. Elle se disait que la solution pouvait bien se trouver dans la transcription maya du nombre de jours. 11.13.9.14.15... Chacun des chiffres pouvait faire référence à une vignette. Aucun nombre ne revenait deux fois et tous renvoyaient à la seconde partie des inscriptions. Mais elle eut beau lire, d'abord à l'endroit, puis à l'envers, les vignettes correspondantes, cela n'avait pas grand sens. Un regard à Jean lui confirma la complexité de l'énigme. La voix amusée de Julio Rivera les tira de leurs spéculations :

— Je vois que vous êtes aussi perplexes que nous ! Cela ne m'étonne pas, voilà trois semaines que nous tournons autour du pot sans résultat. Je ne peux qu'apporter quelques précisions pour situer le contexte...

« D'abord, nous savons que cette impressionnante somme de jours correspond à un peu plus de cinq mille cent quatorze années solaires. Comme vous l'avez expliqué aux spectateurs de l'émission, Nicole, les Mayas situent le commencement du monde en l'année 3114 avant notre ère. Ce qui, rapporté à la prophétie des inscriptions, nous conduit...

— En l'an 2000 ! s'écrièrent Jean et Nicole.

— C'est bien cela, à la fin de l'an 2000. Il est vraiment curieux que nous ayons eu connaissance de ce masque au début de l'année 2001. La coïncidence est si forte... les dieux ont peut-être quelque chose à voir dans tout cela, après tout !

Guy Lalande prit la parole à son tour :

— Il est fait allusion à un ensemble de lieux que nous connaissons. Naranjo fut une cité puissante et possède bien sûr un palais royal, en assez mauvais état de conservation. Uaxactún est un autre territoire maya, proche d'ici et de Naranjo. Il est pratiquement sûr que la pyramide du Soleil mentionnée par les inscriptions se trouve sur le site dégagé à Uaxactún, une construction aujourd'hui nommée E-VII-B. Depuis cette pyramide, on aperçoit trois temples vers l'est. Dans l'alignement des deux derniers, on retrouve la position du soleil levant aux solstices et le temple du milieu désigne les positions du lever de soleil aux équinoxes. Nous pensons qu'une telle disposition dans l'espace n'est pas le fruit du hasard, d'autant que les inscriptions de l'oratoire comportent des indications astronomiques : le soleil aux solstices et Vénus dans sa position la plus septentrionale. La vignette 8 fait allusion au temple du Soleil pendant le solstice d'hiver : il pourrait s'agir du plus méridional des temples de Uaxactún. Enfin, il est fait mention de la grande pyramide de Caracol, Caana, qui est encore assez bien conservée.

Nicole se chargea de résumer :

— Trois villes voisines, chacune possédant des bâtiments existants, trois indications astronomiques et un chiffre maya qui revient deux fois. 11.13.9.14.15... la clé se trouve peut-être là.

Fabricio fit mine d'applaudir.

— C'est tout à fait cela ! D'autant que la première partie recommande de lire dans l'ordre ou avec attention les vignettes suivantes. On attend que le chiffre nous révèle le fameux ordre. Oui... mais la révélation ne vient pas, et nous nous retrouvons au point de départ !

— Je ne dirai pas tout à fait cela, mon cher Augusto, remarqua l'archéologue mexicain. Nous connaissons au moins toutes les interprétations erronées que nous avons déjà tentées. La recherche revient bien souvent à éliminer des possibilités.

— Tu as raison, Julio, mais j'avoue que j'aurais apprécié que l'une de ces possibilités nous ouvre une porte, aussi minuscule soit-elle.

Guy Lalande intervint à son tour, d'un ton plus grave :

— Nous avons même essayé de combiner les trois villes et les trois indications spatiales en tenant compte des légères variations intervenues depuis l'époque des inscriptions. Grâce à un merveilleux programme mis au point par les informaticiens... sans obtenir plus de résultats.

— Et maintenant, qu'envisagez-vous ? Enfin, qu'envisageons-nous ?

— D'abord de terminer le relevé cartographique du site, puisque nous ne l'avons réalisé qu'à moitié. En dehors de l'oratoire, nous avons repéré d'autres petites constructions. Ensuite, d'explorer les alentours pour être bien sûr de ne passer à côté de rien. La solution se trouve peut-être ici même. Puis, si une piste apparaît, nous poursuivrons la recherche dans les trois cités. Uaxactún semble la plus prometteuse...

Nicole sourit aux trois hommes, qui la regardaient avec espoir, comme si elle détenait la clé.

— Nous ferons ce que nous pouvons. Mais je suis convaincue que vous découvrirez quelque chose. Après tout, c'est vous les experts !

Dans le campement endormi, Nicole gardait les yeux ouverts. Le ciel limpide était empli de plus d'étoiles qu'elle n'en avait jamais contemplé. La voie lactée resplendissait. Cherchant Jean du regard, elle ne fut pas surprise de le trouver éveillé, les yeux fixés sur elle, souriant.

— Paris semble tellement loin, n'est-ce pas ? Et ce n'est pas seulement de distance géographique qu'il s'agit. Je pense parfois que la civilisation dont nous sommes si fiers est une erreur monumentale.

— Je ne suis pas sûr d'avoir envie de me retrouver au précédent millénaire dans la peau d'un Maya... Quoique, s'ils me choisissaient pour roi...

— Jean, redescends sur terre, s'il te plaît. Nous nous retrouvons dans un lieu merveilleux, plongés au cœur d'une civilisation disparue, en quête d'un cadeau des dieux, et tu me parles de devenir roi...

— Pense seulement : tu pourrais devenir reine !

— Tu te souviens, Jean, de l'*ostracum* qui m'a conduite à la tombe de Séti et guidée vers la statuette de Meretseger ? Je ne peux pas m'empêcher de penser que les inscriptions de l'oratoire ont un point commun avec cette découverte. Elles renferment un secret que nous devons dévoiler. A l'époque, tu m'avais beaucoup aidée. Tout cela n'éveille rien en toi ?

— Je suis convaincu que la clé se trouve dans le chiffre répété deux fois. Ce n'est pas une déduction très difficile, mais, comme dit Fabricio, c'est la seule qui ouvre une porte. Et je suis également persuadé que quelque chose nous échappe. A condition que la traduction de nos doctes amis soit la bonne...

— Oui, c'est vrai que nous nous laissons beaucoup influencer par eux. Au moment de l'*ostracum*, j'avais fait un rêve et j'avais les idées plus claires le lendemain matin. Il doit y avoir une partie de notre cerveau qui ne travaille que pendant notre sommeil, la plus maligne. Alors, si on dormait ?

— Peut-être aussi que notre cerveau s'ouvre quand nous dormons et permet aux dieux de nous parler. L'autre fois, c'est Meretseger qui a dû te parler, ou l'esprit de Séti. Peut-être que cette nuit tu auras la visite de... comment s'appellent-ils, déjà ?

— Je ne sais plus, cela finit en *kuh*... il me semble. Sauf le dieu de l'inframonde. Hun Cimil, je me souviens de son nom. Je t'avoue, Jean, que celui-là me fait un peu peur.

12

Tikal

– an 626 de notre ère –

L'après-midi touchait à sa fin tandis que Chauve-Souris Blanche préparait une infusion. Au terme de trois épuisantes journées de marche dans la forêt vierge, de Caracol à la grande cité de Tikal, il lui fallait aider ses compagnons de voyage à effacer leur fatigue et à trouver le sommeil. Bien que le chaman n'ait pas eu comme certains à manier la lourde machette pour ouvrir le chemin, il ressentait dans tous ses muscles le poids de ses cinquante-deux ans.

Vingt-quatre personnes composaient la délégation que le grand roi Crâne d'Animal[1] avait logée dans une dépendance des bâtiments de la cour et de la famille royale. Chauve-Souris Blanche avait fait mine de ne pas accorder d'importance à la magnificence de la cité et de leurs appartements. Corne de Cerf, le troisième fils de K'an II, qui dirigeait cette expédition,

1. Roi de Tikal entre 592 et 628.

avait adopté la même attitude que lui, en dépit des exclamations admiratives de Balam et des autres compagnons, médusés par l'incroyable cité.

L'Homme de la Vara Alta était venu les accueillir à l'entrée de la ville pour les conduire jusqu'au palais. Bien qu'il se fût montré poli, voire obséquieux lorsqu'il s'adressait à Corne de Cerf, son demi-sourire disait tout son mépris pour des hôtes venus d'une ville de moindre importance, de surcroît ni amie ni alliée de Tikal.

L'immense complexe dans lequel ils se trouvaient donnait au nord sur une vaste place à l'extrémité de laquelle s'étageait une magnifique acropole dont les temples, les pyramides et escaliers s'harmonisaient de manière parfaite [1].

L'itinéraire avait été soigneusement mis au point pour faire découvrir à la délégation les zones majeures de la ville. Les habitants de Tikal les regardaient passer sans curiosité particulière, en évitant toutefois de se trouver sur le chemin des guerriers qui ouvraient la marche. Corne de Cerf, encore grandi par sa coiffe royale, avait la taille imposante de son père. Chauve-Souris Blanche était fier de lui : il avait gardé la tête haute et le port altier. Le *halach winik* ne pouvait en dire autant de Lumière Noire, le fils du roi de Naranjo : on aurait plutôt dit une réplique de l'Homme de la Vara Alta qu'un membre de l'expédition. Il affichait un large sourire, plein d'aplomb, sûr de se trouver en territoire ami. Sa condition de prince lui permettait de marcher en tête et il passa son temps

---

1. Les pyramides qui se trouvent à l'ouest et à l'est de cette place n'ont été construites qu'au VIIIe siècle.

à converser avec leur cicérone. Plusieurs fois, il l'avait vu se retourner et défier Balam du regard. Le jeune homme, trop absorbé par le spectacle, n'avait rien remarqué.

Corne de Cerf se trouvait aux côtés du chaman, feignant de s'intéresser à la préparation de l'infusion, le regard perdu dans le vague. Chauve-Souris Blanche avait de la peine pour lui. Officiellement, la délégation venait accompagner le jeune homme à la cour de Tikal et reviendrait à Caracol avec l'une des filles du roi. En réalité, il s'agissait d'un échange de prisonniers. Le prince et la princesse seraient tous deux extrêmement bien traités, ils seraient pleinement intégrés à la vie de la cité, éduqués par les meilleurs maîtres, mais toujours discrètement surveillés. Et, surtout, leur vie répondrait d'une agression de l'autre cité. Quand Lumière Noire était arrivé à Caracol, quatre ans plus tôt, pour servir d'otage, il avait l'âge de Corne de Cerf aujourd'hui et garantissait la paix avec Naranjo.

Lumière Noire avait conservé son sourire après que la délégation eut rejoint ses appartements. Chauve-Souris Blanche mit ce contentement sur le compte des grandes capacités d'adaptation du jeune homme. Il espéra que Corne de Cerf saurait aussi trouver sa place loin de chez lui, bien que les personnalités des deux garçons fussent résolument différentes. En présence de Lumière Noire, le *halach winik* ne pouvait s'empêcher de ressentir une vague inquiétude.

Il devait reconnaître que le prince de Naranjo était vaillant et respectueux. Il était également doté d'un esprit fin, mais distant et calculateur. Chauve-Souris

Blanche était surtout perturbé par la froideur absolue de son regard.

Pour montrer sa bonne volonté, K'an II avait accepté que le prince se joigne à la délégation puisque son père était l'allié de Tikal. Le chaman avait décidé que Balam l'accompagnerait. Le reste du groupe était formé de trois serviteurs qui resteraient auprès de Corne de Cerf et de la garde personnelle de K'an II.

Quand l'infusion fut prête, Chauve-Souris Blanche fit signe à l'un des soldats et lui laissa le soin d'en distribuer un demi-verre à chacun dès qu'elle aurait refroidi. Il se servit lui-même et se dirigea vers les appartements.

Balam était assis au seuil de la maison. Absorbé dans ses pensées, adossé au mur extérieur, le jeune homme avait posé son menton sur ses jambes repliées pour observer l'acropole. Dans la demi-obscurité, on ne distinguait plus les tons rosés des bâtiments, seules ressortaient les taches jaunes de leurs toits de paille.

— Tu dois te reposer, Balam. Demain, tu pourras encore contempler la ville : tu seras sans doute impressionné, mais il te faudra te souvenir que Tikal est notre amie. Parle peu et tâche de passer inaperçu. Ne donne pas l'occasion aux autres d'exprimer leur mépris. Après-demain, nous aurons quitté ce lieu.

Le jeune homme leva les yeux et soutint quelques instants le regard de son maître, comme pour laisser ses paroles parvenir jusqu'à son esprit. Puis il sourit en acquiesçant. Chauve-Souris Blanche s'éloigna. Dans la pénombre, il reconnut Lumière Noire. Appuyé à une fenêtre, il n'avait pas perdu un mot de l'échange et souriait, lui aussi.

Le lendemain était un jour splendide. Le soleil se leva dans un ciel sans nuages, rehaussant de son éclat la splendeur de l'acropole au nord de la place. Un petit déjeuner avait été servi dans une vaste salle de réunion et on avait annoncé aux délégués que le chambellan viendrait les chercher pour les conduire devant Crâne d'Animal. Les soldats ne participeraient pas à la cérémonie.

Corne de Cerf, Chauve-Souris Blanche, Lumière Noire et Balam avaient revêtu leurs costumes d'apparat. Les trois serviteurs, habillés avec soin, portaient une plume de quetzal à leur bonnet.

On les conduisit d'un côté de la grande place, face aux bâtiments royaux. Le chambellan leur avait expliqué le déroulement de la cérémonie et montré l'espace délimité de cordons et garni de sièges où ils devraient se tenir.

Balam regarda autour de lui, encore fortement impressionné par cette magnifique cité. Des gardes, placés à intervalles réguliers, maintenaient la foule à distance. Une légère rumeur s'éleva à l'arrivée du chambellan et du groupe de Caracol, mais elle retomba très vite et le silence se fit. Face à eux se trouvait une plate-forme de pierre peu élevée, flanquée de chaque côté d'une volée d'escaliers. Un fauteuil de cérémonie et quelques sièges y étaient installés. Juste derrière cette tribune se dressait une grande bâtisse au toit jaune qui devait être la résidence de Crâne d'Animal. De part et d'autre de la porte d'entrée, des gardes armés en faction, vêtus de costumes richement ornés, demeuraient immobiles.

Le chambellan pénétra dans le palais, en ressortit presque aussitôt en compagnie de l'Homme de la Vara Alta, qui annonça le roi.

— *K'uhul ajaw*, Crâne d'Animal. Peuple de Tikal, rends hommage à ton roi, élu des dieux et dieu sur Terre.

Les deux hommes s'écartèrent pour libérer la sortie et le grand roi apparut, précédé de deux serviteurs qui balançaient leurs encensoirs. Malgré la coiffe qui le grandissait, c'était un homme de petite taille. La soixantaine, il avait la peau sombre et ridée et de petits yeux inquiets très mobiles. Il tenait un sceptre au pommeau orné d'un serpent et portait un tricorne dont les extrémités pointues formaient une fleur, aux armes du dieu Hu'unal, le dieu de la réalité, qui conférait aux rois leur appartenance divine. Plusieurs plumes de quetzal multicolores et extraordinairement longues complétaient l'ornement de sa coiffe.

Deux personnes accompagnaient le roi. La première était un homme déjà mûr, également revêtu des attributs de la royauté et que Balam supposa être le prince consort. Il était plus grand que son père et avait la peau plus claire. Mais ses yeux ne s'attardèrent pas sur lui, car son regard fut captivé par la plus belle femme qu'il eût jamais vue. Son corps svelte et élancé se déplaçait avec une grâce inouïe, effleurant à peine le sol. Sa jupe courte laissait apparaître ses longues cuisses : elle avançait pieds nus, ne portant qu'un bracelet de fleurs à la cheville. Son torse était à peine masqué par une étoffe légère et ses bras découverts jusqu'aux épaules. Et tous ces attraits ne faisaient que rehausser son visage de déesse.

Elle ne portait sur ses cheveux noirs qu'une torsade de fleurs aux couleurs vives et, contrairement à la coutume, son visage ne disparaissait pas sous les fards. Elle avait pour tout maquillage une touche de noir sur les yeux, une autre de rose sur les pommettes et les lèvres. La carnation de sa peau et l'éclat sombre de ses yeux noirs rendaient tout apprêt inutile. Tout en elle évoquait la déesse éthérée que Balam croyait contempler. Elle alla s'asseoir sur le siège situé à la gauche du roi tandis que le prince s'installait à sa droite.

Crâne d'Animal prit la parole. Balam, captivé par la jeune fille, perçut à peine sa voix grave et sonore. Il entendit toutefois le monarque présenter sa fille Fleur et comprit enfin que c'était elle qu'ils étaient venus chercher et escorteraient jusqu'à Caracol, l'otage que Tikal leur remettait en échange de Corne de Cerf.

Balam ne prêta aucune attention à la suite de la cérémonie. Les yeux fixés sur la princesse, il tenta même à plusieurs reprises d'attirer son attention. Mais le regard de Fleur se perdait au loin, au-delà de l'acropole. Elle ne le détourna qu'une seule fois pour observer la délégation de Caracol, croisant un instant celui de Balam. Bouleversé, le jeune homme baissa aussitôt la tête.

Le roi avait parlé. Ce fut au tour de Corne de Cerf, puis de Chauve-Souris Blanche. Au moment de l'échange de cadeaux, Balam se leva pour recevoir le sien des mains de la princesse Fleur. C'était une figurine d'obsidienne de la taille d'une main, mais il n'avait d'yeux que pour la belle déesse dont le regard, lorsqu'il se posa sur lui, fit trembler tout son corps.

Elle sembla le jauger quelques secondes et il aurait juré qu'elle avait alors arqué ses fins sourcils en une mimique enjouée.

Balam voulut dire quelques mots, mais ne put prononcer qu'un pauvre « merci » avant de regagner sa place en maudissant sa maladresse. Il fut alors stupéfait de découvrir que la statuette figurait un jaguar aux aguets magnifiquement sculpté. Il nota que Chauve-Souris Blanche se crispait légèrement à ses côtés et se força à écouter le roi, qui avait repris la parole :

— Aussi loin que remonte la mémoire de l'homme, Tikal a été une cité bénie des dieux. Nous sommes grands, nous sommes puissants. Nous le sommes car notre ville a toujours donné à ses créateurs ce qu'ils réclamaient. Ce sont eux qui ont désigné notre premier grand roi, Yax Eeb Xook[1], dont la lignée se poursuit aujourd'hui. Et tous ses successeurs ont obéi à la volonté des dieux. Nos dieux réclament le sang ! Ils exigent que nous abreuvions la Terre qu'ils nous ont donnée ! Lorsque nous agissons ainsi, ils nous récompensent en nous envoyant la pluie qui bonifie la terre et nous permet de récolter le maïs nourricier. C'est ainsi que les choses sont et qu'elles doivent demeurer. Qui prétend s'opposer au dessein des dieux qui nous ont donné la vie n'attire pas seulement sur lui la colère de nos créateurs, mais inflige à tous les conséquences de son arrogance. Tlaloc, le dieu qui envoie la pluie, exige notre offrande. Et nous la lui donnons.

---

1. Intronisé en l'an 78.

Crâne d'Animal avait prononcé ces mots les yeux fixés sur les visiteurs. Puis son regard passa au-dessus de leurs têtes, pour aller se poser sur l'acropole. Il leva alors son bras droit dans cette direction, obligeant chacun à se retourner. Sur la grande place, pressentant l'imminence d'un événement, la foule se tut. Les yeux de Chauve-Souris Blanche n'étaient qu'une fente.

Un petit groupe apparut à la sortie de l'un des temples de la partie haute de l'acropole. Escorté par deux guerriers au costume vivement coloré et à la coiffe ornée d'un aigle brillant, probablement des champions [1], un homme de petite taille, vêtu en tout et pour tout d'un pagne, avançait avec difficulté, les yeux baissés. Un quatrième personnage vêtu de noir surgit derrière eux. Balam reconnut immédiatement un prêtre du culte du dieu Tlaloc venu des contrées du Nord. Avec ses cheveux poisseux en bataille, il ressemblait trait pour trait à ceux de Caracol. On voyait ses lèvres bouger, mais on n'entendait pas à cette distance le cantique qu'il chantonnait. Une dense fumée noire s'échappait de l'encensoir qu'il tenait à la main.

Le groupe se rapprocha du bord de la plate-forme qui dominait la place. On entendait à présent chanter le prêtre, qui agitait son encensoir dans la direction des quatre points cardinaux. Le chant cessa de manière abrupte : à ce signal, les guerriers forcèrent l'homme à s'agenouiller. L'un d'eux le saisit par les cheveux et présenta sa gorge découverte à la fine lame d'obsidienne que le prêtre avait tirée de sa poche.

---

1. Titre décerné aux combattants les plus valeureux.

En criant le nom de Tlaloc, celui-ci trancha net le cou du sacrifié.

Les guerriers penchèrent alors la tête du mort vers le sol pour que son sang, qui s'écoulait abondamment, tombe sur la terre. Puis, se saisissant du corps, ils le projetèrent dans le vide.

Balam ferma les yeux, mais le bruit résonna dans son cerveau. Le choc du corps contre la pierre réveillait le souvenir de la scène qu'il avait vécue à Caracol. Une fois de plus, son esprit se rebella contre cette mort absurde.

Pendant que la dépouille tombait, le prêtre de Tlaloc avait de nouveau crié le nom de son dieu. Un écho s'était alors élevé à l'est. On aurait dit le bruit du tonnerre, d'abord sourd et lointain, puis s'amplifiant pour s'éteindre enfin. Le ciel était pourtant toujours bleu. C'est alors que le prêtre, sa dague sanglante levée vers l'est, invoqua une nouvelle fois Tlaloc. Un murmure s'éleva dans la foule, que fit taire la voix de Crâne d'Animal :

— Tlaloc a parlé ! Sa voix de tonnerre a exprimé sa satisfaction pour le sang que nous lui donnons en offrande. L'homme que vous avez vu mourir est un espion à la solde des ennemis de Tikal. Le sacrifice de sa vie ne contente pas seulement les dieux, il permet à son esprit, sans cela condamné à errer à jamais dans les ténèbres, d'accéder au royaume divin. Sa « mort fleurie » est une rédemption.

Sans ajouter un mot, Crâne d'Animal tourna les talons et quitta la plate-forme. Balam se retourna vers son maître ; les yeux du chaman étaient fixés sur la porte où le roi de Tikal venait de s'engouffrer.

L'expression de son visage, d'une extrême froideur, semblait taillée dans la pierre.

L'expédition reprit le chemin qui l'avait menée à Tikal deux jours plus tôt. Corne de Cerf et ses trois serviteurs y étaient restés tandis que Fleur partait pour Caracol en compagnie de quatre demoiselles d'honneur. La princesse avait abandonné sa chaise à porteurs pour continuer à pied dans l'étroit sentier.

Fleur était la septième des huit enfants du roi de Tikal. Elle devait avoir dix-huit ans, comme Balam. Elle portait pour le voyage une jupe qui lui arrivait au-dessous des genoux, des bottes de peau resserrées aux chevilles par une lanière. Elle avait aussi couvert ses bras pour se protéger de la végétation et tressé ses cheveux en deux nattes entrelacées de fleurs blanches.

Balam ne quittait pas des yeux la jeune fille : il l'aurait juré, elle l'avait remarqué malgré son air volontairement distant. Le regard de Fleur s'attardait parfois sur lui plus que nécessaire.

La veille, la délégation avait visité d'autres lieux de Tikal et vu une partie de pelote qui opposait les champions de l'Aigle à ceux du Jaguar. La princesse y assistait sans son père, en compagnie de quelques-uns de ses frères et de dignitaires de la cour.

Le terrain, qui se trouvait à proximité de la grande place et des appartements de la délégation, était étroit et tout en longueur, fermé de murs légèrement inclinés vers l'extérieur et garnis de gradins sur lesquels les spectateurs prenaient place.

A la fin du jeu, le chambellan demanda aux invités s'ils souhaitaient engager une partie : Lumière Noire se leva immédiatement et invita Balam d'un signe. Le jeune homme accepta aussitôt, en dépit de la résistance muette de Chauve-Souris Blanche à ses côtés : le jeu de pelote le passionnait et Fleur se trouvait présente. Il sentait ses yeux sur lui sans même la regarder.

Balam fit équipe avec les soldats qui les avaient accompagnés et Lumière Noire avec les frères de la princesse. Ils fixèrent à leurs coudes, leurs cuisses, leurs chevilles et leurs poignets les rigides protections de cuir et enfilèrent des gants en peau de cerf. La partie fut brève. Au départ, aucun camp ne prit l'avantage, puis Balam, s'emparant de la pelote après un rebond contre le mur, parvint avec l'aide des coéquipiers qui le protégeaient des attaques de ses adversaires, à gagner le fond du terrain en jouant des coudes et des jambes. Il lança la pelote en l'air, puis, prenant appui sur le sol de son bras droit, la projeta d'un coup de poignet lorsqu'elle redescendit. La compacte balle de caoutchouc dépassa les limites du terrain en conservant assez de hauteur pour que le chambellan déclare la partie terminée.

Balam se releva sous les acclamations des spectateurs et Fleur lui fit même l'honneur d'un sourire avant de détourner la tête. Dans sa jubilation, le jeune homme, bondissant sur le terrain, mains levées vers son public, ne remarqua pas le regard mauvais de Lumière Noire.

Depuis lors, les deux jeunes hommes n'avaient plus eu l'occasion de s'adresser la parole, se trouvant éloignés l'un de l'autre dans le cortège. Lumière Noire marchait aux côtés de Fleur, tâchant sans grand succès d'attirer son attention par son bavardage. Balam, lui, cheminait près de son maître, à qui il trouvait depuis la veille un air sévère et hermétique qu'il ne lui connaissait pas. Son unique tentative de dialogue s'était soldée par un « Nous en parlerons demain. Aussi étrange que cela te paraisse, ces murs ont des oreilles ».

A présent qu'ils étaient entourés d'épais murs végétaux, le chaman se mit à lui parler à voix basse, comme s'il craignait d'être entendu. Balam réussit à grand-peine à saisir tous les mots.

— Le message que je transmettrai à notre roi ne pourra être plus clair : Tikal se réveille. Elle sort de sa léthargie avec des désirs de pouvoir renouvelés... et Crâne d'Animal a fait en sorte de nous en informer. Tu connais parfaitement l'histoire de notre monde, Balam, et il semble que les dieux aient toujours voulu que les hommes s'opposent, peut-être pour que notre esprit reste en éveil, peut-être aussi parce que les humains ne savent pas se contenter de ce qu'ils ont. Depuis des générations, Tikal et Calakmul se comportent comme des cerfs en rut, chacun cherchant à écraser l'autre de sa puissance.

« Peu avant ma naissance, Calakmul remporta une si brillante victoire qu'elle sembla mettre fin pour toujours aux ambitions de nos hôtes d'hier. Hélas, il semble que ce temps-là soit révolu. Dans ce lointain passé, Tikal se trouvait sous la domination de Teotihuacán [1] et les peuples du Nord menaçaient de

1. En 374, le roi toltèque Siyak K'ak', venu de Teotihuacán, une puissante cité du Mexique central, fut intronisé roi à Tikal. Les relations commerciales favorisèrent la pénétration des ressortissants du Nord et Tikal devint une colonie de Teotihuacán.

s'emparer de tous nos territoires et de nous imposer leurs coutumes... et leurs dieux. Maîtres de l'obsidienne, ils dominèrent le commerce, car que pouvaient nos semences de cacao contre la pierre noire ? Pourtant, Calakmul et Caracol ne permirent pas à Tikal de gagner. Leur alliance eut raison de l'arrogance de Wak Chan K'awiil.

— Oui, maître, je sais cela. Je n'ignore pas que Wak Chan K'awiil a placé Yajaw Te K'inich sur le trône de notre ville.

— Il a cru qu'il serait un pantin qu'il pourrait manipuler à sa guise pour asseoir son pouvoir, mais il a fait une grosse erreur de jugement. Yajaw Te K'inich a été un merveilleux roi, et un vrai cœur maya battait dans sa poitrine. Ses noces avec Regard de Jade, notre grande reine, alors princesse de Calakmul, n'ont fait que resserrer les liens entre les deux villes. Et, pour notre bonne fortune, le roi K'an II marche dans les pas de ses géniteurs.

— Mais Crâne d'Animal n'est pas soumis à Teotihuacán. C'est un Maya...

— Oui, mais il est esclave de sa propre ambition. Teotihuacán lui susurre les mots qu'il veut entendre. Voilà des années qu'il entraîne ses guerriers et qu'il leur fabrique des armes d'obsidienne. As-tu remarqué ses lances et ses épées ? Il a fait ce qu'il fallait pour que nous les remarquions.

— Oui, et j'ai aussi observé le couteau du prêtre.

— C'est un double message qu'il nous a transmis là : les dieux réclament du sang, et Tlaloc, un dieu qui ne fait pas partie de notre panthéon, est celui qui dispense la pluie. Or c'est de la pluie que dépendent nos cultures et finalement nos vies. Enfin, il nous a informés qu'il connaissait l'existence de nos espions à Tikal.

— Mais toutes les villes se surveillent...

— Il a exécuté l'un de nos informateurs, ce qui rendra les autres plus réticents.

— Et la voix de Tlaloc ? Le bruit du tonnerre au moment où cet homme a été sacrifié ?

— Supercherie de ces prêtres déguenillés. Tu as sans doute remarqué qu'il n'en restait qu'un sur l'acropole à ce moment-là alors que ces gens adorent s'exhiber. Ils ont dû tirer au sort celui qui aurait l'honneur de trancher la gorge à ce malheureux, les autres ont couru dans la forêt pour faire leur travail. Malheureusement, le peuple a cru que Tlaloc avait parlé.

Balam se retint de dire qu'il avait lui aussi tremblé d'effroi quand le tonnerre avait éclaté dans le silence de la place.

— Mais comment ont-ils fait ce bruit ?

— En tapant sur des troncs creux, en battant furieusement sur les grands tambours rituels. Ils ont appris à le faire : dans leurs cérémonies, c'est ainsi qu'ils invoquent Tlaloc. Le cri du prêtre, quand il a lancé le corps dans le vide, était le signal. Je dois reconnaître qu'ils se sont surpassés.

Maître et disciple continuèrent à marcher en silence. Ils approchaient du lieu où ils établiraient leur campement pour la nuit.

— La princesse Fleur... Elle est vraiment très belle. Elle me rappelle Regard de Jade à son âge, bien que toutes deux soient des femmes tellement différentes...

Chauve-Souris Blanche avait parlé tout bas, comme pour lui-même. Puis il enchaîna, sans transition :

— Je comprends que tu aies accepté la partie de pelote, Balam. Mais tu n'aurais pas dû. Si tu avais perdu, cela leur aurait donné une raison de nous humilier.

— Oui, mais j'ai gagné !

— Bien sûr. Et tu as très bien joué.

13

Oratoire du Petén

– an 2001 de notre ère –

Le travail se poursuivait sur le chantier et plus personne n'avait abordé le sujet des inscriptions.

Au réveil, Nicole avait croisé le regard interrogateur de Jean.

« Non, Jean, je n'ai pas eu de visite de l'au-delà. Je n'ai même pas souvenir d'avoir rêvé du moindre hiéroglyphe. Seulement d'une petite chatte que j'avais quand j'étais petite. Elle était magnifique, mais elle a disparu du jour au lendemain...

— Peut-être est-elle revenue pour te délivrer un message...

— Ce n'est pas drôle, Jean. Je l'aimais beaucoup, tu sais. »

Au cours de la matinée, Jean s'était révélé un excellent aide de camp. Ses talents de dessinateur et ses compétences d'architecte avaient été précieux dans le relevé cartographique du gisement. Il avait eu droit aux félicitations d'Augusto Fabricio.

« Vous auriez fait un excellent archéologue, jeune homme. D'ailleurs, il n'est pas trop tard pour y penser ! »

Installée à l'ombre d'un arbre, Jean à côté d'elle, Nicole relisait ses notes en consultant un livre de temps en temps. Elle commençait à comprendre le fonctionnement du monde maya et son originalité, mais avait plus de peine à saisir le système de numération en base vingt. Ce nombre, que les Mayas appliquaient aux différents calendriers, donnait lieu à une complexité quasi inextricable.

Elle s'entraînait à confronter les dix-huit mois de vingt jours, complétés des cinq jours de *wayeb*, du calendrier *haab*, avec les deux cent soixante jours du calendrier *tzolk'in*. Les Egyptiens aussi ajoutaient à leur année un codicille de cinq jours – que les Grecs de l'époque de Ptolémée nommaient *epagomenos* –, durant lequel ils célébraient la naissance de leurs divinités.

— C'est un hasard ? Un mystère ? Qu'en penses-tu, Jean ?

— Quelle est la base de calcul des Egyptiens ?

— Dix. L'année comptait trois saisons de cent vingt jours, à leur tour divisées en quatre groupes ou mois de trois fois dix jours.

— Dans tous les cas, il leur manquait cinq jours. Tu deviendrais sacrément célèbre si tu démontrais qu'ils étaient de mèche...

Quoi qu'il en soit, comme les Mayas exprimaient les dates par une référence conjointe à leurs deux calendriers, il en résultait une accumulation de chiffres et de nombres dans laquelle ils devaient eux-mêmes se perdre. Nicole peinait à comprendre ce que

Jean lui avait expliqué à Mexico : le chiffre désignant un jour donné ne se répétait que tous les cinquante-deux ans.

— Il est vrai que c'est un peu compliqué, surtout pour nous. Mais si on en prend l'habitude dès l'enfance...

— J'en doute fort... En tout cas, si tu m'invites à danser le *9 manik 13 k'ayab* à sept heures et demie, tu peux m'attendre tranquillement attablé parce que je ne suis pas près d'arriver !

L'archéologue ruminait, furieuse. Pour corser le tout, il y avait aussi le compte long, qui mesurait, lui aussi en système vigésimal, les jours écoulés depuis la création du monde, cinq mille cent quatorze ans plus tôt. Cerise sur le gâteau, le système en base vingt n'opérait pas à tous les niveaux : dans ce qui équivaudrait à notre ordre des dizaines, l'opérateur devenait le dix-huit.

— Ils sont vraiment cinglés !

— Pas tant que cela ! C'est par ce moyen qu'ils arrivent à 360 au lieu de 400. Si tu comptes à partir du troisième niveau vers le haut, tu auras une idée du nombre de jours qui se sont écoulés...

Nicole se pencha à nouveau sur la page où elle avait dessiné les symboles et le nom qui leur était attribué dans le compte long. Les mots dansaient devant ses yeux : *kin, k'atun, bak'tun*...

En bas de la feuille, Jean avait noté la date de naissance de Nicole et son équivalent dans le compte long afin qu'elle puisse avoir un point de comparaison, mais aussi pour garder un souvenir de ce voyage. « Puisque les Chinois t'offrent l'idéogramme de ton nom, pourquoi les Mayas ne t'offriraient-ils pas ta date de naissance ? » lui avait-il dit en notant : *13 mai 1972, soit 12.17.18.14.8.*

GLYPHE	DÉSIGNATION	
	Kin	1 Kin = 1 jour
	Uinal	1 Uinal = 20 Kin = 20 jours
	Tun	1 Tun = 18 Uinal = 360 jours (1 année environ)
	K'atun	1 K'atun = 20 Tun = 7 200 jours (20 années environ)
	Bac'tun	1 Bac'tun = 20 K'atun = 144 000 jours (395 années environ)
	Pic'tun	1 Pic'tun = 20 Bac'tun = 2 880 000 jours (7 885 années environ)

— Jean, regarde un peu ça, s'il te plaît.

Il leva le nez des plans qu'il s'était remis à consulter, penché au-dessus d'une table pliante.

— A votre service, mademoiselle. Vous désirez une boisson fraîche, un apéritif ?

— Ce ne serait pas mal venu. En réalité, il serait temps que nous fassions une pause. Mais avant, tu dois faire tes devoirs. Pourrais-tu me donner la représentation chiffrée dans le compte long de

1 867 895 jours depuis la création de ce que les Mayas nomment notre monde ?

— Est-ce que par hasard tu penses que...

— Je ne sais pas, c'est juste une idée.

— Bien sûr, cela semble tout à fait logique.

Jean se dirigea vers la table de travail et se saisit d'un crayon, d'un papier et d'une calculatrice. Malgré sa fébrilité, il refit deux fois l'opération avant de montrer le résultat à Nicole.

— 12.19.8.10.15.

— Nous avons donc, vu sous un autre angle, le même chiffre que celui qui figure sur les inscriptions. Le chiffre correspondant à ce fameux niveau du compte long en base dix-huit...

— Oui, et cela change tout.

— Donc, le nombre de jours mentionné deux fois dans la prophétie, quand on le transpose dans le compte long, donne le chiffre 12.19.8.10.15. Aucun chiffre ne se répète, et cela renverrait toujours à la seconde partie des inscriptions. Regarde... Ce pourrait être ça, Jean ?

12. Dans la cité de Uaxactún / dans la pyramide du Soleil.

19. Un homme marche [vers] / le Soleil en direction du solstice d'été.

8. Dans le temple / du Soleil au solstice d'hiver.

10. Un homme marche [vers] / Vénus du nord [position extrême de Vénus dans l'hémisphère Nord]

15. Les deux marcheurs contemplent / la stèle de la célébration de Naranjo.

— C'est logique. Uaxactún et la place des pyramides sont bien la clé de l'énigme, comme nous l'avions supposé. Les marcheurs avancent dans des directions différentes et se croisent en un point...

Guy Lalande semblait prêt à sauter de joie. Toute la compagnie s'était retrouvée autour du croquis que traçait l'archéologue français sur la table de travail.

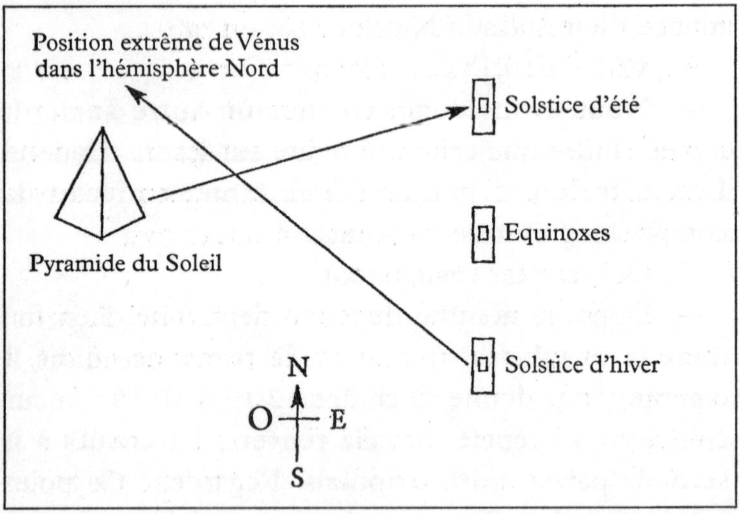

— Quand j'avais évoqué Uaxactún, souvenez-vous, je vous avais parlé des trois édifices à l'est de la pyramide du Soleil. Il suffit de tracer une droite entre la position du solstice d'hiver et celle de la position extrême de Vénus dans notre hémisphère, d'en tracer une autre entre la pyramide du Soleil et la position du solstice d'été, et le tour est joué ! Les marcheurs se rencontrent. J'avais raison, en voici la preuve !

L'archéologue marqua d'une croix triomphante le point de rencontre des deux lignes.

— Comment cela, « j'avais raison » ? s'écria alors Julio Rivera. Je te rappelle qu'il y a encore quelques instants nous étions tous perdus et que ce sont nos jeunes amis qui viennent de nous ouvrir une porte ! Je crois qu'il faudrait d'abord les en féliciter, non ?

— Comment... Ah, oui, bien sûr. Eh bien, toutes mes félicitations et mes remerciements à Nicole et Jean. Je voulais simplement dire que j'ai toujours penché pour Uaxactún, et que tôt ou tard...

Augusto Fabricio l'interrompit d'un ton coupant :

— C'est un peu court... quand nous devrions élever un monument à ces jeunes gens. Si cette recherche aboutit un jour, le mérite leur en reviendra sans doute. Pour ma part, je n'en doute pas.

Nicole intervint en riant :

— Ce n'est pas une question de mérite. A peine une idée et un peu de chance. Et personne ne dit, à part Guy, où cela va nous mener...

— J'y crois aussi, Nicole, fit Julio Rivera. Sur la place des pyramides de Uaxactún, plusieurs stèles n'ont pas pu être entièrement déchiffrées, n'est-ce pas, Augusto ?

— Oui, j'ai fait quelques publications à ce sujet. Reste à savoir de quelle stèle il s'agit. Je n'ai pourtant pas le souvenir d'une référence à Naranjo. Il faut voir.

— La position de Vénus, on doit pouvoir la connaître... suggéra Jean.

— Certainement. Je vais demander à l'Observatoire de Mexico de nous la communiquer. Je vous certifie que c'est la même Vénus que les Mayas contemplaient il y a cinquante siècles. Ils connaissaient très exactement ses positions au cours de sa rotation autour du Soleil[1] et suivaient la trajectoire de celle qu'ils nommaient Cahk'ek, la grande étoile, car ils craignaient terriblement ses influences néfastes. Elle pouvait envoyer les guerres et les calamités et on se conciliait ses faveurs par des cérémonies à certaines périodes. Je vous disais l'autre jour, Nicole, qu'un observatoire maya a été conservé à Chichén Itza. Il est notamment orienté dans la direction dont nous parlons : la position la plus septentrionale de Vénus.

Nicole jeta un coup d'œil espiègle à ses compagnons.

— Eh bien, quand partons-nous pour Uaxactún ?

Ce fut Julio qui répondit le premier :

— Dès que possible, n'ayez crainte, bien que les choses ne soient pas si simples. Il faut d'abord régler les détails du voyage et du séjour... et terminer le relevé du site ici.

— Le relevé n'est pas urgent, cela n'a aucune importance par rapport à ce qui nous attend, l'interrompit sèchement Guy Lalande.

— Tu sais bien que rien n'est sans importance dans notre métier. D'autant que nous ne prendrons aucun retard : nous avons pratiquement fini.

Fabricio mit le point final à la discussion en frappant dans ses mains.

— Donc, tout le monde au travail ! Julio, tu t'occupes de régler notre départ, Guy et moi, nous terminerons le relevé avec l'aide de Jean, s'il veut

1. Un cycle de deux cent vingt-quatre virgule sept jours. Durant la période de huit jours au cours desquels Vénus est masquée par le soleil, les Mayas se considéraient à l'abri de son influence.

bien. Et vous, Nicole, je suppose qu'il vous faut boucler votre émission de télé...

— C'est vrai, j'avais oublié ! Il me reste un peu moins d'une heure. Que vais-je bien pouvoir leur raconter de tout cela ?

— Rien, absolument rien, intervint Guy Lalande. En tout cas, rien qui puisse indiquer la moindre piste.

Nicole allait répliquer, mais garda le silence devant le haussement d'épaules résigné de Julio, la moue consolatrice de Fabricio et le baiser que Jean lui envoyait de loin.

Le groupe se désagrégea et personne ne remarqua que l'un des chauffeurs de l'expédition, occupé à trier le contenu de caisses non loin d'eux, avait suivi toute la conversation. Il quitta les lieux pour aller rejoindre ses compagnons.

14

Caracol

– an 627 de notre ère –

La saison des pluies[1] semblait terminée et le ciel était d'une limpidité surprenante. Les dieux avaient été généreux : l'eau, tombée en abondance, avait fait se multiplier les espèces dans la forêt et la récolte était assurée.

Peut-être grisées par l'exubérance générale, les deux jeunes filles riaient. Assises dans les jardins de la grande pyramide, elles laissaient le soleil de l'après-midi caresser leurs épaules. Héron Bleu jouait avec les fleurs qu'elle venait de cueillir, elle en entrelaçait les tiges tandis que Fleur agitait distraitement un grand éventail blanc.

La princesse de Tikal était à Caracol depuis un an déjà et elle s'était peu à peu accoutumée à sa nouvelle vie. Le roi K'an II et Chauve-Souris Blanche avaient estimé que Héron Bleu serait la personne la mieux à

1. De mai à novembre, avec une interruption en août (canicule).

même de l'aider à s'intégrer à la vie de la cité. Ils n'avaient même pas eu à le lui demander : à leur première rencontre, Héron Bleu avait senti que Fleur, qui respectait l'étiquette en raison de sa condition et de son rang, n'était au fond qu'une petite fille apeurée. Dès lors, elle l'avait prise sous son aile, lui avait prodigué ses conseils et surtout donné son amitié.

Les habitants de Caracol s'étaient habitués à les voir ensemble, en promenade, côte à côte dans les cérémonies, ou, comme à présent, plongées dans une conversation animée. Chacun reconnaissait la beauté resplendissante de la princesse de Tikal et le subtil magnétisme qui émanait de Héron Bleu, digne héritière de Regard de Jade.

— Je n'aime pas la pluie, disait Fleur. Oui, je sais bien que nous péririons tous sans elle, que ce serait un châtiment divin. Mais je ne l'aime pas. Je déteste devoir rester enfermée quand dehors il pleut sans répit, je hais les jours sombres et privés de soleil et je n'aime pas marcher dans la boue et tremper mes vêtements. Les dieux devraient inventer autre chose pour donner vie à la nature.

Héron Bleu fit mine de surveiller les alentours.

— J'espère que les prêtres de Tlaloc ne t'entendent pas ! Et puis, sans la pluie, crois-tu que nous apprécierions autant une journée comme celle-ci ?

— Tu as sans doute raison. Mais au moins nous serions débarrassés des prêtres, s'il ne pleuvait pas.

Cette fois, ce fut au tour de la princesse de jeter des coups d'œil inquiets à la ronde.

— Je t'assure que je ne les apprécie pas du tout. Ici, à Caracol, vous ne faites que les supporter. Mais à Tikal... En réalité, je crois que chez moi ils ont plus de pouvoir que mon père. Ils sont si sales, si intransigeants, si laids... Tlaloc doit avoir bien mauvais goût pour s'intéresser à eux.

— Ici aussi, ils tentent de prendre le pouvoir. Chauve-Souris Blanche nous a dit que personne ne faisait cas d'eux dans sa jeunesse. Et à présent, tu le vois, ils rassemblent du monde.

— Oui. Lumière Noire les défend avec véhémence. Il approuve leurs rites sanguinaires, arguant que Tlaloc se nourrit de sang humain. Il a été furieux le jour où je me suis risquée à lui dire mon point de vue.

— C'est un sujet que nous évitons, en sa présence. Mais je ne crois pas qu'il puisse être furieux contre toi.

— Encore... Tu penses vraiment qu'il me fait la cour, n'est-ce pas ? Moi, je crois qu'il voit en moi son semblable. N'oublie pas que nous avons le même rôle de... d'invités.

Héron Bleu considéra un moment son amie en silence, puis la tristesse enveloppa sa voix :

— Tu as de la chance, Fleur. Il n'y a pas que Lumière Noire. D'autres se mettraient à tes pieds avec joie...

— Tu veux parler de Balam, mon amie ? Rassure-toi. Songe que je suis une nouvelle venue. Bientôt, l'attrait de la nouveauté sera émoussé, et alors... je présenterai moins d'intérêt. Ce sera bien dommage.

Héron Bleu projeta son regard au loin et sa voix se fit plus grave :

— Fleur, tu sais que j'ai parfois des visions. J'ignore leur origine et je ne sais pas si elles s'accompliront, mais elles m'arrivent brutalement, à l'improviste, et ont trait à des sujets auxquels je n'ai pas forcément réfléchi auparavant... Je crois que des temps difficiles approchent, bien que j'ignore jusqu'à quel point ils peuvent nous toucher et concerner notre peuple. Mais quand je me trouve à vos côtés, toi, Balam, même Lumière Noire, et auprès de Chauve-Souris Blanche, je sens que votre vie va changer, que les dieux en ont décidé ainsi. Ils interviennent en personne. Cette impression est encore plus forte quand il s'agit de Balam et de toi. Et, curieusement, ce n'est pas de la tristesse que j'éprouve.

— Raconte-m'en davantage, Héron Bleu. Quels sont tes pressentiments ?

— Rien de plus, je t'assure. C'est toujours ainsi, je ressens simplement des impressions inexplicables.

— Et toi, que va-t-il t'arriver, à toi ?

— Rien. Je ne sais pas. Ces sensations ne me concernent jamais.

— Et tu dis que Balam et moi...

— Non, non. Simplement que les impressions sont plus fortes. Mais peut-être parce que je vous sens plus proches de moi. Ne t'inquiète pas, l'avenir ne s'annonce pas sombre mais différent.

Surgissant devant l'un des bâtiments proches de la grande pyramide, à la limite entre la forêt et la ville, une silhouette qui sembla d'abord hésiter se dirigeait vers les jeunes filles. Elles reconnurent immédiatement Lumière Noire : cela ne tenait pas seulement à sa peau sombre et à ses cheveux noir de jais, mais à son port de tête et à sa démarche dénotant la suffisance altière que confère chez certains leur rang social.

Bientôt, le prince de Naranjo retournerait chez lui. Sa formation à Caracol était finie et un nouvel otage le remplacerait.

La relation depuis longtemps apaisée entre les deux villes s'était tendue depuis quelques mois. Il semblait que Tikal lançât Naranjo, sa vassale, contre les cités voisines pour tester leur résistance. L'irascible Grand Scorpion, père de Lumière Noire, avait usurpé le trône de Naranjo dix-sept ans plus tôt, en assassinant la famille royale avec l'aide de Tikal qui, une fois perdu le soutien de Caracol, avait besoin d'un allié pour maintenir son influence dans la région. Jusqu'à présent, les relations étaient restées froides mais polies et les échanges commerciaux s'étaient poursuivis. Pourtant, on ressentait à Caracol les signes d'un durcissement : de petits retards dans la livraison des marchandises, des prétentions nouvelles et des accords non respectés, des accusations voilées, des relations diplomatiques tendues. Naranjo tirait sur la corde, même si ses envoyés clamaient les torts de Caracol. On pouvait presque voir derrière tout cela le bras long de Crâne d'Animal, le roi de Tikal.

Lumière Noire feignait de se tenir en marge. Il évitait autant que possible les réunions dans lesquelles on aurait évoqué le sujet et lui-même ne l'abordait jamais. Pourtant, s'il arrivait qu'il doive faire quelque commentaire, on sentait que ses informations sur la situation étaient parfaitement à jour.

Les prêtres de Tlaloc non plus ne facilitaient pas la vie au roi K'an II. Cette année, leurs exigences et leur représentation à tous les niveaux de la société n'avaient cessé de croître ; le nombre de leurs fidèles augmentait et ils sacrifiaient des animaux dans les cérémonies qu'ils organisaient aux abords de la cité. Les adorateurs de Tlaloc ne se privaient pas de répéter haut et fort que leur dieu finirait par se lasser du sang de substitution qu'on lui offrait et réclamerait bientôt du sang humain.

Chauve-Souris Blanche et le roi avaient été informés que les prêtres et certains des fidèles les plus fervents se mutilaient à l'aide d'aiguillons en os, d'arêtes de poisson ou de pointes d'obsidienne. Ils se perçaient le lobe des oreilles, la langue ou le prépuce, et recueillaient le sang dans des récipients pour y tremper des feuilles qu'ils faisaient ensuite brûler en hommage au dieu. Ceux qui y avaient assisté rapportaient le souvenir de cette odeur répugnante.

Lorsqu'il fut près d'elles, Lumière Noire s'adressa avec un sourire forcé aux jeunes filles :

— Les dieux nous ont offert une magnifique journée, et vous faites bien d'en profiter.

— Qu'ils te donnent longue vie, Lumière Noire. Tu en as profité aussi, tu venais de la forêt, n'est-ce pas ?

Le prince de Naranjo parut troublé par la remarque de Fleur.

— Euh... eh bien... oui, en réalité j'étais allé faire un tour. J'avais besoin d'être seul pour penser.

Comme pour démentir ses propos, deux silhouettes se découpèrent à l'endroit où Lumière Noire venait d'apparaître. Elles disparurent aussitôt entre les édifices. Les deux amies eurent la même impression, comme elles se le confièrent plus tard : ces formes sombres devaient être celles de prêtres de Tlaloc, car les vêtements noirs étaient bien peu appropriés à une telle journée.

— Maître, nous n'en avons plus reparlé, mais il y a une question que j'aimerais te poser au sujet du voyage que nous avons fait ensemble il y a un an de cela.

Balam n'avait nul besoin d'être plus explicite, il savait que le *halach winik* le comprendrait. Tous deux étaient installés dans le patio de la maison où Balam avait été accueilli et où il avait reçu les enseignements de Chauve-Souris Blanche, dans les premières années de son séjour à Caracol. Ix Tab, l'épouse du chaman, avait préparé à leur intention un chocolat fumant et des galettes de maïs ; elle avait un peu bavardé avec eux, puis s'était retirée, les laissant en tête à tête.

Le jeune homme était aujourd'hui en visite. En venant, il avait aperçu Héron Bleu et Fleur dans les jardins de la grande pyramide. La tentation d'aller les rejoindre l'avait effleuré, mais il y avait renoncé de peur que la princesse n'interprète sa présence pourtant due au hasard comme un geste délibéré.

Ils étaient plus proches depuis leur rencontre à Tikal. Balam pensait qu'elle devait se souvenir de lui puisqu'elle avait été très intéressée par la partie de pelote, mais il n'osait pas le lui rappeler.

C'était Fleur qui avait fait les premiers pas à l'occasion d'une réception au palais royal, peu après son arrivée à Caracol.

« Avez-vous conservé le présent que nous vous avons remis lors de votre visite ? J'espère qu'il vous a plu. »

Balam avait senti les battements de son cœur s'accélérer. Comme il aurait aimé lui dire que non seulement il le conservait mais qu'il le contemplait tous les jours et le pressait dans ses mains en revivant le moment où elle l'y avait placé ! Mais il s'était contenté de répondre, platement :

« Oui, princesse, je l'ai conservé : c'était un cadeau très approprié.

— Vous voulez dire à cause de votre nom ? C'est moi qui l'ai choisi quand j'ai entendu dire que l'un des visiteurs portait le nom d'un animal. Mais je ne savais pas qui j'allais rencontrer, si ce serait un vieux prêtre édenté ou...

— Ou ?

— ... ou un joueur de pelote acceptable... »

Depuis ce jour, les deux jeunes gens avaient eu de nombreuses occasions de se voir, notamment en raison de l'amitié entre Héron Bleu et Fleur. La première fois qu'elle avait assisté à un cours de Chauve-Souris Blanche, Balam avait ressenti, pour la première fois également, l'aiguillon de la jalousie, car Lumière Noire ne manquait pas d'exprimer son admiration à la princesse ou de se mettre en valeur dès qu'il le pouvait. Lorsqu'elle riait à l'une de ses saillies ou que, simplement, elle s'adressait à lui, un dard piquait le cœur de Balam. Bien qu'il n'en fût pas toujours conscient, la jeune fille l'avait remarqué aussi : souvent, lorsqu'il se retournait vers elle, il rencontrait son regard posé sur lui.

Balam avait découvert en Fleur, en plus de son extraordinaire beauté, beaucoup d'intelligence et d'humour. Elle avait reçu une éducation de grande qualité et pouvait soutenir une conversation sur tout. Ses connaissances en astronomie étaient même si pointues qu'elle engageait dès qu'elle le pouvait des discussions avec les Maîtres des étoiles. Rien d'étonnant, donc, à ce que Balam fût éperdument amoureux.

Mais à présent, face à son maître, il oublia un moment la jeune princesse et poursuivit :

— Tu m'as dit que ce que nous avions vécu cette nuit-là était réel, que nos esprits avaient emprunté les corps de ces puissants animaux. Je le crois parce que tu me l'as assuré, mais aussi parce que je l'ai vécu comme une réalité. Ce que je voudrais savoir, maître, aujourd'hui, c'est s'il me sera donné de recommencer.

— Tu as tardé à venir me le demander, mon fils, et cela montre ta capacité à maîtriser tes désirs. Mais il n'est pas en mon pouvoir de régir les moments où ton esprit souhaite se libérer pour voyager dans cet autre corps que les dieux te concèdent. Tu es le seul maître de tes décisions. Ce qui dépend de moi... est de t'en fournir les moyens. Regard de Jade ne m'avait pas non plus enseigné immédiatement la recette du breuvage magique, j'ai dû laisser passer le temps. La reine a patiemment attendu que je sois prêt.

« Je te l'ai déjà dit cette nuit-là, il faut consommer cette potion avec grande modération, sans quoi ton esprit risquerait d'errer sans trouver le chemin du retour. Alors, ton enveloppe humaine périrait. Si tu étais venu trop tôt me faire cette demande, j'aurais attendu que ton désir se calme, peut-être même t'aurais-je refusé la connaissance que je vais te dispenser aujourd'hui. Tu connaîtras le secret des dieux. Peut-être devras-tu toi aussi le transmettre à ton tour.

Balam sentit revenir les émotions qu'il avait connues dans le corps du grand jaguar.

Cette fois, Chauve-Souris Blanche ne l'accompagnait pas. Son enveloppe humaine l'attendait dans une clairière qu'il avait choisie car elle était suffisamment éloignée de Caracol pour qu'aucun habitant ne s'y risque. Le chaman lui avait assuré que pas un animal ne s'en prendrait à son corps car les dieux le protégeaient. Il but néanmoins la potion qu'il avait préparée avec quelque appréhension. Quand la sensation de nausée se fut apaisée, un regain de vitalité et de puissance et une perception extraordinaire des détails confirmèrent à Balam que son esprit habitait le corps de l'animal.

Tandis qu'il s'était laissé conduire, émerveillé par la découverte de nouvelles sensations, la nuit de son initiation, il décida cette fois de jouir pleinement du pouvoir qu'elles lui conféraient.

A l'aveugle, ses pattes semblaient savoir très exactement où prendre appui, son flair détectait une multitude d'odeurs dont il identifiait la nature et l'origine, son ouïe recueillait les moindres sons et sa vue perçante paraissait engendrer la lumière dans l'obscurité.

Par moments, le jaguar dut ressembler à un chiot fou dans un corps d'adulte, car Balam s'amusait à grimper et à passer d'un arbre à l'autre sans toucher le sol pour tester la portée de ses sauts prodigieux. Ensuite, calmé, il se mit à arpenter la forêt sans but précis, seulement occupé de profiter de l'inépuisable variété de tout ce qui l'entourait.

Le jour touchait à sa fin quand soudain, comme en réponse à un ordre inconscient de son cerveau, Balam se figea. Son flair lui avait révélé l'odeur âcre des humains.

La piste le conduisit vers la droite. Il ne tarda pas à découvrir les branches pourries et les feuilles déchiquetées que les voyageurs avaient laissées sur leur passage. Aux odeurs différentes, Balam sut qu'ils étaient plusieurs. Ils allaient vers le nord, venant du sud, peut-être de Caracol.

Mû par la curiosité et par le désir de tester ses capacités, il décida de suivre leurs traces. Se fiant à son flair, il avança rapidement jusqu'à sentir une odeur très prégnante. Lorsque enfin il entendit des voix, il devança les hommes et chercha un lieu sûr pour attendre leur arrivée. C'est ainsi qu'il retrouva le sentier entre Caracol et Naranjo et grimpa dans un arbre aux larges frondaisons. Ce que Balam ne pouvait savoir, car il n'était alors qu'un très jeune enfant et n'en avait pas gardé le souvenir, c'était qu'il se trouvait très exactement à l'endroit où, dix-sept années auparavant, un autre jaguar mâle, perché comme lui sur les branches, s'était élancé vers le sentier pour tuer ceux qui en voulaient à la vie du bébé couché sur le sol.

Il les sentit arriver. Ils marchaient d'un bon pas, visiblement habitués à se déplacer dans la végétation dense, en silence, mais sans chercher à dissimuler leur présence. Quand ils furent à découvert, Balam compta cinq personnes. Quatre d'entre elles étaient des guerriers en armes : ils portaient un poignard à la main et une longue épée au fil d'obsidienne à leur ceinture. Ils n'arboraient pas des insignes de combat identifiables, mais n'étaient pas vêtus de l'uniforme des soldats de Caracol. Il devait s'agir, puisque telle était leur destination, de guerriers de Naranjo. La cinquième personne, plus âgée que les autres, portait des vêtements conçus pour se déplacer commodément dans la forêt, mais leur raffinement dénotait un rang social élevé.

Le groupe passa sous l'arbre où guettait le jaguar, muscles tendus, prêt à bondir à la moindre alerte. Mais il n'avait aucune raison d'attaquer ces hommes, d'autant qu'il se méfiait des lances qu'ils sauraient sans nul doute projeter sur lui. Les hommes ne se rendirent pas compte de la présence de l'animal, et le groupe disparut dans la végétation.

Les muscles du jaguar se relâchèrent et Balam fit appel à son intelligence. Il semblait clair qu'ils allaient vers Naranjo, mais d'où venaient-ils ? Il avait justement la chance de pouvoir le vérifier, il lui suffisait de suivre leurs traces à rebours.

Avec un sentiment d'urgence, car la nuit allait bientôt tomber et l'odeur risquait de s'effacer, le jaguar quitta les frondaisons et regagna le lieu où il avait d'abord noté la présence du groupe.

Au début, il progressa très vite car la trace et les signes étaient évidents, puis la nuit l'obligea à ralentir son allure. L'odeur devenait plus ténue et il lui était de plus en plus difficile de la distinguer parmi les milliers d'arômes qui se dégageaient de ce monde qui lui semblait à présent tellement familier.

Quand le jaguar parvint à une clairière proche de Caracol, il comprit qu'il avait atteint son but. Les fortes émanations et l'accumulation des traces qu'il percevait malgré la nuit sur le sol et les arbres lui indiquèrent que le groupe était demeuré un long moment ici. Il crut aussi flairer d'autres odeurs, toujours porteuses de l'amertume caractéristique des humains. Il semblait que cette clairière était un lieu de réunion. Décidant de s'en assurer, le jaguar remonta la trace.

Il n'y avait aucun doute : des humains étaient venus de Caracol pour rencontrer ici les cinq personnes dont il avait croisé la route. Balam s'en inquiéta : le motif d'une telle réunion ne pouvait être anodin.

15

Oratoire du Petén

– an 2001 de notre ère –

— Jean... Il est venu cette nuit !

— Il est venu ? Mais... de qui parles-tu ?

Jean reposa sa brosse à dents sur le tronc qui faisait office de tablette de salle de bains et se tourna vers Nicole.

— Le dieu du ciel, Chan K'uh, l'un des trois qui ont la garde du masque de jade ! Il m'a visitée en rêve.

— Attends, tu es sérieuse, là, ou tu me fais marcher ?

— C'est que... je ne sais pas trop, en fait. Evidemment, je ne crois pas que les dieux viennent me rendre visite dans mon sommeil, mais c'était si réel... Tu te souviens des rêves que je faisais quand nous nous sommes rencontrés ? Même quand je m'éveillais, ils continuaient à faire partie de la réalité. Eh bien, cette nuit, j'ai eu la même sensation. Le dieu se tenait devant moi, tout comme toi à présent.

Je comprenais parfaitement ce qu'il me disait, et pourtant c'était un jaguar.

— Un jaguar ?

— Oui. Il n'y a pas d'autre mot pour le décrire. Ce n'était pas un monsieur barbu, mais un jaguar de taille impressionnante. Ah, oui, il portait un collier coloré aussi !

— Je vois, et que te disait cette divine apparition ?

Jean avait décidé de retourner à sa toilette.

— Que le masque nous attendait. Et que c'était la troisième fois qu'il était accessible aux humains. Il a ajouté que le masque avait conservé tout son pouvoir en dépit du temps et que nous serions trois à y avoir accès. Il a dit « vous » et je suppose donc que je suis l'une de ces trois personnes.

Du coup, Jean n'avait plus envie de se moquer. Il avait déjà eu l'occasion de constater qu'il ne fallait pas prendre les visions de Nicole à la légère.

— A-t-il dit autre chose ?

— Oui, mais je n'ai pas compris le sens de sa phrase, bien que je m'en souvienne parfaitement. Il a dit : « Mais vous devez savoir que le temps du masque n'est pas réglé par vous, les humains. » Ensuite, il est parti.

Le jeune architecte ne savait plus quoi dire, un peu pris de court par cette annonce au saut du lit : le dieu jaguar avait visité sa fiancée pendant son sommeil...

— Ah, Nicole... La nuit dernière, tu ne savais pas le nom du dieu, et voilà que tu le prononces sans problème...

— Oui, tu as raison, il a peut-être resurgi de mon subconscient. Mais il y a une explication plus simple...

— Qui est ?

— Qui est que le jaguar, quand il s'est présenté devant moi, a été des plus corrects. Ses premiers mots ont été : « Je suis Chan K'uh, le dieu du Ciel. »

Le départ pour Uaxactún était prévu à deux heures de l'après-midi. Ils traverseraient la forêt à pied pour rejoindre les véhicules qui les conduiraient à Tikal, où ils passeraient la nuit. Nicole voulait consacrer la prochaine émission de télévision à la grande enceinte maya. Stan et Pierre, les cameramen, resteraient donc sur place un jour de plus pour filmer, puis rejoindraient le groupe directement à Uaxactún, qui ne se trouvait qu'à une vingtaine de kilomètres au nord de Tikal.

Nicole était installée au pied de l'arbre qu'elle s'était approprié : elle l'avait choisi le jour de leur arrivée et finissait invariablement, quand elle cherchait un coin tranquille, par venir s'adosser à lui.

Il était un peu plus de onze heures du matin et elle se remémorait les données qu'elle transmettrait sur Uaxactún dans l'enregistrement matinal. Ce serait la dernière émission réalisée depuis le campement et Nicole pensait donner les dernières informations sur l'oratoire tout en annonçant le départ de l'expédition.

Elle considéra avec un soupçon d'attendrissement le modeste édifice qui abritait les énigmatiques inscriptions. Déserté par les archéologues qui terminaient ailleurs leurs relevés et éclairé de plein fouet par un rayon de soleil qui s'était frayé un chemin dans la végétation, il semblait minuscule, pareil à un infirme perdu dans la forêt vierge.

C'est un miracle que son secret ait pu parvenir jusqu'à nous, pensa Nicole. L'histoire des trois dieux n'est peut-être pas une plaisanterie...

La nuit précédente, avant d'aller dormir, elle avait interrogé Julio Rivera sur la ville qui serait leur prochaine destination et dont le nom même lui semblait auréolé de mystère. L'archéologue mexicain avait souri en évoquant Uaxactún.

— Dans la langue maya, cela signifie "huit pierres". Mais nous ignorons s'il s'agit du nom que les habitants donnaient à leur ville. C'est l'archéologue Sylvanus Morley qui l'a baptisée ainsi au XXe siècle.

— Pourquoi "huit pierres" ?

— Il a trouvé cette désignation sur une stèle qu'il est parvenu à déchiffrer. Nous saurons peut-être un jour si ce bon Morley avait raison...

— L'avez-vous connu ?

Rivera s'était esclaffé.

— Vous me vieillissez beaucoup !... Morley est mort en 1948, je n'avais qu'un an à cette époque. Il a réalisé ses fouilles entre 1920 et la fin des années 1930. J'aurais aimé le connaître, c'est sûr : c'était sans doute un personnage comme il n'en existe plus, un romantique de l'archéologie. Imaginez un peu ce que cela devait être, à son époque, de se perdre dans la jungle, sans routes, sans moyens de communication... de couper tous les ponts avec la civilisation...

— Je l'envie. Il a dû vivre des moments extraordinaires. Aujourd'hui, il reste peu de choses à découvrir et tout est trop... organisé. L'imagination n'a plus sa place.

— Et c'est vous qui dites cela ! Quand vous avez découvert une statuette vieille de plus de trois mille ans dans une tombe de la Vallée des Rois, et alors même que vous êtes sur la piste d'un masque de jade aux pouvoirs probablement immenses ! Je dirais que vous ne mesurez pas votre chance à sa juste valeur...

Confuse, Nicole dut bien reconnaître que son collègue mexicain avait raison.

— Touché... Peut-être suis-je trop ambitieuse ou trop pleine d'illusions. J'imagine qu'à son époque tout n'a pas dû être rose pour Sylvanus Morley et qu'il est aussi passé par des moments de découragement... Bon, y a-t-il autre chose que je puisse raconter sur Uaxactún ?

— Il s'agit de la cité maya la plus ancienne que nous connaissions. Elle a été fondée aux environs de 900 avant notre ère, voire plus tôt, et a été habitée jusqu'au Xe siècle. Elle a connu son apogée entre le VIe et le IXe siècle. La première période de son histoire...

— Julio, pardon de vous interrompre... La réserve dont Guy fait preuve dans toute cette affaire ne vous semble-t-elle pas exagérée ? Je veux bien que nous gardions le silence sur certains détails, mais ses craintes me semblent vraiment excessives...

Rivera ne se formalisa pas de l'interruption de Nicole.

— Eh bien, votre compatriote a toujours été un peu sombre, je dirais même mélodramatique. Mais, et que cela reste entre nous, ce n'est pas moi qui lui donnerais tort aujourd'hui.

— Que voulez-vous dire ?

— Nous savons de qui il nous faut nous méfier. Un multimillionnaire colombien qui a deux idées fixes : l'argent et... l'art maya. J'ignore d'où lui vient sa fortune, même si j'ai ma petite idée sur la question ; quant à sa seconde obsession, on dit qu'il est prêt à tout pour s'emparer de l'objet qu'il convoite. Il se nomme Florencio Sánchez et le nombre de personnes qui peuvent prétendre le connaître est limité, en tout cas je n'en connais aucune. Mais beaucoup d'histoires circulent, et si elles sont exactes je peux vous assurer qu'elles donnent toutes raison à Guy de se montrer prudent.

— Vous croyez que cet homme pourrait...

— Je n'ai aucune certitude, Nicole, je vous l'ai dit, je ne le connais pas... du moins, pas personnellement. Mais j'ai connu un homme qui s'appelait Gregorio Luna. On le surnommait « le Tombeau ». Il sillonnait le Yucatán à la recherche d'antiquités qu'il vendait au plus offrant. Il payait bien les *chicleros* qui l'informaient. Bref, il était ce qu'on peut appeler un pilleur de tombes...

— Et...

— J'y viens... Mais je veux d'abord préciser que j'avais pour lui une certaine estime, enfin, autant que faire se peut. C'était un homme de parole et s'il n'avait pas été voleur il aurait fait un enquêteur hors pair. Ses connaissances sur le monde maya étaient impressionnantes. Il y avait entre nous un accord tacite : nous lui achetions exceptionnellement, officieusement bien sûr, des pièces de grande valeur. Je sais que Gregorio perdait de l'argent dans ces transactions, mais il le faisait par fierté, pour que la culture de ses ancêtres puisse être reconnue...

— Je suppose que je ne peux pas parler de cela à la télévision ?

— J'en ai bien peur… La dernière fois que nous avons vu Gregorio, il nous a proposé une extraordinaire figurine d'argile du préclassique tardif. Il en demandait un prix très élevé et disait ne pas pouvoir le baisser car Florencio Sánchez était prêt à lui en offrir bien davantage. Nous n'avons pas pu reprendre contact avec lui pour lui dire que nous étions d'accord : peu de temps après notre rencontre, on a retrouvé son cadavre ; il avait été assassiné chez lui et personne n'a plus jamais entendu parler de la statuette.

— Vous savez où elle se trouve aujourd'hui, n'est-ce pas ?

— Je ne pourrais pas le jurer, mais je suis prêt à miser quelques pesos !

— Mais… cet homme… La police ne peut donc rien faire ?

— Comme vous ne l'ignorez pas, la Colombie est un pays compliqué. Il se trouve que la police ne travaille pas pour qui elle devrait.

Nicole était pensive.

— Je vous remercie pour ces confidences, Julio, dit-elle enfin. Je serai très prudente dans mes commentaires.

— Vous ferez bien. Mais je crains que Florencio Sánchez ne soit déjà au courant de notre expédition et de son objet. Nous sommes très nombreux sur ce chantier et on dit que l'homme a des oreilles partout, y compris dans les cabinets ministériels.

A ce moment, Stan s'approcha d'eux, un trépied à la main.

— Vous serez prête pour midi, Nicole ? On pourra enregistrer ?

— Et si je vous disais que non ?

Devant la mine dépitée du technicien, elle partit d'un grand rire, avant de le rassurer :

— Je vous rejoins à midi pile, ne vous inquiétez pas ! Allez préparer les prises, Stan... Julio, vous pourriez participer à l'émission, qu'en dites-vous ? Pour parler de Uaxactún ? Ce serait certainement très intéressant d'évoquer votre amitié avec Sylvanus Morley...

Le Mexicain, d'abord déstabilisé par le ton grave de Nicole, partit d'un grand éclat de rire. Elle-même ne put garder son sérieux très longtemps.

— Je préfère que vous me présentiez comme sa réincarnation, voyez-vous, cela me rajeunira un peu, fit Rivera. Je dois avouer, si vous ne l'aviez pas encore remarqué, que j'ai mes petites vanités !

16

Caracol

– an 627 de notre ère –

Balam commençait à se sentir aussi à l'aise dans le corps du jaguar que dans son enveloppe humaine. Depuis le jour où il avait découvert la présence des guerriers de Naranjo dans la clairière, il avait absorbé plusieurs fois le liquide qui lui permettait de se transformer en animal. Sa crainte du surnaturel avait disparu et il acceptait ce pouvoir comme un don des dieux dont il pouvait jouir à sa guise.

Lorsqu'il raconta ce qu'il avait vu à Chauve-Souris Blanche et qu'il lui expliqua comment les traces l'avaient mené jusqu'à la ville, le chaman parut à son tour très préoccupé, bien qu'il se montrât comme toujours mesuré dans ses propos.

— Il serait inutile d'inquiéter notre roi tant que nous n'avons pas de certitudes, d'autant que nous risquons d'éveiller la méfiance de ceux qui croient passer inaperçus. Profitons de notre avantage et restons sur nos gardes. Grâce aux dieux, nous pouvons toi et moi monter la garde. Nous le ferons à tour de rôle. Mais c'est à Caracol que nous devons être vigilants, mon très cher fils ; je crains fort une conspiration et il n'y a pas grand monde capable d'en faire partie.

— Si j'étais passé quelques instants plus tôt, je les aurais découverts. Soupçonnes-tu quelqu'un en particulier ?

— La réponse est simple, Balam. Je soupçonne ceux qui désirent le malheur de notre cité ou qui, tout bonnement, aspirent au pouvoir. Le trône de Caracol est solide : il s'agit d'une personne proche de notre roi, qui peut compter sur la loyauté de ceux qui seront ses complices pour l'abattre. Il faut aussi regarder vers l'extérieur : vers Tikal ou Naranjo.

— Et les prêtres de Tlaloc, maître ?

— Ils sont très probablement impliqués, mon fils, bien qu'ils ne puissent rien faire sans aide extérieure. Je m'avance sans doute, mais je pense qu'ils sont manipulés.

Chauve-Souris Blanche marqua un temps d'arrêt, soupesant en silence ses propres mots avant de les prononcer :

— Ils doivent bénéficier de l'appui dans notre ville de quelqu'un qui représente des intérêts qui ne sont pas les nôtres.

— Tu penses à... Lumière Noire ?

Balam avait prononcé ce nom à voix basse, comme effrayé d'avoir osé.

— Oui, sans aucun doute. Que les dieux me gardent de l'accuser sans preuve. Il ne faut pas oublier non plus la princesse Fleur, souviens-toi de cela, mon fils.

Cette dernière phrase avait frappé Balam de plein fouet. Il ne s'était pas risqué alors à mettre en doute la parole de son maître et avait lutté contre son fougueux désir de défendre la jeune fille. Il aurait aimé dire que quiconque la connaissait ne pouvait douter d'elle, que dans son âme il n'y avait nulle place pour la trahison ou la dissimulation et qu'enfin elle était la femme la plus merveilleuse que les dieux aient créée. D'autant que Héron Bleu, qui voyait et sentait tout, se serait aperçue qu'elle lui cachait quelque chose, n'est-ce pas ? Elle ne passait pas son temps avec elle en pure perte...

Oui, il aurait aimé dire cela, mais il s'était tu. A la fois par respect pour le *halach winik* et parce qu'il savait que la fièvre de son âme bouleversée lui soufflait ces mots.

A présent, tandis qu'il suivait la piste de Fleur dans la forêt, le doute planait dans son esprit. L'après-midi, quand la chaleur avait commencé à devenir moins suffocante, il s'était dirigé vers la grande pyramide pour cueillir quelques herbes que Chauve-Souris Blanche lui avait demandées. C'est ainsi qu'il avait vu Fleur quitter la ville en compagnie de l'une de ses servantes en empruntant précisément le chemin qui conduisait à la clairière.

Se souvenant alors avec amertume des paroles de son maître, il était retourné en hâte à sa chambre pour absorber le liquide magique. Sautant par la fenêtre sans être vu, le jaguar s'était enfoncé dans la végétation.

La trace de Fleur était incomparable, Balam l'aurait reconnue entre mille. C'était l'odeur de l'eau de son bain, embaumée aux essences des fleurs blanches de l'*esquisúchil*, le parfum de sa peau jeune et fraîche et de ses cheveux aux fragrances de résines aromatiques.

L'odorat humain ne décelait que confusément ces senteurs que le jaguar, lui, identifiait une à une. Il remarqua avec soulagement que la trace qu'il flairait s'éloignait de la clairière et s'en voulut alors d'avoir pu douter.

Fleur et sa servante se dirigeaient vers la Lagune blanche, un puits à ciel ouvert dans la roche où peu d'animaux venaient s'abreuver car les parois étaient escarpées. La pierre calcaire, d'une extrême blancheur, offrait ici un contraste saisissant avec son environnement.

A mesure que Balam se rapprochait, l'odeur s'intensifiait. Bientôt, les sons parvinrent à ses oreilles : un chant d'une singulière beauté traversait la végétation dense.

Le jaguar avança très lentement, pour se dissimuler aux regards et ne pas interrompre le chant qui emplissait l'espace. Tous les animaux devaient être saisis de la même émotion, car la voix humaine s'élevait dans un silence absolu. Même s'il ne l'avait jamais entendue chanter, Balam reconnut la voix cristalline et extrêmement pure de Fleur. Elle parcourait la gamme avec aisance pour interpréter un air inconnu du jeune Maya, bien différent des litanies religieuses qu'entonnaient les prêtres. On croyait entendre le chant même de la forêt : la voix flûtait un trille d'oiseau pour redescendre aussitôt dans les accents profonds et graves du bois.

L'animal aperçut enfin la lagune. Il s'installa derrière un arbuste et, repliant ses pattes, s'assit sur son arrière-train. La princesse se tenait au bord de l'eau tandis que sa suivante la regardait, assise sur un tronc d'arbre. Fleur portait toujours sa tunique blanche, mais elle avait retiré la coiffe qui retenait ses longs cheveux, à présent lâchés sur ses épaules.

Ignorant qu'on l'observait, la jeune fille agissait avec le plus grand naturel. Elle avait cessé de chanter et s'approchait de l'eau. Elle parla à voix basse à l'oreille de sa servante et les deux jeunes filles se mirent à rire. Fleur porta alors les mains au cordon qui retenait sa tunique et le délaça. Le tissu glissa à ses pieds, révélant le corps nu dans toute sa splendeur.

L'effet que cela provoqua sur le jaguar fut semblable à celui que Balam aurait ressenti dans son corps d'homme : sa gorge se noua tandis qu'une sensation de chaleur l'envahissait tout entier. La vision de Fleur était celle d'une déesse, la plus belle entre toutes. Ses formes semblaient façonnées dans la pierre. Pas la moindre mollesse dans ses hanches sculpturales ni dans ses seins dressés.

La jeune fille se retourna vers le lieu où le jaguar était tapi et scruta la végétation comme pour y déceler une présence. Balam demeura immobile, il savait que son pelage se confondait avec les tons sombres de la forêt, mais il profita de cet instant pour graver dans sa mémoire l'image de ce corps parfait. Une terrible urgence parcourut son échine et il dut réprimer le feulement qui cherchait à s'échapper de sa gorge.

La princesse finit par se détourner. L'instant d'après, elle était dans l'eau, on ne voyait plus que sa tête.

A nouveau, son chant s'éleva, prenant possession du lieu. C'était un nouvel air, plus calme et nostalgique, empreint de mélancolie. La voix de la servante la rejoignit, plus basse et monocorde, et le tout forma un ensemble qui semblait avoir été longuement répété.

Balam comprit que sa présence en ces lieux était inopportune. Il s'était introduit dans l'intimité d'une scène à laquelle il n'était pas convié. Fleur le rejetterait certainement si elle apprenait un jour la chose. Honteux, il quitta à regret sa cachette et gagna silencieusement le couvert, reprenant, d'abord lentement puis plus vite, le chemin du retour.

Son allure se transforma bientôt en course effrénée, comme s'il était poursuivi par une horde de démons. Les animaux qui le virent ou l'entendirent alors durent être surpris qu'un jaguar pût manifester aussi violemment sa présence.

Enfin, Balam sentit le calme revenir et son corps se relâcher. Il reprit plus posément sa marche, s'arrêta enfin. Assis sur ses pattes arrière, l'animal leva la tête, apercevant le ciel par une trouée dans la végétation.

Alors le cri longtemps retenu s'éleva vers le ciel. C'était un son que tous les habitants de la forêt reconnaissaient : le lamento du mâle qui pleure après sa femelle.

17

Uaxactún

– an 2001 de notre ère –

Nicole ressentait ce matin-là la même émotion qui avait dû étreindre Howard Carter quand il avait découvert la salle du sarcophage de Toutankhamon. « Je vois des choses merveilleuses », avait-il dit à lord Carnarvon, qui s'inquiétait de son silence de l'autre côté de la cloison… Il était le premier à contempler un passé demeuré inviolé qui allait lui livrer ses secrets après des siècles d'oubli.

Uaxactún, « huit pierres », sa grande place et sa pyramide centrale, prolongée vers l'est par trois édifices… C'était un message crypté, gravé voilà mille quatre cents ans dans un petit oratoire, qui les avait menés jusqu'ici.

Il y avait aussi l'aiguillon du doute, l'incertitude qui les tourmentait tous depuis trois jours, quand ils avaient cru déchiffrer le message soigneusement dissimulé. Ils craignaient l'échec, la voie sans issue, la chambre vide derrière la cloison qu'ils s'apprêtaient à abattre.

Nicole avait très peu dormi la nuit précédente bien que, pour la première fois depuis longtemps, ils aient eu un toit au-dessus de la tête et un vrai lit pour s'y délasser. Ils étaient arrivés en fin de journée à Tikal. L'émotion avait submergé Nicole dans la lumière du soir qui descendait sur l'immense place aux pyramides jumelles, avec son acropole au nord et les appartements royaux au sud. Jean aussi s'en était ému : elle l'avait senti presser doucement sa main dans la sienne sans dire un mot.

A Tikal, ils avaient dormi près des ruines, dans des bungalows réservés au personnel du parc national, qui recevait chaque année les milliers de touristes venus visiter la grande cité maya. Avant le dîner, au cours de leur promenade, ils avaient à nouveau ressenti cette sensation de plénitude qui les émerveillait tant. La forêt semblait une mère à la fois aimante et possessive, qui dévorait tout ce qui entrait en contact avec elle.

Jean et Nicole s'étaient rapidement éclipsés après le dîner tandis que les autres discutaient autour de la grande table du programme du lendemain. Quand Nicole avait pris congé, prétextant la fatigue, Jean s'était levé aussitôt. Bien sûr, ils étaient épuisés et leurs corps réclamaient le repos, mais ils avaient surtout envie de retrouver enfin quelques moments d'intimité et de se serrer dans les bras l'un de l'autre. Personne n'y trouva rien à redire : leurs compagnons paraissaient être bien plus au fait qu'eux-mêmes de ce qui motivait réellement leur départ. Julio Rivera leur adressa un sourire compréhensif tandis qu'Augusto

Fabricio, les yeux pétillants de malice, lissait sa moustache. A leur départ, même Guy Lalande, apparemment absorbé dans la contemplation de son verre de rhum, y alla de son commentaire, à voix basse : « C'est l'amour. »

Le lendemain matin, ils étaient partis très tôt pour Uaxactún.

A présent, Nicole, assise au sommet de la pyramide du Soleil, regardait ses compagnons, dispersés sur la grande place. Il était presque midi, mais ils avaient oublié la chaleur, sous le coup de la déception qui les étreignait tous.

Près de Nicole, à la base de la pyramide, Guy était penché sur un théodolite fixé sur un trépied. Le dispositif était aligné avec l'extrémité du bâtiment de gauche dans la succession des trois constructions situées à l'est de la pyramide. Nicole essayait d'imaginer le soleil apparaissant en ce point le 22 juin avant de se déployer majestueusement au-dessus de la forêt…

S'il n'y a pas de nuages, pensa-t-elle aussitôt, en se souvenant qu'ils étaient en pleine saison des pluies.

Ils avaient regardé à tour de rôle à travers la lunette du théodolite et le verdict avait été unanime : au moins trois stèles apparaissaient dans le viseur. L'une semblait plus centrale, mais, comme l'avait fait remarquer Julio Rivera, ce n'était plus le cas si l'on bougeait très légèrement le trépied.

Ils avaient ensuite déplacé l'instrument vers l'extrémité sud du bâtiment le plus méridional. Rivera avait obtenu, la veille, de l'université de Mexico, les coordonnées précises correspondant à la position la plus septentrionale de Vénus, mais, lorsqu'ils avaient orienté le théodolite en fonction de cette trajectoire, l'émotion était retombée d'un coup : aucune stèle ne se trouvait sur cet axe.

Ils étaient à nouveau réunis. Guy Lalande exprima haut et fort sa frustration, Augusto Fabricio se contentant de tortiller sa moustache et Julio Rivera feignant l'indifférence. Nicole et Jean échangèrent un regard dépité.

Fabricio prit la parole, d'un ton peu convaincu :

— Nous pourrions étudier une à une les trois stèles qui apparaissent dans le viseur depuis la pyramide. La solution apparaîtra peut-être d'elle-même.

— Oui, Augusto, nous pourrions... répondit Julio Rivera avec un demi-sourire, mais si ce que nous imaginions n'est pas visible d'ici, il y a de fortes chances que la solution n'apparaisse pas aussi facilement.

Pendant un moment, tout le monde garda le silence. On aurait dit des enfants dont le jouet venait de se casser. Finalement, Jean leva la main. L'architecte était resté un peu en retrait jusque-là, mais il n'en intervint pas moins avec assurance :

— Est-ce que nous avons tenu compte de la déclinaison magnétique ? J'imagine que les données que nous utilisons sur Vénus sont rapportées au nord géographique tandis que la boussole nous fournit le nord magnétique[1]...

---

1. Le nord géographique – passant par l'axe de rotation de la Terre – et le nord magnétique – aligné sur l'axe théorique du champ magné-

Il avait toutefois prononcé ces mots à voix basse, comme pour s'excuser de proposer une explication.

Lalande s'apprêtait à répondre, mais le Guatémaltèque fut plus vif :

— Bon sang, c'est sûr ! La boussole est à zéro et ici la déclinaison doit varier de... disons trois degrés est. Sans garantie, mais je me souviens d'avoir effectué un relevé en 1993 et la déclinaison était d'environ quatre degrés. Beaucoup d'erreurs de cartographie découlent de ce décalage... Intervention très pertinente, mon jeune ami !

La fébrilité s'empara à nouveau du groupe. Augusto Fabricio prit la boussole et s'apprêta à la régler à l'aide d'un petit tournevis.

— On irait plus vite en ajoutant directement trois degrés, non ? suggéra l'archéologue français.

Fabricio ne sembla pas avoir entendu son collègue et Julio Rivera répondit à sa place :

— Faisons les choses comme il faut, Guy. La boussole sera bien calibrée pour les prochains relevés. Et puis nous ne sommes plus à une minute près.

Quand le théodolite fut à nouveau en place, Lalande voulut s'approcher de la lunette le premier, mais Julio Rivera le tira doucement en arrière.

— Ce n'est pas seulement parce qu'elle est jeune et jolie, mais il me semble que l'honneur revient à Nicole... Tu ne crois pas, Guy ? D'autant que c'est grâce à elle que nous sommes ici. Et avec votre

---

tique terrestre – ne coïncident pas. L'angle que forment ces deux axes (la déclinaison magnétique) varie d'un point à un autre sur la surface de la Terre. Il varie également dans le temps.

permission, Jean, car cette fois l'idée est venue de vous.

L'archéologue français se raidit et fit mine de protester, mais se ressaisit et fit une révérence à la jeune femme.

— Après vous, je vous en prie.

Nicole s'inclina vers la lunette en souriant tandis qu'Augusto Fabricio prenait un ton dramatique pour revisiter les mots de lord Carnarvon :

— Dites-nous ce que vous voyez de l'autre côté, Nicole... Dites-nous ce que vous voyez...

— Je vois des choses merveilleuses, mon ami, des choses merveilleuses...

Une fois de plus, Nicole s'étonna de la facilité du Guatémaltèque à trouver le mot juste pour détendre l'atmosphère. Elle lui avait parlé plusieurs fois de l'émotion que suscitait invariablement en elle le dialogue entre Carter et Carnarvon et voilà qu'il le lui rappelait avec tendresse. Elle entrevit le sourire apaisé de Julio Rivera, qui se tenait près d'elle.

— Je vois deux stèles dans le viseur, et je crois que la plus éloignée pourrait être celle que nous avons aperçue depuis la pyramide. Mais je ne peux rien affirmer.

Elle se déplaça pour laisser la place à Fabricio.

— Je vous en prie, Augusto, les hiéroglyphes de Uaxactún relèvent de votre domaine.

Le Guatémaltèque ne se le fit pas dire deux fois. Il approcha son œil du viseur. Cette fois, Lalande demeura impassible. Puis Augusto se retourna vers le groupe, son sourire à demi dissimulé dans sa moustache.

— Oui, c'est bien elle. Vérifiez vous-mêmes, mais à mon avis il n'y a aucun doute. Je crois que nous avons tapé dans le mille sur la carte au trésor.

Ils avaient tous observé la stèle avec vénération, comme s'ils s'attendaient à ce que s'élève de l'intérieur du monolithe la voix de l'un des dieux qui avaient présidé à la destinée de cette civilisation mystérieusement disparue.

Julio Rivera fut le premier à attirer leur attention sur un détail qui paraissait confirmer qu'ils étaient sur la bonne voie :

— Regardez le glyphe qui figure au sommet ! C'est Chan K'uh, l'un des trois dieux de l'oratoire...

Nicole observa attentivement le dessin, mais ne lui trouva aucune ressemblance avec l'énorme jaguar qui lui était apparu en rêve, quelques jours plus tôt.

Pourtant, il était là, Fabricio et Lalande acquiescèrent avec conviction. Dominant l'ensemble, perché au faîte de ce monolithe de pierre couvert de signes gravés, le dieu du Ciel apparaissait pour leur souhaiter la bienvenue.

Fabricio s'assit sur une chaise pliante et sortit quelques feuillets reliés d'une sacoche qui ne l'avait pas quitté depuis le début de la matinée.

— Ce sont les études réalisées par mon équipe sur ces stèles. Ils me les ont envoyées hier à Tikal. Voyons... oui, c'est bien cela.

Pendant que le Guatémaltèque compulsait ses notes, Nicole se concentra sur la colonne de pierre face à elle. Elle mesurait deux mètres de hauteur et un seul de ses côtés portait des inscriptions gravées. Un auvent de paille récemment installé la protégeait de la pluie. Le glyphe qui représentait le dieu du Ciel était isolé et solitaire au sommet. Il avait la forme d'une tête aplatie vue de profil et l'œil visible semblait fixé sur elle.

En notant l'état de conservation exceptionnel des inscriptions, Nicole sentit un frisson lui parcourir l'échine. Jusqu'à présent, tous les vestiges de la culture maya qu'elle avait pu observer, en réalité ou en photo, étaient extrêmement détériorés, voir quasiment détruits, car la pierre calcaire résistait mal aux intempéries. Tous... à l'exception de l'intérieur de l'oratoire et, maintenant, de ce monolithe dressé sur la place millénaire de Uaxactún. On aurait vraiment dit que les dieux s'ingéniaient à préserver les pistes qui devaient les conduire à ce mystérieux masque de jade qu'ils entendaient remettre à la disposition des hommes.

La voix du Guatémaltèque la tira de ses réflexions :

— C'est une stèle qui nous a déjà surpris quand nous l'avons découverte. Vous noterez qu'elle est en excellent état par rapport aux autres monuments. Certains sont presque en ruine. Quand nous avons étudié ce monolithe, nous avons émis l'hypothèse qu'il s'agissait d'une roche de meilleure qualité. Nous avons également été décontenancés par le contenu des hiéroglyphes : ils semblent sans rapport avec les autres inscriptions du site. En fait, nous n'avons pas tout à fait compris le sens de ces inscriptions, et nous en sommes arrivés à penser qu'il s'agissait de la suite d'une autre stèle qui aurait disparu.

Voyant la mine étonnée de Nicole, Fabricio ajouta :

— Oui, Nicole, des monolithes entiers sont parfois volés sur les sites mayas.

— Et que disent ces inscriptions, Augusto ? s'enquit Lalande. Je suppose que tu les as déchiffrées.

— Oui, ce n'est pas très clair. Cela décrit une célébration ou une cérémonie dont on ne connaît pas le motif. Fait surprenant également, aucune date n'apparaît dans ces hiéroglyphes. Le dieu du Ciel, Chan K'uh, préside, mais il réapparaît aussi plus bas, impliqué dans cette cérémonie qui...

— « La grande stèle de la célébration de Naranjo » ! l'interrompit Nicole, tout excitée. Rappelez-vous le message qui nous a conduits jusqu'à Uaxactún... Il nous dit que nous devons situer à Naranjo ce que nous voyons ici !

Fabricio observa la jeune femme avant de répondre :

— Mais oui... Bien sûr ! Nous n'avons jamais mis en doute le fait que les inscriptions se rapportaient à une cérémonie qui avait eu lieu ici, à Uaxactún. Cela nous semblait évident...

— Et que nous dit encore le dieu du Ciel, Augusto ?

— Ah, oui, pardon, Julio. Le récit explique que Chan K'uh rend hommage à Itzamna, le grand créateur. Le dieu du Ciel occupe à son tour une position intermédiaire, entre le créateur, situé au-dessus de lui, et le peuple maya, figuré au-dessous. Voyez, c'est là, dit-il en désignant une zone au centre du monolithe figurant un escalier où apparaissaient Itzamna, puis Chan K'uh et enfin le peuple reconnaissant. La ville de Caracol est citée plus bas, regardez. Nous avons supposé que cette stèle avait été élevée pour commémorer une victoire de Uaxactún sur sa rivale, mais maintenant j'en doute fort.

— Voyons, intervint Nicole. Pardonnez-moi si je dis une ânerie, mais il me semble comprendre la logique de ceux qui nous ont laissé ces indices. Jusque-là, ça a bien fonctionné... enfin, je crois ! Dans l'oratoire, nous avons trouvé une devinette qui nous indiquait le lieu où chercher l'indice suivant et aussi à quoi se rapportait ce que nous allions trouver...

A voir l'expression de ses collègues, Nicole comprit qu'elle n'était pas très claire.

— Mais oui : dans l'oratoire, nous avons découvert qu'il nous fallait aller à Uaxactún et appris en outre que la stèle devant laquelle nous nous trouvons fait référence à Naranjo !

Guy Lalande fut le premier à réagir.

— Bien sûr ! Et à présent, nous savons que ce que nous venons de découvrir va nous mener à Naranjo et que ce que nous trouverons là-bas parlera de Caracol. C'est limpide !

— Tout à fait, convint Nicole. Un indice isolé ne sert à rien, à moins d'être correctement interprété, étant entendu que nous ne pouvons savoir où chercher le prochain indice avant d'avoir résolu l'énigme précédente.

— Ce qui nous ramène à l'oratoire, qui était le premier indice, ajouta Julio Rivera. Sans lui, nous ne pourrions pas suivre le fil.

— Bravo, Nicole, une fois de plus ! Si ce sont les dieux qui nous guident, vous devez sans doute être une déesse.

Augusto Fabricio avait l'air minuscule dans sa chaise pliante. La jeune femme lui sourit.

— Merci. Mais, au fond, tout cela n'est que bavardage. Si nous ne déchiffrons pas le message caché dans ces inscriptions, nous n'irons nulle part. Et ça, c'est votre boulot, mes chers collègues... A vous de jouer !

— Le glyphe qui représente Chan K'uh se trouve à la hauteur de la troisième ou de la quatrième marche, mais cela n'est pas évident. D'ailleurs ce pourrait même être la cinquième.

— Oui, il ne semble pas que l'auteur de l'inscription ait tenu à définir un niveau en particulier.

— Peut-être ce détail ne nous sera-t-il pas nécessaire. Pour le moment, nous sommes d'accord pour penser que le dessin nous désigne le grand escalier de Naranjo[1] comme prochaine destination. C'est là-bas que nous trouverons un nouvel indice qui nous conduira à Caracol. C'est tout ce que nous pouvons déduire de ces inscriptions, je crois. Aucun texte ni date qui puisse nous donner à réfléchir. Voilà qui paraît très simple en comparaison de ce que nous avons eu à déchiffrer dans l'oratoire.

Détendue, un verre de limonade à la main, Nicole écoutait ses trois collègues.

— Mais qui paraît aussi logique : il n'y a pas lieu de compliquer ce deuxième message puisqu'il n'est

1. La cité de Naranjo n'a été épargnée ni par le temps ni par les pilleurs de ruines. L'un des vestiges les mieux conservés est un grand escalier aux marches couvertes d'inscriptions.

destiné qu'à celui qui aura su le déchiffrer le premier et qui bénéficie déjà de la sympathie de l'auteur des inscriptions... ou de celle des dieux !

— Ce qui revient au même, si nous croyons à tout cela, s'amusa Julio Rivera. Vous avez probablement raison, Nicole. Naranjo nous le dira.

— J'ai une question, intervint Jean. Pourquoi multiplier les indices ? Il va d'abord nous falloir aller à Naranjo, puis à Caracol. Est-ce que la piste n'aurait pas pu nous conduire directement de l'oratoire au lieu où se trouve le masque de jade ?

Fabricio répondit le premier :

— Bonne question, mon jeune ami. Mettons que les voies des dieux sont impénétrables ! Ou que chacun a voulu mettre son grain de sable. Peut-être sont-ils un peu présomptueux et aiment-ils parader. Figurez-vous que...

Il fut interrompu par des appels provenant de la lisière de la forêt. Tout le monde se retourna vers Stan, qui venait vers eux en courant. Son assistant, Pierre, le talonnait. Nicole consulta sa montre.

Mon Dieu, se dit-elle, comme le temps passe vite !

Il était déjà plus de deux heures de l'après-midi et les techniciens revenaient de Tikal, comme convenu. Mais la précipitation de Stan annonçait autre chose que sa joie de les retrouver.

— L'émetteur, Nicole... On nous a volé l'émetteur... Nous ne pouvons plus transmettre par satellite. Et je ne vois pas comment régler le problème...

18

Caracol

– an 628 de notre ère –

La place resplendissait, en ces heures proches du coucher du soleil. Toute l'esplanade, ses environs et les avenues qui y menaient étaient bondés. On avait même dégagé les abords de la forêt afin que les badauds puissent circuler plus à leur aise. C'était la fête des récoltes, l'une des plus importantes du calendrier rituel et en tout cas celle qui était célébrée avec le plus de faste, surtout les bonnes années.

Depuis les premières heures de la matinée, les cérémonies et les spectacles s'enchaînaient. Les prêtres de Tlaloc avaient pu célébrer leurs rites, mais le roi K'an II avait été intraitable : en ce jour où l'on rendait grâces à la vie et à la nature, les sacrifices étaient exclus. Les crasseux serviteurs du dieu de la pluie avaient dû se plier aux exigences royales, mais ne s'étaient pas privés d'annoncer qu'ils ne répondaient pas de la colère divine. Le peuple avait assisté à leur cérémonie en grand nombre, mais les autres célébrations avaient aussi été suivies en masse.

C'était sans doute la représentation donnée à la grande pyramide qui avait remporté le plus grand succès. Elle mettait en scène la création du monde. Sur une estrade entourant la partie centrale de l'édifice, les figurants avaient d'abord joué le rôle des dieux mettant en place les trois pierres constituant le centre de l'univers. Le public s'était enthousiasmé quand une grande toile bleue s'était élevée peu après de l'estrade pour atteindre le haut de la pyramide : la scène symbolisait la séparation du ciel et de la terre. Mais les exclamations admiratives avaient atteint des sommets au moment où, entre les trois pierres de fondation, avait surgi l'arbre du monde. Il s'élevait, lentement, entouré par les dieux, tandis que tambours et timbales redoublaient de puissance. L'artifice de l'arbre caché sous le plancher et poussé peu à peu vers le haut avait produit un effet splendide.

C'est alors que le roi s'était avancé. Il portait les ornements qu'on lui avait remis le jour de son couronnement : le sceptre en forme de serpent représentant K'awiil, le dieu des transformations et des visions, et le tricorne du dieu Hu'unal, orné de grandes plumes de quetzal vertes et dorées. Des hourras unanimes avaient salué l'arrivée de K'an II.

Puis les tambours s'étaient tus et le roi avait parlé à son peuple. Sa voix puissante s'élevait dans le silence, portant dans tous les coins de la place :

« J'ai été couronné par les dieux et ma volonté est la vôtre. Mais cette volonté est aussi la vôtre parce qu'un roi se doit d'agir à travers son peuple, de telle sorte que chacun d'entre vous, quel qu'il soit, accepte et comble les désirs de ceux qui disposent de nos vies. C'est grâce au travail de chacun que les dieux sont satisfaits et nous accordent l'abondance. Nous l'avons reçue cette année. Ne faisons rien qui puisse les irriter et ne changeons pas les coutumes qui, au fil de nombreux *bak'tuns*, ont assuré la prospérité à notre peuple. »

Le roi était demeuré quelques instants silencieux, considérant la foule. Sa silhouette dressée sur la plate-forme imposait le respect.

Après les cérémonies, Balam, Chalmek, Héron Bleu et Fleur discutaient avec animation, assis à même le sol. Chacun tenait en main un gobelet de cacao mousseux agrémenté d'une goutte d'*octli*[1]. Les serviteurs du palais venaient de commencer à distribuer la boisson enivrante : ils la versaient eux-mêmes dans les verres en petite quantité. La coutume très récente de servir l'*octli* pendant les fêtes et son secret de préparation leur venaient de Teotihuacán. Les Toltèques n'avaient pas seulement apporté l'obsidienne et le dieu Tlaloc, mais aussi cette boisson apparemment inoffensive qui prenait de plus en plus d'importance dans les rituels mayas.

Le roi K'an II avait ordonné que l'on retarde sa distribution jusqu'à la fin de l'après-midi, une fois les cérémonies achevées, quand les gens seraient fatigués. Mais la longue queue qui se forma à l'annonce de la distribution laissa clairement entendre que nul ne

1. Rebaptisé pulque par les Espagnols, c'est une boisson alcoolisée obtenue par fermentation de la sève d'agave.

partirait sans avoir goûté à cette boisson qui engourdissait les sens et réjouissait l'esprit.

Le fils du roi de Naranjo, qui avait assisté à la fête en compagnie de ses jeunes compagnons d'étude, les avait quittés depuis un moment. Voilà quelque temps déjà que Lumière Noire se montrait nerveux et renfermé. Il ne parlait presque plus avec eux et son intérêt pour Fleur semblait s'être émoussé. Il continuait à suivre les enseignements de Chauve-Souris Blanche et assistait comme autrefois aux réunions du palais, mais s'éclipsait immédiatement après, sans prendre le temps de discuter avec personne.

Le groupe en était venu à parler de lui.

— Je suis vraiment désolée pour lui, dit Héron Bleu. Quelque chose le préoccupe ou bien, tout simplement, il s'est lassé de nous. Une chose est sûre, il ne peut être heureux de cette façon.

— Sa situation est difficile, enchaîna Chalmek. Il ne s'est jamais adapté à notre ville, d'autant que, sur beaucoup de points, nous sommes rarement d'accord avec lui.

— Ce n'est pas évident d'être d'accord avec lui, dit Balam sans sourire. Avouez qu'il l'a bien cherché. Il n'a jamais fait le moindre effort pour se montrer aimable…

— C'est difficile pour lui, Balam, dit Héron Bleu en le regardant avec tendresse. Les siens doivent lui manquer, il a passé bien du temps loin de Naranjo.

— Mais Fleur est dans le même cas… et nous sommes tous amis aujourd'hui, n'est-ce pas ?

— C'est vrai, répondit la princesse en riant. Mais ce n'est pas facile non plus. Quand je suis arrivée ici, j'avais très peur. Aujourd'hui, je suis heureuse de vous avoir tous.

Elle posa les yeux sur Héron Bleu avec insistance.

— Allons, oublions-le, conclut Balam, il ne faudrait pas qu'il nous gâche la fête. Si vous avez terminé votre verre, je suggère une balade dans la forêt. Il y a trop de monde, ici.

Fleur battit joyeusement des mains.

— Fantastique ! L'*octli* me monte à la tête, surtout si je reste assise à ne rien faire.

Ils se levèrent tous tandis que Chalmek finissait son verre.

Un peu éméché, Balam n'avait même pas réfléchi avant de faire une nouvelle proposition. Il parla, les yeux fixés sur Fleur, l'image de son corps nu à l'esprit :

— Si nous allions à la Lagune blanche ? Nous aurions le temps de revenir avant la nuit...

La princesse tressaillit légèrement, se ressaisit aussitôt :

— Très bien, pourquoi pas ? Tout le monde est d'accord ?

Balam marchait aux côtés de Fleur sur le sentier qui menait à la lagune. L'*octli* l'avait rendu prolixe et spirituel. La princesse aussi exultait, son rire offrant un joyeux contrepoint à l'obscurité sereine de la forêt.

Balam sentait couler dans ses veines la joie immense d'être vivant. Dans cette quiétude du soir qui les enveloppait tandis que l'exubérance de la végétation faisait don de sa vigueur, le temps semblait s'être arrêté. Il se sentait jeune pour toujours et il marchait aux côtés de la femme qu'il aimait.

Lorsqu'ils parvinrent au lac, il se retournèrent pour voir si leurs amis suivaient mais n'en virent pas trace.

Chalmek et Héron Bleu s'étaient évaporés : au début, ils entendaient leurs voix, mais à présent on ne percevait plus que les bruits de la forêt.

Balam tendit l'oreille, envisageant de revenir sur ses pas pour se mettre à leur recherche.

— Que fais-tu ?

— Chalmek, Héron Bleu... ils devaient nous rejoindre !

La princesse fit la moue.

— Balam Kimil, te déplairait-il d'être seul avec moi ?

Paralysé, le jeune homme ne sut que répondre. Fleur avait cité son nom complet, il ignorait même qu'elle le connaissait. Il ne savait pas pour quelle raison elle lui avait posé cette question, et encore moins quelle réponse il fallait y donner.

Elle se tenait face à lui, les sourcils légèrement arqués, un petit éclat ironique dans ses yeux sombres. Le soleil lui avait doré la peau, elle portait une tunique blanc et pourpre qui lui descendait jusqu'aux chevilles. Ses cheveux peignés en arrière dégageaient son front et elle avait agrémenté sa coiffure de petites fleurs multicolores. Il se dit qu'il ne l'avait jamais vue aussi belle.

Il oublia Chalmek, Héron Bleu et tout ce qui ne relevait pas des sentiments qui menaçaient de le submerger. Puis il se mit à parler, sans même penser à ce qu'il disait, car les mots surgissaient de son cœur avant de passer par sa tête :

— Me déplaire, Fleur ? Je t'en prie, ne te moque pas de moi. On dit que vous, les femmes, avez un don particulier pour reconnaître les effets de vos charmes. Tu sais donc que, depuis le jour où je t'ai vue à Tikal, je n'ai plus pu m'empêcher de penser à toi, et j'ai rendu mille grâces aux dieux de t'avoir conduite à Caracol afin que je puisse t'avoir à mes côtés. Mais il faut que je te dise aussi que je souffre car je ne peux plus me contenter de te voir ou d'espérer que tu te souviennes de moi de temps en temps et que tu me souries. Je souffre de penser qu'un jour tu puisses t'en aller ou choisir un autre homme...

Le jeune homme se tut, de nouveau totalement bouleversé. Puis :

— Excuse-moi, je n'aurais pas dû te parler ainsi, pardon si je t'ai blessée. C'est que les hommes...

— Les hommes sont bien stupides, l'interrompit Fleur. Vous faites confiance à votre intelligence et vous ne vous apercevez de rien.

Fleur avait une voix douce en dépit de ses paroles.

— Je me souviens autant que toi de ce jour à Tikal et je vais même te dire que je t'avais remarqué avant que tu ne me voies. J'ai guetté aux fenêtres et je t'ai aperçu parmi les tiens, l'air fier, mais au fond craintif.

Balam allait répondre, mais elle mit sur ses lèvres un doigt qu'il s'étonna de trouver très froid.

— J'ai décidé d'être celle qui te remettrait ton présent et qui t'offrirait notre ville.

Tout le visage de Fleur souriait et ses yeux irradiaient une lumière particulière. Elle s'était rapprochée de Balam.

— Et je me souviens parfaitement de la partie de pelote et comment j'ai prié de toutes mes forces pour que les dieux infligent la leçon qu'il méritait à cet arrogant Lumière Noire. Ils m'ont écoutée. Ils le font parfois, tu sais ?

Elle caressait à présent sa joue.

— Et j'ai aussi demandé aux dieux de pouvoir me retrouver un jour seule avec toi dans la forêt, sans personne pour nous déranger…

Balam avait saisi Fleur par la taille. Il sentait son cœur battre la chamade et son corps s'enflammer.

— Mais… Chalmek… Héron Bleu…

La princesse se contenta de le regarder d'un air amusé.

— La vérité, c'est que vous êtes réellement stupides. Ils sont tous deux bien loin d'ici. Héron Bleu s'en est chargée.

— Héron Bleu…

— Au début de notre promenade, elle m'a dit d'aller avec toi à la lagune, qu'elle s'occuperait de Chalmek… Mais je ne veux plus parler maintenant. Et toi ?

Ils étaient serrés l'un contre l'autre. Balam sentait le corps de la jeune fille palpiter contre le sien, ses seins se presser contre sa poitrine.

Ce qui se passa ensuite fut plus fort que tout ce dont Balam avait pu rêver et même plus que tous ses rêves mis bout à bout.

Même les animaux qui approchèrent de la lagune disparurent en silence, comprenant qu'ils assistaient là au rite premier que la nature commandait à tous et qu'il convenait de ne pas déranger.

Longtemps après, dans la nuit qui commençait à tomber, les deux corps nus se dirigèrent vers la lagune. Ils se tenaient par la main et, sans se quitter, pénétrèrent dans les eaux.

19

Caracol

– an 628 de notre ère –

Balam ne se souvenait pas d'avoir déjà vu Chauve-Souris Blanche aussi préoccupé. Il connaissait bien son père adoptif et savait qu'il laissait rarement transparaître ses émotions. Il fallait vraiment bien connaître le *halach winik* pour déceler sa satisfaction ou, au contraire, sa désapprobation. Cette apparente sérénité était le résultat de la discipline de fer que l'homme s'était imposée.

Pourtant, cet après-midi-là, le chaman ne faisait rien pour dissimuler son agitation. Sans doute quelque chose de très grave s'était-il produit pour le bouleverser à ce point.

— J'ai parlé au roi, car il doit être le premier informé. Ils veulent l'assassiner, Balam. Ces maudits prêtres de Tlaloc projettent de le tuer et de s'emparer du pouvoir… pour eux-mêmes ou pour quelqu'un d'autre. C'est une chance que nous ayons pu nous en apercevoir à temps. Et le mérite t'en revient en grande partie, mon fils...

— Moi ? Mais je ne...

— Attends. Il est normal que tu ne me comprennes pas, car mes paroles sont troublées par l'indignation qui m'emporte. Je vais commencer par le commencement...

Balam sentit au changement de ton du *halach winik* qu'il avait retrouvé sa sérénité. Il garda pour lui ses questions et écouta.

— C'est toi qui m'as alerté sur ces réunions secrètes qui se tenaient dans la forêt avec des habitants de notre voisine Naranjo. Cela sentait la conspiration. Et il était évident que les protagonistes étaient ces prêtres qui pensent que notre mode de vie peut se modifier et que leur dieu est plus puissant que les nôtres.

Chauve-Souris Blanche semblait plus calme, mais il pressait très fort ses mains jointes.

— J'ai mis en place une surveillance discrète des prêtres de Tlaloc et j'ai demandé à être informé chaque fois qu'ils quitteraient la ville. Ils l'ont effectivement quittée hier, Balam : deux d'entre eux ont emprunté le chemin vers la clairière. Il m'a été facile de les retrouver, la chauve-souris blanche n'a pas tardé à les rejoindre. Je dois dire que leur odeur forte m'a rendu la tâche facile. Rapidement, je les ai devancés pour les attendre dans la clairière et j'ai constaté que quelqu'un les y attendait. Ce devait être la même personne que tu as vue ; elle était accompagnée de guerriers qui surveillaient les alentours.

— Tu penses qu'ils venaient de Naranjo ?

— Je n'en sais rien, mais c'est le plus probable. Tu les as toi-même suivis et ils se dirigeaient vers la ville. Et la scène dont j'ai été témoin le confirme...

« Les prêtres n'ont pas tardé à arriver. Ils ont salué l'homme avec déférence, bien qu'aucun nom n'ait été prononcé. La réunion a été très courte : ils n'ont fait que se confirmer les uns aux autres que l'affaire suivait son cours et que notre roi serait assassiné. Heureusement, ils ont évoqué précisément le moment de leur forfait : ils prévoient de supprimer notre souverain dans douze jours, à la fin de *wayeb*, au cours de la cérémonie où l'on portera la statue du *bakab* à l'entrée de la ville pour cette nouvelle année. A ce moment, le roi est vulnérable au milieu de la foule. C'est l'un des danseurs, qu'on ne reconnaîtra pas puisqu'ils sont déguisés, qui doit agir, mais ils n'ont pas dit son nom...

— Nous pouvons donc le sauver, il suffira qu'il ne se mêle pas à la foule !

— Ce serait une bien mince victoire, Balam. Ils recommenceraient et cette fois nous ne saurions ni où ni comment. Sans preuves, nous ne pourrions même pas accuser publiquement les prêtres de Tlaloc, et encore moins insinuer qu'un royaume voisin est impliqué. Il semble d'ailleurs probable qu'un étranger vivant à Caracol soit leur complice.

— Lumière Noire ?

— Peut-être.

Balam eut l'impression que Chauve-Souris Blanche préférait taire cette fois le nom de Fleur.

— Mais si nous attendons... Nous ne pouvons pas permettre que K'an II soit en danger...

— C'est évident aussi, mon fils. Et cela ne nous laisse pas une grande marge de manœuvre. Nous en avons longuement parlé avec le roi et nous sommes parvenus à la même conclusion. Il ne reste qu'à affiner le plan et à nous assurer que rien n'y manque.

— Il faut surveiller de près les prêtres que tu as vus dans la clairière…

— De très près, Balam ! S'ils viennent à se douter de quelque chose, notre plan échouera. Nous devons leur tendre un piège : si cela fonctionne, nous serons définitivement débarrassés d'eux. Mais notre roi est préoccupé par les relations avec Naranjo. Nous ne pouvons en aucune manière accepter une telle agression.

Balam se contenta d'interroger son maître du regard.

— La guerre, mon fils, la guerre. Il semble parfois que les dieux ne puissent se satisfaire que nous vivions en paix.

20

Naranjo

– an 2001 de notre ère –

Le trajet entre Uaxactún et Naranjo avait été plus lent que prévu. Les pistes carrossables avaient vite pris fin et le groupe avait un peu perdu de sa fraîcheur du début, qui donnait lieu à des discussions animées lors des longues heures de marche dans la forêt. Tout le monde était affecté par le vol de l'émetteur et surtout, bien que personne n'osât le dire à voix haute, par ce que ce larcin sous-entendait. Il semblait que l'on essayait de les couper du monde extérieur ou, en tout cas, de les empêcher d'établir un lien qui permette de les localiser.

« Le voleur savait pertinemment ce qu'il faisait, avait expliqué Stan. Il a même refermé le boîtier pour retarder le moment où nous découvririons qu'il avait disparu. Nous ne nous en sommes aperçus qu'en quittant Tikal. »

Stan était maintenant en route vers Belize pour essayer de trouver un nouvel émetteur et envoyer les films déjà tournés tandis que Pierre était resté avec le groupe. Mais il n'avait pas beaucoup d'espoir et leur avait déclaré en partant : « Je crains fort que l'aventure ne soit terminée pour moi. »

Le trajet s'était donc fait en silence car personne n'avait plus rien à dire sur la disparition de l'émetteur. D'autant qu'une ombre de suspicion planait au-dessus des têtes.

Julio Rivera avait encore accru le marasme général avec son annonce à la pause de midi. Il parlait avec détachement, mais l'on sentait l'inquiétude dans sa voix :

« Je ne vous en avais pas parlé, parce que j'ai d'abord cru à une étourderie de ma part, mais j'ai de sérieux doutes à présent. Avant-hier, à Uaxactún, quand nous sommes arrivés, j'ai cherché mon journal pour y consigner quelques commentaires… et je ne l'ai pas retrouvé. Ce n'est qu'un carnet dans lequel je note les avancées de la recherche. J'ai toujours procédé de cette manière depuis mes débuts et c'est une habitude qui m'a été très utile. Il n'y avait là rien de spécial, en tout cas rien que vous ne sachiez déjà, mais ce journal pourrait être fort utile à quelqu'un d'étranger au groupe… »

Personne n'avait fait de commentaire.

« Mais c'est peut-être moi qui me fais vieux. Je l'ai retrouvé quelques heures plus tard. Il était par terre, sous la table de campagne. J'aurais pourtant juré que c'était l'un des endroits où je l'avais cherché…

— Je suppose que tu racontes dans ce carnet tout ce que nous avons découvert jusqu'à présent ? avait demandé Guy Lalande. Est-ce que je me trompe ?

— Tu es tout à fait dans le vrai. »

Sentant la tension au ton coupant du Mexicain, Augusto Fabricio avait tenté de désamorcer la prise de bec.

« Il n'y a pas de quoi s'énerver. Si quelqu'un a lu ce carnet, il saura que nous allons à Naranjo, voilà tout. Le reste est déjà de l'histoire ancienne.

— Oui, mais une histoire qui en dit long, avait insisté le Français.

— Une histoire dont nous sommes les protagonistes ! était intervenue Nicole, avec un entrain qui se voulait joyeux. Et puisque nous entendons ne pas perdre notre rôle, je propose de nous remettre en route au plus tôt. »

Jean marchait auprès de sa fiancée et, la sentant soucieuse, l'avait prise par les épaules, essayant de détourner la conversation vers d'autres sujets, mais elle en revenait toujours à son idée fixe :

— En plus, Jean, ils me semblent soudain tous complètement étrangers. Je me rends compte que je ne sais presque rien d'eux et de leurs intentions, que je ne connais pas leurs intérêts personnels dans cette expédition. Je veux bien croire qu'ils ne nous cachent rien, mais ce que je sais c'est que ce maudit émetteur a disparu et que quelqu'un cherche à savoir quelles sont nos cartes. Vois-tu, Jean, la forêt me semble tout à coup moins accueillante ; je nous vois perdus au milieu du néant, à la recherche d'une chimère, pistés par quelqu'un qui ne veut pas nous voir aboutir et qui, de surcroît, peut nous faire du mal...

— Nicole, nous sommes nombreux. Et nous sommes toujours en contact avec l'extérieur.

Nous avons la radio... et, si je ne me trompe, nous possédons même des armes.

Jean regretta aussitôt ces derniers mots, mais Nicole ne semblait pas l'avoir entendu.

— Tu te souviens de Florencio Sánchez, le Colombien dont nous a parlé Julio ? Eh bien, je l'imagine sous les traits de Hun Cimil, ce dieu de l'inframonde qui me déplaît fortement. Julio nous a dit qu'il était capable de tout pour mettre la main sur des vestiges mayas. Je préfère ne pas penser qu'il sait que nous cherchons un cadeau des dieux.

— Si ce Sánchez nous avait voulu du mal, il aurait déjà pu le faire à plusieurs occasions. Il faut se convaincre que toute cette histoire n'est qu'un malheureux incident. Quand nous serons de retour à Paris, cela te fera bien rire.

Nicole fit un effort pour sourire à son fiancé.

— Pardonne-moi, Jean, mais je ne peux m'empêcher d'y penser. Au mieux, je crois que ce que veut ce Colombien, ou quelqu'un d'autre, c'est que nous tirions les marrons du feu pour lui.

L'architecte la serra plus fort. Il n'en avait pas parlé, mais il avait eu exactement les mêmes pressentiments.

L'arrivée à Naranjo n'avait pas remonté le moral de la troupe. En cette fin d'après-midi, la cité maya offrait le triste spectacle de sa déchéance. Plus que partout ailleurs, la forêt vierge affirmait son pouvoir : quelque effort que puissent déployer les hommes pour s'approprier son territoire, elle aurait toujours le dernier mot. Augusto Fabricio avait expliqué aux deux jeunes Français que l'antique métropole disposait autrefois de cinq agoras et d'une cinquantaine de places. La douzaine de stèles historiées que l'on avait conservées apportaient des informations sur la civilisation indigène, en dehors, bien sûr, du fameux grand escalier aux hiéroglyphes.

Pendant que l'on montait le camp, Jean et les quatre archéologues allèrent le voir. Le vaste perron semblait conduire à une plate-forme qui avait dû être une grande esplanade.

Nicole tenta, comme à son habitude, de s'imaginer les lieux emplis d'hommes et de femmes des siècles passés et de se figurer leur civilisation, mais son imagination était comme paralysée. L'espace restait désespérément vide dans le soir qui tombait. Peut-être parviendrait-elle à voir les choses autrement le lendemain, à la lumière du jour.

Il lui paraissait impossible que cet escalier les conduise à quoi que ce soit de cohérent. Il était très endommagé, rongé par l'humidité, on avait même du mal à distinguer les inscriptions faites par les hommes des signes dus aux caprices de la nature.

La voix de Fabricio résonna dans son dos :

— Il vaut mieux attendre demain matin. Il va faire nuit. Ne vous inquiétez pas, ma chère Nicole...

Il semblait avoir deviné ses doutes et l'avait prise gentiment par les épaules, tout en parlant.

Julio Rivera acquiesça en silence, mais ses pensées semblaient l'avoir entraîné loin d'eux. Guy Lalande, agenouillé au pied de l'escalier, se releva.

— Nous sommes sur ton territoire, Augusto. Tu en sais plus sur ces inscriptions qu'aucun de nous, et je suis d'accord avec toi : à moins de disposer d'un éclairage adéquat, nous n'arriverons pas à trouver ce que nous cherchons, nous risquons même de tirer des conclusions erronées. Il vaut mieux aller dormir.

Au moment où Nicole se retournait, son regard fut attiré par une ombre qui semblait avoir changé de place à la lisière de la forêt. C'était peut-être un effet d'optique et la vision fut très fugace, mais l'image resta gravée sur sa rétine et la jeune archéologue frissonna.

Jean et Nicole dormaient une fois encore sous le ciel du Yucatán. Couchés dans leurs hamacs, ils se tenaient par la main et regardaient les étoiles. Contre toute attente, la nuit avait apporté la sérénité à Nicole. Elle sentait la végétation respirer autour d'elle et avait l'impression d'être protégée par un être venu du fond des âges.

Alors, elle put imaginer un sculpteur agenouillé auprès des marches, gravant pour eux le message des dieux, et se figura Chan K'uh, le dieu du Ciel, dirigeant sa main. Elle se le représenta tel qu'il lui était apparu dans son rêve : un immense jaguar à l'allure posée.

— Si nous sommes arrivés jusqu'ici, les dieux ne nous abandonneront pas maintenant, n'est-ce pas, Jean ?

Jean ne répondit pas : il s'était endormi, sa main toujours dans celle de Nicole.

21

Caracol

– an 628 de notre ère –

Dans trois jours, une nouvelle année commencerait, mais à présent Caracol était plongée dans la léthargie que lui imposaient les cinq jours de *wayeb*. Gagnés par ce climat, les jeunes gens réunis devant la grande pyramide gardaient le silence. Ils s'étaient retrouvés pour une promenade, mais demeuraient sur les bancs de la place.

Chalmek avait tenté d'engager la conversation mais avait vite renoncé devant le manque de réaction de ses compagnons. Il s'employait à lancer de petits cailloux sur une feuille. Héron Bleu était assise, les mains jointes sur les genoux, l'air grave. Dans son vêtement blanc, la petite-fille de Regard de Jade semblait évanescente : on aurait pu mettre son air soucieux au compte de la mélancolie de ces jours particuliers, mais elle était avant tout préoccupée par les sombres pensées qu'elle devinait dans la tête de Balam, assis auprès d'elle.

Depuis son enfance, Héron Bleu avait toujours su s'adapter aux aléas de la vie, peut-être à cause de sa faculté à pressentir les choses avant qu'elles ne se produisent. Elle acceptait tout aussi naturellement que la volonté des dieux soit le moteur des hommes et que son don (ni une chance ni un malheur) lui révèle leur destinée.

Sa force d'âme s'appliquait aussi dans le cas de Balam. Ils se connaissaient depuis l'enfance. Elle avait été captivée par ce garçon aux origines mystérieuses dès le premier jour, quand son oncle, le roi, l'avait conduite à Caracol pour recevoir les enseignements de Chauve-Souris Blanche. Elle avait senti en lui une force qui ne tenait pas seulement à son charme naturel et qui le distinguait des autres. Elle savait que Balam, tout comme elle et comme sa grand-mère Regard de Jade, était élu des dieux.

L'amitié qui s'était établie entre eux était bientôt devenue un sentiment amoureux dans le cœur de la jeune fille. Devinant qu'ils devraient un jour se séparer, elle avait tenté de lutter contre cet élan, mais en vain : son amour avait grandi.

Héron Bleu savait que Chauve-Souris Blanche s'en était aperçu, peu de choses lui échappaient, mais elle redoutait que Chalmek ne s'en rende compte à son tour. Car il était évident que le neveu du chaman était amoureux d'elle. Elle posa sur lui un regard attendri tandis qu'il lançait ses cailloux dans le sable.

Il n'était pas particulièrement séduisant, ni beau ni laid, avec ses cheveux raides et sa peau olivâtre, cherchant rarement à exprimer son opinion et restant toujours un peu en retrait. Pourtant, Héron Bleu savait que ces contours diffus dissimulaient une brillante intelligence et surtout une bonté hors du commun. La petite-fille de Regard de Jade savait aussi que le destin les unirait : ses prémonitions le lui disaient, bien qu'elles aient rarement eu trait à son avenir personnel. Mais Chalmek devrait attendre, au moins jusqu'à ce que la pensée de Balam occupe moins d'espace en elle.

Sachant que leurs chemins devaient se séparer, Héron Bleu faisait néanmoins tout ce qui était en son pouvoir pour aider Balam, même quand son intervention ne faisait que l'éloigner davantage d'elle.

Héron Bleu avait compris que Balam avait aimé Fleur dès son arrivée à Caracol. En dépit de sa jalousie, elle était allée à la rencontre de la princesse de Tikal pour l'aider à s'intégrer à cette ville où la politique lui imposait de vivre. Toutes deux étaient devenues de grandes amies, et l'évidence était apparue à Héron Bleu : Balam et Fleur allaient très bientôt devenir extrêmement proches. Une fois de plus, l'avenir se révélait à la jeune femme dans toute sa cruelle réalité et elle n'avait eu d'autre choix que de s'y conformer.

Laisser les amoureux se rendre seuls à la Lagune blanche avait été une dure épreuve pour elle, mais la joie de Chalmek avait compensé ses efforts. Tout au bonheur qu'il éprouvait à partager ce moment en tête à tête avec elle dans la forêt, il lui avoua pour la première fois son amour. Une déclaration maladroite et sans élégance, qui émut toutefois profondément la jeune femme. Elle ne l'encouragea pas, mais ne le repoussa pas non plus : il n'était pas encore temps de songer à la place qu'il tiendrait auprès d'elle.

Balam… Héron Bleu savait que sa relation avec Fleur était celle qu'elle avait rêvé de vivre avec lui : les deux jeunes gens s'étaient déclaré leur amour et vivaient des moments de plénitude qu'elle imaginait sans mal.

Pourtant, son ami adoré était inquiet. Depuis plusieurs jours, il semblait absent et indifférent à son entourage. Il ne retrouvait un peu de joie qu'en présence de Fleur. Mais, cet après-midi-là, la princesse n'avait pas pu venir avec eux : le front soucieux et le regard vague du jeune homme laissaient aisément deviner son état. Héron Bleu n'osait le questionner sur les motifs d'une telle mélancolie, mais elle était très peinée.

Au palais, elle percevait aussi une tension, comme le calme qui précède la tempête. Ces derniers jours, même son oncle, le roi, qui l'appréciait pourtant particulièrement, ne lui avait adressé que des sourires distraits. La jeune fille sentait l'imminence des transformations que ses visions lui avaient annoncées depuis quelque temps déjà.

La voix de Balam surprit tout le monde.

— Voyons, Chalmek, laisse ces cailloux tranquilles. Allons nous promener avant la tombée de la nuit.

Balam avait fait un effort pour chasser les pensées morbides qui lui encombraient l'esprit depuis quelques jours et il tentait à présent de plaisanter avec Chalmek et Héron Bleu en se promenant avec eux dans la ville endormie.

— Quel gâchis, ces cinq jours ! lança Chalmek. On ne peut ni travailler ni se divertir. Pas le droit de rire, de faire du bruit... même pas d'allumer un feu ! Et les mères doivent s'abstenir de mettre les enfants au monde. Vous ne trouvez pas cela complètement idiot ?

Balam et Héron Bleu échangèrent un sourire complice : même si le chaman évitait de déclarer publiquement ses réticences envers certaines coutumes mayas, c'étaient les mots mêmes de Chauve-Souris Blanche qui sortaient par la bouche de son neveu. Ils étaient d'accord avec Chalmek, mais se conformaient par habitude aux pratiques qu'on leur avait inculquées dès l'enfance, même s'ils les trouvaient parfois étranges.

— Tu as peut-être raison. Mais pense que l'homme peut se tromper, à vouloir interpréter le dessein des dieux. Qui sait, peut-être que les dieux souhaitent que nous disposions de cinq jours pour réfléchir à ce que nous avons fait, répondit la jeune fille.

— Et à ce qui nous attend, ajouta Balam.

— D'accord, mais le problème c'est que ce ne sont pas les hommes qui décident, mais les prêtres. Et vous connaissez leur arrogance, parfois.

— Quoi qu'il en soit, nous sommes ici. Et ce n'est pas mal de pouvoir nous promener ensemble. Pas seulement nous, d'ailleurs, mais les familles, qui disposent enfin de jours entiers à partager.

— Oui, c'est sûr.

Chalmek semblait déjà avoir oublié ses critiques et changea de sujet.

— Avez-vous remarqué comme les exercices militaires se sont multipliés, ces derniers jours ? J'observe les soldats de l'une des fenêtres de chez moi. Eux aussi ont dû s'arrêter. J'espère ne pas être appelé pour une nouvelle session d'entraînement. La dernière fois, cela m'a épuisé... et puis, j'avoue que je n'aime pas trop les armes.

— Pourtant, tu serais très séduisant en champion de l'ordre de l'Aigle, s'amusa Héron Bleu. Tu ne trouves pas, Balam ?

Le jeune homme eut un sourire forcé : cette remarque le ramenait justement à ce qu'il tentait d'oublier. Oui, il aurait pu répondre à son ami qu'il avait lui aussi remarqué que l'entraînement des soldats s'intensifiait ces jours-ci. Et il aurait même pu ajouter qu'il en connaissait la cause. Mais il devait se taire.

Dans trois jours, le calme forcé de *wayeb* prendrait fin de manière imprévisible, même si le roi K'an II et Chauve-Souris Blanche en avaient réglé minutieusement tous les détails. Balam serait appelé à jouer un rôle important ce jour-là et il passait tous les moments de son intervention en revue dans sa tête. En principe, ils auraient l'avantage puisqu'ils connaissaient le plan de leurs ennemis. Mais si ceux-ci avaient changé de stratégie, alors rien ne se passerait comme prévu... L'enjeu était terrible.

Dans trois jours, une nouvelle année commencerait, une année *lamat*, associée à l'est et à la couleur rouge.

Rouge comme le sang, ne pouvait s'empêcher de penser Balam.

22

Naranjo

– an 2001 de notre ère –

Nicole s'éveilla avant le lever du soleil et sa première pensée fut de rester couchée. Mais elle entendit du bruit et comprit que les autres étaient déjà debout. A côté du sien, le hamac de Jean était vide. L'obscurité n'était plus complète : un nouveau jour s'apprêtait à prendre possession de la forêt. La jeune femme se frotta les yeux à regret, son corps réclamait encore un moment de repos, mais le fumet du café chaud lui donna le courage nécessaire pour se lever.

L'odeur devenait de plus en plus prégnante et Nicole s'étonna que l'activité ait repris si tôt dans le campement. Puis elle se souvint du grand escalier découvert la veille et se rappela que ses compagnons avaient projeté de s'y rendre dès les premières lueurs de l'aube. Le sommeil et la fatigue s'évaporèrent alors pour elle aussi et elle quitta son hamac avec un ultime soupir pour se diriger vers la grande table dressée au centre du campement.

Jean, Julio Rivera et Augusto Fabricio discutaient à voix basse en buvant leur café, leurs silhouettes fantomatiques se détachant dans la lueur tremblante de la lampe. Auprès d'eux, un porteur faisait frire des œufs sur un réchaud.

Pierre arriva en même temps que Nicole, lissant ses cheveux de la main.

— Encore des œufs, Juan, demanda Fabricio au cuisinier improvisé, et du lard, beaucoup de lard, s'il vous plaît.

Julio Rivera accueillit les nouveaux venus d'un sourire radieux. A sa tenue impeccable, on l'aurait cru tout juste sorti de sa chambre d'hôtel.

— Comme vous pouvez le constater, nous avons tous décidé de nous lever aux aurores. Je dois avouer que je suis très impatient de déchiffrer le prochain message.

— Quelqu'un devrait aller réveiller Guy, intervint Jean. Je ne crois pas qu'il apprécierait que vous commenciez sans lui...

— Je ne me permettrais sûrement pas une chose pareille, s'amusa Fabricio en regardant dans la direction du grand perron. S'il n'est pas déjà au pied des marches, il ne devrait pas tarder à se montrer...

Il s'adressa à un autre assistant :

— Antonio, allez donc chercher le docteur Lalande et dites-lui que nous serons bientôt prêts.

Le jour se levait très vite, contrairement aux lents levers de soleil de Paris, auxquels Nicole était habituée. Elle s'assit près de Jean et l'énorme assiette qu'on avait placée devant elle lui déclencha une faim de loup.

Elle n'eut pas le loisir de profiter de son petit déjeuner. Les événements se précipitèrent, effaçant d'un coup les dernières vapeurs de sommeil. Antonio accourait, le visage défait, agitant un papier dans sa main. Il le tendit à Julio Rivera d'un geste brusque.

Le Mexicain commença par parcourir des yeux le message avant de poursuivre la lecture à voix haute, tandis que Fabricio traduisait simultanément en français pour Jean et Nicole :

— « Monsieur Lalande est notre otage. Nous ne le libérerons que si cette expédition cesse de profaner le sol maya et quitte immédiatement le territoire de nos ancêtres. Nous surveillons tous vos mouvements. »

Tous se turent, saisis de stupeur, puis Nicole murmura :

— Ce n'est pas possible, c'est sûrement une plaisanterie…

Julio Rivera déposa délicatement le papier sur la table comme s'il s'agissait d'un objet précieux.

— Si seulement… Venant de Guy, il est difficile de croire à une blague. Mais il faut nous en assurer. Il faut enquêter dans le campement et savoir qui l'a vu pour la dernière fois. Et surtout, nous devons rester calmes. Antonio, où se trouvait ce billet ?

— Dans le hamac du docteur, pris dans les mailles. Il installait toujours son hamac à l'écart, comme vous le savez.

— Bien, je crois qu'il nous faut commencer par là, soupira Julio.

Une demi-heure plus tard, ils avaient tous oublié les inscriptions du grand escalier car l'enlèvement de l'archéologue français, dont plus personne ne doutait, se doublait de la disparition inexpliquée de l'un des chauffeurs de 4 × 4, Jorge, un Guatémaltèque sec et peu prolixe.

De plus, dans une clairière proche de la ville, on avait retrouvé l'une des deux radios de camp de l'expédition. Elle était éteinte, mais son antenne était dressée et prête à être utilisée. Des taches qui ressemblaient fort à du sang maculaient le sol et les rochers. Et, à supposer que la terre en eût déjà absorbé une partie, la quantité répandue avait dû être considérable.

Autour de la table où les archéologues s'étaient rassemblés, Fabricio prit la parole tandis que les autres membres de l'expédition les entouraient, un peu à distance.

— Si c'est bien du sang que nous avons trouvé, Guy risque d'être blessé, peut-être gravement...

— Pourtant, il n'y a pas de traces après la clairière, intervint Jean. Il est pour le moins étrange que le blessé ait soudain cessé de perdre son sang.

— Oui, même s'il est vrai que la jungle est capable de faire disparaître les traces en temps record. J'avoue que tout cela me laisse extrêmement perplexe.

La voix de Julio Rivera était soudain très lasse.

— Je ressens la même chose que toi, Augusto. J'ai l'impression d'avoir vieilli d'un seul coup.

— Ce n'est pas une question d'âge, Julio, intervint Nicole. Nous sommes tous sous le choc. Et c'est justement ce qu'espèrent les ravisseurs de Guy, nous désespérer et nous faire peur. Nous ne pouvons pas accepter cela.

— C'est que Guy...

— Oui, d'accord, d'accord. Nous devons penser à lui, mais je ne crois pas à un traître mot de ce message. « Profanation du sol maya... le territoire de nos ancêtres » ! Tout cela sent le mauvais feuilleton. Ce qu'ils veulent, c'est que nous cessions de rechercher le masque de jade, que nous retournions chez nous et leur cédions la place.

Dans le silence qui suivit, chacun se livra à son analyse personnelle.

— Tu crois que...

— Florencio Sánchez...

Fabricio et Rivera avaient parlé en même temps.

— Je ne sais pas de qui il s'agit, mais je suis persuadée que quelqu'un s'intéresse au même trésor que nous. Et il ne fait aucun doute qu'il est prêt à jouer gros pour se retrouver seul...

Jean termina la phrase de Nicole :

— Et qu'il a été bien informé des progrès de l'expédition. Il a sans doute attendu que nous, enfin que *vous* fassiez tout le travail. A présent, il n'a plus besoin de vous.

— Mais si nous-mêmes savons à peine où nous devons chercher les indices...

Julio Rivera avait visiblement du mal à mettre ses idées en place.

— Cela ne doit pas être si compliqué puisque lui ou bien eux le savent...

— L'escalier ! s'exclama Nicole. Ils ont déjà dû déchiffrer le message ! Ils ont pris de l'avance sur nous. Avant de poursuivre cette discussion ou de prendre une décision, je crois qu'il faut que nous connaissions notre prochaine destination. Le plus vite possible !

— C'est impressionnant, Jean. Je t'assure que j'ai eu le frisson devant les marches. Je n'ai eu besoin de personne pour savoir sur laquelle il fallait se pencher. Elle semblait se détacher des autres... si parfaite, si précisément gravée. Très franchement, si les dieux n'ont rien à voir là-dedans, ceux qui ont laissé les indices se sont donné beaucoup de mal pour faire croire le contraire.

— Oui, je le reconnais. Moi non plus, je n'arrive pas à trouver d'explication logique. Ce ne peut être le fait du hasard : le message de l'oratoire avait l'air fraîchement gravé, l'étoile de Uaxactún resplendissait plus que les autres, et à présent les inscriptions des marches sont impeccablement ciselées tandis que tous les hiéroglyphes sont pratiquement effacés ailleurs...

— Les dieux ont mis la main à la pâte ou bien les matériaux ont été soigneusement choisis. J'avoue que la première hypothèse me tente.

Nicole prononça ces mots à voix basse en se penchant sur les dessins qu'elle avait faits sur son cahier.

Jean s'assit sur le sol à côté d'elle, appuyant son dos contre le grand arbre au pied duquel elle se tenait.

Sur son cahier, la jeune femme avait tracé plusieurs croquis au crayon. Le premier figurait la pyramide et la quatrième marche était soulignée de traits plus nets. Au-dessous, la reproduction agrandie de l'un des glyphes était reliée par un trait signalant sa place sur la marche. Enfin, sous ce glyphe, l'archéologue avait noté sa traduction en lettres majuscules : *KAB K'UH*. Elle avait entouré ce nom d'un cercle, comme pour s'en emparer sur le papier.

— Kab K'uh, Jean, le dieu de la Terre. Il nous souhaite la bienvenue et nous confirme que nous sommes sur la bonne route. A Uaxactún, c'était Chan K'uh qui nous saluait du haut de la stèle.

— Tu crois que Hun Cimil nous attend à Caracol, c'est cela ? Qu'il nous indiquera la fin du chemin ?

Jean prit la jeune femme par les épaules et l'attira vers lui.

— Je ne sais pas, mais je suppose. Je t'ai déjà dit que ce dieu ne me plaisait pas, mais je crois qu'il a autant de droits que les autres.

Jean regarda le dernier dessin qui figurait sur la page.

— La grande pyramide de Caracol, Caana. C'est sans doute notre but.

— Oui, elle apparaissait déjà dans l'oratoire, auprès de Uaxactún et Naranjo, mais nous ne savions pas alors où chercher.

Nicole semblait fatiguée. Elle tourna la page de son cahier en désignant vaguement les dessins qu'elle avait faits le matin même.

— En réalité, Jean, je ne suis pas certaine que nous le sachions à présent. Oui, nous pensons à la pyramide de Caana parce que la stèle de Uaxactún nous disait que notre prochaine destination serait Caracol. Jusque-là, c'était clair, mais...

— Tu dois avoir confiance en ce que dit Augusto. Il est convaincu que les hiéroglyphes désignent l'une des trois constructions situées au sommet de la pyramide. Il l'a bien précisé : celle qui donne au nord et possède deux portes jumelles. Julio Rivera est aussi de son avis.

— C'est possible. Je me souviens d'un plan qui figurait sur l'*ostracum* de la collection Garnier et qui correspondait bien à la chambre mortuaire de la tombe de Séti, tu te rappelles ? Mais il était bien plus explicite.

— Explicite pour toi, qui es égyptologue. En la matière, ce sont eux les spécialistes aujourd'hui.

— Bien, admettons. Nous grimpons au sommet de la pyramide et nous pénétrons dans le bâtiment qui donne au nord par la porte de droite parce que le dessin représente un homme agenouillé devant cette entrée. Julio et Augusto voient dans sa position une attitude de respect, mais pour moi il pourrait tout aussi bien attendre qu'on lui tranche la tête.

Jean rit en observant la nouvelle page du cahier.

— C'est vrai. Surtout sur ton dessin. Mais souviens-toi, nos amis disaient qu'il portait la coiffe royale. En principe, ce sont les rois qui font couper les têtes et pas l'inverse.

— D'accord, d'accord. Nous sommes donc entrés dans la chambre à droite. Et après ? Selon Augusto, cette pièce est petite et crasseuse et de surcroît vide. Aucune inscription, aucun autel, rien ! Tu imagines qu'une fois dans cette pièce nous allons voir apparaître Hun Cimil et qu'il nous remettra le masque ?

Jean lui posa un baiser sur le front.

— Nicole, je ne te reconnais plus. Où est l'archéologue avide de nouvelles découvertes ? Celle qui peut rechercher un trésor dans un grain de sable ?

Souviens-toi que sous la chambre de gauche on a découvert une tombe. Qui sait ce que nous trouverons dans l'autre ?

Nicole finit par sourire.

— Tu as raison, Jean, je suis fatiguée et désorientée. Je n'ai pas dormi, ou très peu. Et par-dessus le marché Guy s'est fait enlever et nous avons reçu des menaces. C'est moi qui ai dit qu'il ne fallait pas nous laisser impressionner, mais je n'y arrive pas. Tout d'un coup, j'ai envie de rentrer à Paris et de m'asseoir à mon bureau. Je voudrais aller me promener avec toi à Montmartre, manger une glace... Et j'aimerais qu'on se marie, il est plus que temps.

La nuit tomba bientôt sur le campement silencieux de Naranjo. Ce soir-là, le silence paraissait étrange aux membres de l'expédition. D'habitude, ils profitaient de ces heures d'accalmie pour se réunir et parler de leurs trouvailles du jour. Il est vrai que les caisses empilées et les préparatifs pour le départ matinal du lendemain donnaient au campement un aspect précaire.

Julio Rivera était installé à la table, feuilletant distraitement un livre. Augusto Fabricio fumait sa pipe à quelques mètres du Mexicain, le regard perdu vers les ruines, tandis que Pierre, allongé dans son hamac, nettoyait l'objectif d'une caméra. Les assistants, les porteurs et les chauffeurs, pourtant regroupés, ne parlaient pas non plus : chacun paraissait plongé dans ses pensées.

Jean et Nicole s'étaient mis un peu à l'écart, adossés à leur arbre. Eux parlaient, à voix basse pour ne pas troubler le silence quasi mystique qui les environnait.

Dans l'après-midi, après un repas rapide, les archéologues avaient prétexté une promenade dans les ruines en compagnie de Jean et de Pierre pour discuter plus à leur aise.

Julio Rivera était d'avis d'abandonner la recherche du masque de jade qui, au fond, semblait une chimère, et de retourner à Belize pour y attendre des nouvelles de Guy. Nicole et Augusto Fabricio n'étaient pas sûrs de la conduite à tenir. Quant à Jean et Pierre, ils préféraient ne pas se prononcer puisque la décision ne leur appartenait pas.

Augusto Fabricio avait tenté de raisonner.

« Loin de moi l'idée de faire quoi que ce soit qui puisse mettre Guy en danger, mais je ne suis pas non plus disposé à obéir aveuglément aux ordres d'individus sans foi ni loi. Je n'ai jamais aimé qu'on me commande. En ce moment, nous avons un avantage, Julio, et nous devons en tirer parti : ils ne connaissent pas notre réaction. Nous l'aurions remarqué, si quelqu'un nous espionnait dans la jungle. Au pire, notre ennemi fait partie de l'expédition.

— Oui, c'est possible. Quoiqu'il soit logique de penser que c'était Jorge, qui n'est plus parmi nous. Dans tous les cas, si nous voulons mettre le maximum de chances de notre côté, nous devons faire en sorte que cet espion reste parmi nous et dise aux autres que nous rentrons à la maison... »

Nicole était intervenue.

« En passant par Caracol, c'est ce que vous pensez, n'est-ce pas, Augusto ?

— Oui, c'est bien cela. C'est logique, pour rejoindre la grande route... Et quand nous y serons...

— A la grâce de Dieu ! s'était exclamé Jean.

— De nos trois dieux mayas, avait rectifié Nicole, convaincue que c'était là la bonne décision. Ne les oublions pas ! »

A leur retour des ruines, ils avaient appris la nouvelle par un chauffeur qui revenait du lieu de stationnement, à quelques kilomètres du campement : un véhicule avait disparu, justement celui que Jorge conduisait d'habitude. On n'avait pas touché aux autres, heureusement. Personne n'en fut surpris : c'était une goutte de plus dans leur coupe déjà pleine !

— Dis-moi que nous avons pris la bonne décision, Jean. J'ai peur que nous ayons été égoïstes.

Nicole se cala plus commodément contre le petit coussin qu'elle avait placé entre le tronc de l'arbre et son dos.

— On peut dire tout ce qu'on voudra et tout sera vrai. Mais je peux t'assurer que quand Augusto a proposé de repasser par Caracol j'ai eu envie de l'embrasser.

— Oui, moi aussi. Je n'aurais pas pu me faire à l'idée de rentrer à la maison alors que nous sommes si près du but. Mais j'ai peur que le masque se soit envolé quand nous arriverons à la grande pyramide.

— Ils n'ont qu'un jour d'avance sur nous et il va leur falloir déchiffrer la partie finale du message inscrite sur les marches.

Nicole ouvrit son cahier et tous deux regardèrent une fois de plus la transcription qu'elle avait faite des couples de chiffres réunis par deux.

9	11	10	14	3	11	3	14

— Oui, ces satanés chiffres : 9-11, 10-14 ; 3-11, 3-14. Julio se souvenait que, la première fois, les archéologues avaient pensé qu'il pouvait s'agir du nombre d'ennemis faits prisonniers dans une bataille ou de quelque chose de similaire. Il est évident qu'il a changé d'avis depuis.

— Hélas, nous n'avons aucune idée de ce que cela peut signifier. Et ce n'est pas cette chambre vide au sommet de la pyramide qui nous donnera la réponse.

— Nous verrons bien, Nicole. Jusqu'à présent, nous avons pu résoudre toutes les énigmes. Aie confiance ! Moi, en tout cas, je te fais une confiance absolue : tu auras une idée...

La jeune femme lui sourit tendrement et lui prit les mains.

— Je ne sais pas, Jean. Pour la première fois depuis longtemps, je me sens perdue, et pas seulement à cause de ce qui nous arrive, bien que cela y soit pour beaucoup. Mais c'est quelque chose de plus intime, comme si une porte s'était fermée à l'intérieur de moi. Ou ouverte, je ne sais pas. Parce que, quand je regarde autour de moi, j'ai la sensation d'être entourée d'étrangers.

Jean ne dit mot mais Nicole répondit à son air interloqué :

— Les êtres humains, mon cœur. Ou plutôt le genre humain. Jusque-là, je savais de quoi il s'agissait, j'en faisais partie, il y avait les beaux et les laids, les grands et les petits, les bons et les mauvais... Je me conformais à cette idée et je me sentais à ma place dans l'humanité. Mais à présent je vois dans chacun un étranger, c'est comme si des mondes séparés se côtoyaient...

— Tu penses à Guy, n'est-ce pas ?

— Non, non. Bon, oui, je pense que ce qui lui est arrivé m'impressionne, mais c'est vraiment général. Julio, Augusto... Non, pas toi ! Je veux dire que je pense à eux et que je me les figure comme des gens bien élevés, cordiaux, voire des amis, mais aussi comme des personnes avec lesquelles je n'ai pas grand-chose en commun et qui, au fond, ne m'intéressent pas franchement. Je dois être un peu déprimée, mais tout à coup je vois les gens comme de petites îles perdues dans un immense océan, je ne sais pas, je...

— L'humanité ne s'est pas transformée si vite, et je t'assure que nos compagnons de voyage ne sont pas les pires de l'espèce.

— Oui, je sais, c'est mon regard qui s'est modifié, et cela m'attriste. J'aimerais que nous soyons moins égoïstes. Parfois, le genre humain me répugne. Je n'oublie pas que j'en fais partie, sois sans crainte. Crois-tu que nous changerons un jour ?

— Je ne crois pas que la nature puisse nous faire changer, si c'est ce que tu veux dire. Notre espèce a appris à se reproduire indépendamment du milieu ambiant, et d'éventuelles modifications génétiques seraient inutiles. J'ai l'impression que le genre humain est arrivé au terme de son évolution... à moins d'un cataclysme !

Tous deux restèrent silencieux, à contempler la végétation luxuriante. Puis Jean parla doucement, en regardant tendrement Nicole :

— Seul l'être humain possède la clé de lui-même... Je crois.

— Que veux-tu dire ?

— Je pense à la génétique, à la recherche. S'ils le voulaient, les humains seraient capables de créer l'homme nouveau. Et je pense qu'ils le feront.

— Il ne me semble pas que ceux qui nous dirigent apprécient beaucoup cette idée. Il n'y a qu'à voir le tollé que cela soulève chaque fois que quelqu'un aborde le sujet.

— La recherche médicale aussi a été stigmatisée pendant des siècles. On avançait alors des arguments religieux. Aujourd'hui, ce sont des considérations éthiques, mais c'est pareil. Au fond, tout vient de ce que l'être humain s'accorde trop d'importance. Tu dis que nous sommes égoïstes, Nicole. J'ajoute qu'il nous manque une bonne dose d'humilité.

— Oui, c'est bien cela. Et, d'après toi, ce n'est pas près de changer. Et voila pourquoi je ne vois pas de solution.

— Touché ! Mais j'ai confiance en l'intelligence : la science finira par s'imposer. Nous aurons bien un gouvernement qui lancera des travaux génétiques et, à partir de là, tout sera possible.

— Mais il faudra que cela soit rentable ! Il n'y a plus de grands mécènes.

— Rentable ! Si c'est cela la pierre philosophale ! Si tu expliques aux hommes qu'ils seront libérés de bon nombre de maladies, plus forts, plus intelligents, et qu'ils vivront plus longtemps, ils n'hésiteront pas à faire ce qu'il faut pour y arriver.

— Une bien belle utopie ! Si nous vivons, disons, deux fois plus longtemps, c'en sera fini de notre société et de notre civilisation.

— Tu as peut-être raison. Il faudra y aller peu à peu. On verra bien.

— Malheureusement, dans cet avenir que tu nous traces, nous ne changerons pas beaucoup : plus grands, plus beaux, plus forts, mais toujours aussi mauvais !

— Non, non. Certains gènes commandent à nos instincts : la cupidité, l'égoïsme, l'agressivité. Il suffira alors de les modifier et de faire en sorte qu'ils deviennent des caractères dominants pour les générations futures.

— Tout cela me semble un peu de la science-fiction.

Jean la regarda avec une expression on ne peut plus sérieuse, puis il éclata de rire.

— Pour tout dire, Nicole, à moi aussi !

23

Caracol

– an 628 de notre ère –

Chauve-Souris Blanche observait l'avancée du cortège. Il se dirigeait vers la sortie est de Caracol pour rejoindre le chemin qui s'enfonçait dans la forêt. C'était une sortie de la ville peu fréquentée car elle ne conduisait qu'aux champs de maïs.

Mais ce jour-là on allait déposer la statue d'Itzamna sur le piédestal installé au carrefour. L'effigie du dieu, tournée vers le soleil levant, saluerait la nouvelle année et rappellerait à tous qu'on se trouvait dans une année *lamat*.

Les habitants de Caracol étaient venus nombreux : la cérémonie serait brève, mais elle offrirait l'occasion de sortir enfin de la léthargie imposée des cinq jours de *wayeb*. Une partie de la foule s'était massée autour du piédestal, l'autre s'était jointe au cortège parti en milieu de matinée de la grande pyramide.

Chauve-Souris Blanche et l'Homme de la Vara Alta attendaient que la procession les rejoigne. Ils étaient entourés par les prêtres des divers dieux. Depuis un moment, on entendait les flûtes et les timbales, et à présent on apercevait distinctement le cortège bariolé.

La garde personnelle du roi K'an II ouvrait la marche. Des soldats impressionnants, harnachés de pied en cap, bien que pour l'occasion des bouquets de plumes aient remplacé à l'extrémité de leurs lances les meurtrières pointes de silex ou d'obsidienne.

Les guerriers étaient suivis d'un groupe important de musiciens qui s'employaient à couvrir le vacarme de la foule. Leur mélodie criarde et répétitive était régulièrement pilonnée de roulements de tambours. Juste derrière, six hommes portaient le baldaquin où trônait la statue d'Itzamna. Le dieu était représenté avec une tête monstrueuse aux yeux globuleux et un corps d'iguane. La pierre dans laquelle on avait taillé son effigie avait conservé son ton naturel, mais le socle avait été peint en rouge, la couleur de la nouvelle année. On y avait gravé plusieurs fois le signe de *lamat* : un glyphe composé d'un losange et de quatre points disposés à chacune de ses extrémités. Les jours *lamat*, associés aux étoiles, étaient dévolus aux dieux du Ciel et donc favorables aux hommes.

Autour de la statue, des danseurs entièrement dissimulés sous des masques et des costumes d'animaux cabriolaient en l'honneur du créateur. Tout cela formait un ensemble extrêmement coloré car bon nombre de danseurs étaient déguisés en oiseaux tropicaux au plumage chatoyant.

Venait ensuite le souverain, K'an II, imposant lui aussi dans son costume d'apparat, entouré de la seconde partie de sa garde personnelle, qui fermait la marche. Il portait un poncho entièrement fait de plumes de quetzal vertes et le tricorne du dieu Hu'unal resplendissait sur sa tête, orné pour l'occasion de plumes noires.

Chauve-Souris Blanche avança de quelques pas tandis que l'Homme de la Vara Alta indiquait leur place aux gardes et aux musiciens. Le *halach winik* s'arrêta face au baldaquin que les porteurs avaient placé à proximité du piédestal de pierre et attendit le roi. Les danseurs continuaient à s'agiter frénétiquement autour de la statue du dieu créateur.

Au signal de l'Homme de la Vara Alta, la musique cessa et les danseurs s'immobilisèrent. Ainsi figés, ils semblaient menaçants, tels de véritables animaux à l'affût.

Les habitants de Caracol qui avaient suivi la procession tentaient de trouver une place pour assister à la cérémonie et ne purent être témoins de ce qui se passa dans les secondes suivantes. Mais ceux qui virent la scène en restèrent un instant pétrifiés.

L'un des danseurs proches du roi se jeta soudain sur lui. Il portait un costume de toucan et un grand bec orangé dépassait de sa tête emplumée. Son costume, de couleur noire à la hauteur du cou, devenait d'un bleu intense au milieu du corps et les franges de tissu qui recouvraient la toile lui donnaient l'air lourd et gauche.

Son attaque fut pourtant d'une rapidité fulgurante. En un instant, il se retrouva près de K'an II, brandissant un couteau à lame d'obsidienne qu'il avait tiré de ses vêtements. Chauve-Souris Blanche, qui se trouvait près du monarque, leva la main en signe d'avertissement, mais en vain. L'agresseur avait attrapé le roi par le cou et violemment planté son poignard dans la poitrine de sa victime, à l'emplacement du cœur. K'an II ne put que tendre les mains, comme pour chercher un appui devant lui. Quelques secondes plus tard, il s'effondrait, sans connaissance.

Le premier à réagir fut Ulil, le grand chef militaire de Caracol et commandant de la garde personnelle du roi. Champion de l'ordre du Chacal, il était réputé posséder la force de deux hommes réunis. Il se trouvait près du souverain et put maîtriser l'agresseur sans effort apparent, lui retirer sa dague assassine et le plaquer au sol, bouche contre terre. Le bec du toucan se déporta sur le côté, une incongruité de plus dans cette situation absurde. Ulil planta son genou dans le dos de l'homme à terre et plaça son épée sur son cou. On le vit faire un rapide mouvement du poignet et l'homme fut parcouru d'un frisson. L'instant d'après, une mare de sang commença à se répandre sur le sol.

Tout cela n'avait pris que quelques secondes. Sous le choc, tous les spectateurs semblaient avoir perdu la parole. On avait entendu s'élever quelques cris d'alerte au moment de l'agression, puis un silence absolu était retombé.

Chauve-Souris Blanche s'agenouilla auprès du roi. Le chaman semblait voûté et vieilli, bien que sa voix fût très ferme quand il releva la tête :

— Le roi est mort.

Le grand prêtre du culte de Tlaloc avança alors, se détachant du groupe de ses fidèles, et dans le silence qui suivit l'annonce sa voix puissante porta très loin :

— Rien ne se produit sans que les dieux l'aient désiré et surtout quand il s'agit de mettre fin à la vie de quelqu'un qui, tel notre roi, a été consacré par eux. Mais K'an II s'était éloigné du chemin que nos dieux avaient désigné et il les a offensés. En particulier le puissant Tlaloc, à qui il a refusé ce qui lui appartenait de plein droit et ne cessait de réclamer. Il ne fait aucun doute que le Grand Puissant a abominé ce roi et a ordonné son passage dans le Monde des Morts afin qu'un autre ceigne la couronne du dieu Hu'unal. Et ce nouveau roi devra être prêt à se placer au service de ceux qui disposent de nos vies. Tlaloc a parlé et il faut écouter sa voix. Ecoutons-le ! Nous devons accepter humblement ce qui se passera dans les prochains jours, car telle est la volonté des dieux en ce qui nous concerne, nous les hommes...

Quelques murmures s'élevèrent dans la foule, mais personne ne se risqua à donner la réplique au prêtre. Alors, une voix entonna :

— Oui, Tlaloc a parlé, écoutons-le !

D'autres reprirent aussitôt, en écho.

Chauve-Souris Blanche se leva alors. Il était resté jusque-là prostré devant le corps du roi, sans bouger, comme si la mort du souverain avait tué par la même occasion une partie de lui.

La grande silhouette du chaman apparut dans toute sa splendeur. Il portait une longue tunique blanche qui tranchait avec les oripeaux noirs du prêtre du dieu de la pluie. Sa haute stature dominait le corps malingre de son opposant. Il fit un pas en avant en désignant le prêtre de son bras tendu.

— Tu as parlé pour défendre ton dieu et tu t'es montré arrogant.

L'homme en noir fit mine d'ouvrir la bouche, mais le *halach winik* lui imposa le silence d'un geste.

— De plus, tu as pris une grave responsabilité, car tu t'es permis de préjuger des intentions et des désirs de Tlaloc.

De nouveau, il fit signe au prêtre de se taire d'un mouvement péremptoire.

— On ne peut invoquer les dieux ni prétendre exprimer leurs desseins sans l'intervention de l'un d'eux.

La voix de Chauve-Souris Blanche s'affermissait et gagnait en intensité dans un silence que tous respectaient, y compris l'homme en noir immobile.

— Prêtre, puisque tu t'es permis de parler au nom de Tlaloc, je vais demander leur sentiment aux autres dieux. Et il n'est de meilleur choix que le grand dieu créateur pour exprimer la voix des autres ! Gloire à qui s'est enfanté lui-même et jamais ne mourra, Itzamna !

Le chaman avait prononcé le nom du dieu comme pour conjurer le sort, d'une voix forte et en détachant les syllabes. Il ouvrit alors les bras et leva les yeux vers le ciel bleu au-dessus des arbres.

— Itzamna, nous te demandons de nous faire un signe. Nous venons d'entendre que la mort de notre roi était désirée par les dieux. Fais-nous savoir s'il en est ainsi, ou bien dis-nous que la personne qui a prononcé ces mots a menti.

Un calme impressionnant suivit les paroles de Chauve-Souris Blanche, mais rien ne se produisit. Le prêtre de Tlaloc, qui n'avait pas bougé pendant l'intervention du *halach winik*, commença à se détendre et un demi-sourire apparut sur ses lèvres.

— Itzamna, parle-nous ! répéta l'homme en blanc.

Un murmure s'éleva dans le groupe le plus proche et l'on entendit le cri hystérique d'une femme du cortège.

Le corps du roi K'an II avait bougé. La tête se souleva d'abord et il observa ceux qui se trouvaient auprès de lui, puis ses bras se mirent à chercher un appui sur le sol. Les mouvements du monarque, d'abord faibles, s'affermirent. Enfin, il se dressa devant la foule, de toute sa taille.

Une grande tache de sang souillait la tunique jaune du roi et il la regarda quelques instants avec curiosité. Puis il se pencha pour ramasser son tricorne à plumes noires et le reposa calmement sur son crâne.

K'an II regarda Chauve-Souris Blanche, puis Ulil, son chef militaire. Il chercha des yeux le prêtre de Tlaloc et fixa sur son visage empli de stupeur un regard glacial.

Puis il se saisit de l'épée que le commandant de la garde avait utilisée pour égorger son agresseur et qu'il tenait encore au poing. C'était une épée courte, moins lourde que les armes de guerre, magnifiquement travaillée et chantournée, au fil d'obsidienne. Il la soupesa quelques instants puis vint se placer à deux pas du prêtre de Tlaloc. Son arme dessina un grand arc de cercle avant d'achever sa course sur le cou de l'homme. Se sachant impuissant, et parfaitement conscient de ce qui allait lui arriver, celui-ci n'avait pas bronché.

On entendit distinctement l'impact. Parvenant d'abord à garder l'équilibre tandis que le sang giclait à gros bouillons, le prêtre tomba au sol, étrangement replié sur lui-même dans sa tunique crasseuse qui semblait avoir été jetée là par mégarde.

K'an II considéra ce tableau, impassible, puis son regard balaya le cercle des prêtres, qui avaient tous baissé la tête. Il sourit enfin à Chauve-Souris Blanche, rendit son épée à Ulil et fit entendre sa voix :

— Emportez ceux qui ont tenté d'usurper la volonté des dieux, dit-il en désignant les corps qui gisaient au sol.

Puis il ouvrit largement les bras et, comme si ce qui venait de se produire était sans importance, lança :

— Que la cérémonie continue !

Assis sur un banc de pierre, Chauve-Souris Blanche observait Balam qui se défaisait de ses oripeaux de toucan. Le liquide sanguinolent avait maculé son cou et une partie de son visage, lui donnant l'air sombre d'un animal blessé. Dans la remise où les gardes du palais entreposaient leurs armes se trouvaient également le commandant Ulil et Héron Bleu, qui tendait à Balam un mouchoir humide pour se débarbouiller.

— Tiens, lave-toi, tu fais vraiment peur !

Le jeune homme la regarda d'un air soupçonneux.

— Mais... Héron Bleu, tu étais donc au courant ?

Ce fut Chauve-Souris Blanche qui répondit, un rien ironique :

— Elle a suivi ton « cadavre » jusqu'ici et, comme on ne la laissait pas entrer, elle a attendu mon arrivée pour me dire : « Je veux voir Balam et m'assurer qu'il va bien. » Comme tu le vois, mon fils, tu n'as pas suffisamment soigné ton déguisement.

— Mais...

Balam ne put finir sa phrase car Héron Bleu avait posé un doigt sur ses lèvres.

— Tu as été un toucan magnifique, mais quand tu es tombé et que le sang s'est échappé de ton cou, j'ai eu la certitude que c'était toi. Je savais aussi que tu n'avais rien... mais j'ai voulu le vérifier.

La jeune fille rougit légèrement et Balam posa un baiser sur sa joue.

— Merci, Héron Bleu, j'aurais aimé t'avoir à mes côtés à ce moment-là pour nettoyer mon sang comme tu le fais maintenant. Tu ne peux pas savoir comme c'était inconfortable d'être étendu sur le sol et de baigner dans ce liquide visqueux... D'autant que je ne voyais rien de ce qui se passait, je n'entendais que les voix.

— Tout s'est passé comme nous l'avions prévu, fit Chauve-Souris Blanche. Moi-même, j'ai cru un instant que notre roi revenait du royaume des défunts. Et cet infâme prêtre est mort avec la conviction d'avoir été abattu par la colère divine. Nos concitoyens adorent K'an II comme s'il était un dieu et seraient prêts à donner leur vie pour lui. Oui, tout s'est bien passé, Balam, mais je regrette profondément d'avoir dû en arriver là.

— Et... l'autre, c'est ?...

Le jeune homme désigna, au fond de la salle, des tables sur lesquelles on distinguait dans une demi-pénombre deux corps allongés : l'un d'eux était celui du prêtre de Tlaloc, encore enveloppé de sa tunique noire.

— Oui, mon fils, c'est celui qui, pour tout le monde, aura été découvert dans le déguisement de toucan. Il avait été choisi pour assassiner notre roi, un pauvre homme à la raison chancelante... On ne saura jamais ce qu'ils lui avaient promis. Il serait mort de toute façon, quelle qu'ait été l'issue finale, c'était un témoin qu'ils ne pouvaient pas se permettre de garder vivant.

— Cela a été facile de le repérer ?

— Oui, répondit Ulil. Nous avons surveillé les danseurs que nous trouvions suspects et mes hommes de confiance n'ont pas tardé à trouver l'arme qu'il portait. Puis nous lui avons retiré son déguisement, te l'avons apporté et nous sommes occupés de lui.

Héron Bleu frissonna en voyant Ulil caresser le pommeau de son épée.

— Que serait-il arrivé si la conspiration avait réussi ? Qui se serait emparé du trône de mon oncle ?

— Nous ne pouvons que l'imaginer, Héron Bleu. Le discours du prêtre de Tlaloc semblait indiquer que ses congénères et lui auraient pris le pouvoir en attendant qu'un nouveau roi soit choisi. Et tout semble indiquer que ce roi serait venu de Naranjo.

— Lumière Noire ?

— C'est possible. Mais je ne le crois pas. Probablement quelqu'un de plus âgé. Peut-être même quelqu'un de chez nous, une personne de l'entourage du roi qui serait prête à obéir aux ordres de Naranjo ou, ce qui revient au même, de Tikal. Je crois que Lumière Noire a passé assez de temps avec nous pour connaître tous ceux qui ont rejoint la cour de ton oncle, leurs ambitions et leurs opinions.

— Tu crois donc que Lumière Noire est impliqué ?

— Ni moi ni ton oncle n'en avons la certitude. Mais il est vrai que nous le surveillons et que nous l'interrogerons. De la même manière que nous interrogerons Fleur.

Balam en resta interdit, serrant le mouchoir humide de Héron Bleu entre ses mains.

— Mais elle ne... En aucune manière, elle ne pourrait...

— Nous ne pouvons préjuger de rien aujourd'hui. Il y a eu une conjuration pour assassiner notre roi et nous devons poursuivre notre enquête...

Deux coups rapides furent frappés à la porte. Ulil alla ouvrir. Un guerrier portant l'aigrette de la garde royale lui murmura quelques mots à l'oreille. Quand il l'eut congédié, le commandant se retourna. Son visage d'ordinaire imperturbable semblait altéré.

— Lumière Noire s'est enfui. Il a dû bénéficier de complicités extérieures : les gardes qui le surveillaient ont été tués. Visiblement, ils étaient plusieurs.

Puis il ajouta, en regardant tour à tour le *halach winik* et Balam.

— La princesse Fleur a également disparu.

24

Sur la route de Naranjo à Caracol

– an 2001 de notre ère –

— La conclusion commence à sembler évidente...

Julio Rivera occupait le siège avant dans le 4 × 4 qui les ramenait à Caracol. Nicole et Jean étaient installés à l'arrière, un peu à l'étroit dans l'habitacle où s'entassaient les bagages puisqu'ils disposaient désormais d'un véhicule de moins. Malgré leurs efforts pour parler d'autre chose, la conversation revenait invariablement sur la disparition de Guy Lalande et de Jorge, le chauffeur guatémaltèque.

— Jorge travaillait pour eux... peu importe que son patron se nomme Florencio Sánchez ou autrement. La radio abandonnée dans la clairière montre bien qu'il est probablement entré en contact avec eux pendant la nuit pour fixer l'heure du rendez-vous. Ensuite, il a dû réveiller Guy et trouver un prétexte pour l'entraîner vers la clairière. Ils auraient pu enlever n'importe lequel d'entre nous, mais le choix s'est imposé tout seul puisqu'il dormait à l'écart.

Jorge n'a plus eu qu'à laisser ses complices s'occuper de Guy pendant qu'il accrochait le billet dans le hamac et disparaissait.

Nicole ne semblait pas très convaincue par l'explication de Julio.

— Et que faites-vous du sang ? Pour le mettre hors de combat, il était plus facile de l'assommer. D'autant que la présence du sang laisse à croire qu'ils se sont battus. Guy aurait eu le temps de crier et nous l'aurions entendu...

— Il peut y avoir plusieurs explications, ma chère Nicole. Guy aurait pu par exemple revenir à lui et tenter de leur résister.

— Certes, dit Jean. Moi, ce qui me chiffonne surtout, c'est l'inutilité de cet enlèvement...

Julio Rivera se retourna vers l'architecte, qui poursuivait :

— En admettant qu'ils aient connu nos faits et gestes grâce à Jorge et qu'ils aient déchiffré le message de l'escalier avant nous, ils n'avaient plus qu'à rejoindre le plus vite possible Caracol et s'emparer du masque. Puisque, d'après nos calculs, ils avaient un jour d'avance sur nous, cela semble suffisant...

Nicole approuva de la tête en souriant tandis que Julio, perplexe, réfléchissait à haute voix :

— Oui... C'est bien vu, mon jeune ami. On devrait donc en conclure que les ravisseurs avaient besoin de Guy. Peut-être en savent-ils moins que ce que nous pensons et voudraient-ils que notre bon petit Français leur donne un coup de main...

— C'est une possibilité, dit Nicole. Elle est non seulement logique, mais encourageante... Oui... je veux dire que s'ils ont besoin de Guy ils ont besoin de lui vivant ! Mais avec des si... Allons, Julio, parlez-nous plutôt de la grande pyramide de Caracol.

— Eh bien, comme la plupart des éléments du monde maya, sa découverte est très récente – ou du moins son intérêt archéologique. Je crois que c'est en 1937 qu'un convoyeur de bois, un certain Mai, découvrit Caracol et en parla à Alexander Anderson, le premier archéologue qui a cartographié les ruines. Anderson s'est rendu sur place, mais il a fallu attendre 1950 pour qu'une expédition sérieuse vienne y travailler. Si vous voyiez les photos qui ont été prises ! Tout était en si mauvais état qu'on devinait à peine les constructions de pierre sous les décombres et la broussaille...

— On voyait tout de même la grande pyramide, j'imagine ?

— Bien sûr, Jean. Elle fait quarante-trois mètres de hauteur, soit l'équivalent d'un immeuble de douze étages, mais rien de comparable à ce que vous allez voir aujourd'hui. Son nom, Caana, signifie « palais du ciel ». C'est une prouesse architecturale, d'autant qu'elle a été construite en pleine forêt vierge. Caracol appartient au Belize et c'est le gouvernement de ce pays qui a lancé dans les années 1980 un programme de restauration de longue haleine, les autres grandes cités sont guatémaltèques ou mexicaines.

— Vous participez à ce programme ?

— Non, c'est l'université de Floride qui a été choisie. Malgré le peu de sympathie que j'éprouve pour les Américains, je dois reconnaître qu'ils ont fait un boulot extraordinaire. Les travaux viennent de se terminer, mais je suis sûr qu'il reste encore des choses à découvrir.

— C'était une grande ville ?

— Très grande, et surtout très étendue. On pense qu'à son apogée, au milieu du VIIe siècle, elle dépassait les cent trente mille habitants. Plus du double de la ville de Belize aujourd'hui !

Nicole ne put retenir une exclamation.

— Oui ! Il faut penser à des cités-nations. Il nous apparaît de plus en plus clairement qu'elles possédaient une solide organisation économique, politique et sociale.

— Mais d'après ce que vous nous avez déjà raconté, elles n'arrêtaient pas de se tirer la bourre... Euh, je veux dire de se faire la guerre, intervint Jean.

— C'est vrai, elles essayaient toutes d'imposer leur suprématie. A la période classique tardive, Tikal et Calakmul ont été les deux grandes puissances. Elles ont tissé un réseau compliqué d'alliances avec les autres villes, chacune essayant par ce biais de faire basculer l'équilibre et de tirer la couverture à elle. Bon, les guerres n'étaient pas ce que l'on imagine de nos jours. La plus grande partie de la population se consacrait à l'agriculture et n'était pas entraînée pour les affrontements militaires. Et puis la forêt vierge et les voies de communication existantes ne permettaient pas le mouvement d'armées importantes. Les données dont nous disposons sur les batailles et sur les prisonniers suggèrent qu'ils se contentaient de victoires symboliques. Mais il ne fait aucun doute que la ville d'où nous venons, Naranjo, et celle où nous allons, Caracol, ont toujours été rivales. Elles constituaient visiblement des enjeux importants pour Tikal et Calakmul. Comme dans une partie d'échecs sans fin...

— Qu'offraient-elles en échange ?

— Aux villes, rien ! Elles ne pouvaient rien espérer de mieux que sortir de l'affrontement indemnes. Le régicide pouvait être une stratégie : on envoyait un roi retrouver ses ancêtres et l'on imposait sa domination sur le royaume disposé à payer pour cette faveur.

— Régner était un métier dangereux !

— L'exercice du pouvoir a toujours été dangereux. Mais le système n'était pas infaillible. La cité gagnante pouvait retourner sa veste à mi-parcours et s'allier à l'ennemi de celle qui l'avait aidée à triompher.

— Plus ou moins comme aujourd'hui...

— Oui. A cet égard, les relations entre Naranjo et Caracol sont très instructives. Au milieu du VIe siècle, Calakmul fit introniser Aj Wosal à Naranjo pour s'assurer la fidélité de la cité auparavant vassale de Tikal. En réponse, cette dernière conclut une alliance avec Yajaw Te K'inich, le nouveau roi de Caracol. Mais ces coalitions furent éphémères : Yajaw Te K'inich coupa les ponts avec Naranjo et se rapprocha de Calakmul en épousant une princesse de cette cité...

— Un accord durable, intervint Jean. A moins qu'ils n'aient divorcé...

— En l'occurrence, la jeune princesse devint une grande reine. Elle se nommait Regard de Jade et fut toujours aimée de son peuple.

— Qu'advint-il de Naranjo ?

— Aj Wosal fut assassiné et remplacé par Grand Scorpion au début du VIIe siècle. La situation d'origine se rétablit : Caracol avec Calakmul et Naranjo avec Tikal. Et nos deux villes ont continué de se tirer la bourre, comme dit Jean. Elles ont eu un dur affrontement en 628.

— Qui a gagné ?

— Eh bien...

Jean le coupa, montrant un point droit devant.

— Pardonnez-moi, mais ce ne serait pas la grande pyramide ?

Le véhicule venait de parvenir au sommet d'une montée et on distinguait dans la végétation, émergeant de la cime des arbres, une flèche qui pointait vers le ciel.

Julio Rivera scruta le paysage dans la direction que désignait Jean et un sourire attendri s'épanouit sur son visage.

— Oui, c'est le palais du ciel. Caana.

25

Caracol

– an 628 de notre ère –

Ils avaient commencé le voyage ensemble, mais bientôt le jaguar et la chauve-souris se séparèrent, l'un pour suivre le sentier du nord à la sortie de la ville, l'autre voletant au-dessus de la cime des arbres, mais leur destination était identique : Naranjo.

Quelques minutes seulement après qu'Ulil eut annoncé la disparition de Lumière Noire et de Fleur, sur un simple geste de Chauve-Souris Blanche, le disciple avait suivi son maître hors de la remise.

En préparant à la hâte la potion, le *halach winik* avait organisé leur battue.

« Tu suivras la trace de Lumière Noire et de la princesse pendant je tenterai de mettre en sécurité le prince Tzub. »

Balam s'efforça de chasser un instant l'image de Fleur de son esprit pour penser à la situation du fils du roi K'an II à Naranjo. Le jeune prince ignorait tout de ce qui se tramait et des événements survenus à Caracol. Une fois les hostilités déclarées avec la ville voisine, il deviendrait un précieux otage pour l'ennemi et se retrouverait sérieusement en danger. Ce ne serait pas la première fois qu'un prisonnier de sang royal paierait de sa vie un conflit entre les deux cités.

Balam se souvenait parfaitement du prince Tzub, qui devait avoir bien changé. Il était parti à Naranjo quatre ans plus tôt : il avait alors quatorze ans, deux de moins que lui à cette époque. C'était un garçon de belle prestance, élancé, comme son père, et il avait le sourire facile. Le jour de son départ, il souriait tandis que Balam lui faisait ses adieux avec quelque amertume.

— Ne t'étonne pas si tu me vois voler avec ce mouchoir dans la bouche, lui dit Chauve-Souris Blanche, interrompant sa rêverie. C'est le signal convenu pour que le prince Tzub quitte immédiatement Naranjo et se rende en un certain lieu. Ulil a déjà donné des ordres pour qu'un groupe de nos guerriers aille le chercher. Mais il faut que j'arrive avant Lumière Noire et ceux qui l'accompagnent... et que Tzub capte le signal à temps.

Quiconque aurait aperçu les deux animaux s'enfoncer dans la jungle aurait à coup sûr été frappé de stupeur : un gigantesque jaguar et une grande chauve-souris au pelage étrangement blanc serrant entre ses dents une pièce de toile repliée. Mais nul ne les vit : l'arrière de la maison du chaman donnait sur une végétation dense.

Tous les sens de Balam étaient en alerte et il s'émerveillait une fois de plus de la variété des sensations que lui procurait le corps du jaguar. Il filait sur le sentier nord vers Naranjo au maximum de la vitesse que lui conféraient les immenses capacités du puissant animal. Conscient qu'un être humain pouvait surgir à n'importe quel moment, il faisait confiance à son odorat pour l'alerter en temps utile. D'autant qu'il n'était pas celui qui aurait eu le plus à craindre.

Il suffirait de quelques heures au jaguar pour couvrir la distance entre Caracol et Naranjo, qui demandait deux longs jours de marche aux humains. Balam ne doutait pas de pouvoir rattraper le groupe qu'il poursuivait avant qu'il ne fasse halte pour la nuit.

Au début, il avait eu quelque difficulté à isoler la trace qu'il suivait des innombrables odeurs que dégageait le sentier, mais au bout de quelques kilomètres un arôme très particulier s'était imposé et il avait reconnu en tressaillant, parmi les autres odeurs humaines et les âcretés de sueurs mâles, un mélange des parfums qu'utilisait Fleur.

Bien que son désir lui commandât le contraire, Balam opta pour la prudence quand il sentit les odeurs s'intensifier. Il touchait au but et quitta le chemin.

Peu après, il aperçut un guerrier isolé qui avançait sous le couvert des arbres et comprit qu'ils l'avaient laissé en arrière-garde. Guidé par son flair, il poursuivit sa route en prenant soin de s'éloigner suffisamment du sentier pour que le bruit de ses pas ne le trahisse pas.

Quand le gros de l'expédition fut en vue, renonçant à observer Fleur, il prit un peu d'avance sur le groupe et s'installa dans la frondaison d'un arbre afin de le voir arriver. La nuit tomberait bientôt et ils seraient contraints de s'arrêter. Il savait que les fugitifs profiteraient des ultimes lueurs du jour pour prendre de l'avance sur leurs poursuivants.

Quelques instants plus tard, il vit le groupe : une douzaine de soldats marchant d'un pas rapide apparurent d'abord, sous le commandement d'un champion de l'ordre de l'Aigle portant une aigrette multicolore. Ils encadraient la princesse Fleur, qui voyageait sur un palanquin improvisé confectionné de deux pieux reliés pas une pièce de toile. Derrière elle, sa servante favorite, Antilope Grise, venue avec elle de Tikal et qui ne l'avait plus quittée, était juchée sur un engin similaire. Quatre soldats portaient chaque palanquin. Lumière Noire marchait aux côtés de celui de Fleur, mais les jeunes gens s'ignoraient mutuellement. Le prince de Naranjo arborait son expression glaciale habituelle, mais Balam aurait juré qu'il plissait le front encore plus que de coutume.

La princesse, qui prenait appui des deux mains sur les montants de bois pour se maintenir en équilibre, regardait loin devant elle. Quand le jaguar concentra son attention sur elle pour deviner ses pensées, le regard de la jeune fille se tourna vers l'arbre où il était perché et leurs regards semblèrent se croiser. Balam se dit que cela était impossible, mais cet instant suffit à l'emplir de tendresse.

Et de plaisir. Car, en cet instant, tous les doutes qui avaient pu l'effleurer s'évanouirent. Le jeune homme eut la certitude que la princesse n'allait pas à Naranjo de son plein gré. Les deux guerriers en faction à ses côtés, l'évidente froideur des relations entre Lumière

Noire et Fleur et ce fugace coup d'œil étaient pour lui des preuves suffisantes.

Mais c'était surtout aux yeux de la jeune femme qu'il se fiait. Il connaissait parfaitement leur éclat et la joie qu'ils irradiaient quand elle était heureuse. Il n'y avait qu'à la regarder pour se sentir à son tour gagné par la jubilation que produisait en elle le simple fait de vivre. Le regard qu'il avait croisé aujourd'hui était triste et éteint, il ne reflétait qu'une profonde incompréhension. Un nœud se forma dans sa poitrine à l'idée de ne pouvoir révéler à sa bien-aimée qu'il était à ses côtés, qu'il lutterait de toutes ses forces et plus encore pour qu'ils se retrouvent. Et qu'il ne pouvait échouer.

Il faillit bondir au pied de l'arbre pour livrer bataille aussitôt, mais ses muscles tendus finirent par se relâcher et il attendit d'avoir perdu de vue le groupe avant de redescendre.

Il fit le trajet de retour en pleine nuit et nul ne se risqua à importuner le roi de la forêt, qui songeait aux mille manières de libérer son aimée. Mais il devait d'abord écouter les conseils de Chauve-Souris Blanche et connaître les plans du roi K'an II.

Lorsqu'il atteignit la cité endormie de Caracol et pénétra à nouveau dans la maison du chaman, il constata que celui-ci n'était pas rentré. Les deux enveloppes humaines les attendaient, immobiles et confondantes de perfection.

Une fois de plus, il ressentit les troublants effets du passage d'un corps à l'autre, cette sensation de tomber dans un abîme d'une noirceur insondable pour remonter aussitôt à la lumière du jour. Une fois de plus, il s'interrogea en ouvrant les yeux sur ce qu'il était advenu de l'animal dont il ne restait trace.

Balam décida d'attendre le retour de son maître à l'extérieur. La lune presque pleine dans le ciel étoilé, l'air calme et la température douce comme une caresse firent monter en lui l'image de Fleur. Seulement deux nuits plus tôt, l'obscurité avait été complice de son amour juvénile et passionné. Balam crut sentir à nouveau la présence de la princesse à ses côtés.

Un halètement le fit sortir de sa rêverie. Une immense chauve-souris argentée sous la lune surgit au-dessus des arbres et entra par la fenêtre. Quand Balam la rejoignit, elle s'était évaporée et il vit le chaman se lever à son approche.

Chauve-Souris Blanche écouta d'abord le récit de Balam, hochant la tête de temps à autre comme s'il se doutait de ce qu'il allait lui raconter ou n'en était pas surpris. Puis le *halach winik* rapporta son propre voyage :

— Je suis parvenu à Naranjo avant la nuit et j'ai pu voir le prince Tzub. Lui ne m'a pas vu, mais son regard s'est arrêté sur le mouchoir blanc. Il se promenait en compagnie d'autres jeunes gens et jeunes filles. Il y avait quelques gardes autour d'eux, mais la ville avait l'air tranquille. Je ne pense pas qu'il ait le moindre problème pour s'enfuir sans attirer l'attention et ce avant même que la nouvelle parvienne à Naranjo. Je suis persuadé que le groupe que tu as suivi a envoyé en éclaireur un messager rapide qui devrait arriver demain avant le lever du soleil...

— Et Fleur ?

— Elle ne court aucun danger. Ils l'ont emmenée, pensant que nous pourrions l'utiliser comme otage pour motiver une intervention de Tikal. Tu la reverras, mon fils. Mais tu dois aller dormir, à présent. Demain, une dure journée t'attend, et ce ne sera pas la seule.

— Me parles-tu de la guerre ?

— Elle est inévitable. L'intervention de Naranjo est largement attestée et le roi ne peut l'ignorer. Nous devons organiser l'attaque tant que nous avons l'avantage. Ils ne savent pas ce que nous savons et ne se doutent pas à quel point nous sommes informés de leur stratégie. Songe qu'ils ont fait en sorte de rendre les prêtres de Tlaloc responsables et qu'ils pensent que nous avons tué les deux personnes qui pouvaient nous renseigner sur eux. Ils s'attendent bien sûr à une réaction de notre part mais croient que nous nous contenterons d'une protestation diplomatique.

— Mais la fuite de Lumière Noire les accuse, et l'enlèvement de Fleur...

— Il pourrait y avoir à cela des centaines d'explications. Tu sais bien que l'on convainc aisément par des mensonges. Ils allégueront l'instabilité qui régnait dans la ville et la nécessité d'éloigner la princesse, ou bien le refus des gardes de la laisser partir. Tous les prétextes seront bons. Tout dépend de l'intérêt que l'autre partie aura à accepter des arguments qu'elle sait fallacieux. Mais il te faut te reposer à présent, Balam. Reste dormir ici, je te réveillerai tôt demain matin, nous devons parler tous les deux.

Chauve-Souris Blanche passa un bras autour des épaules de son fils adoptif avec tendresse.

— Le cours des événements de ces prochains jours dépendra beaucoup de nous deux.

26

Caracol

– an 2001 de notre ère –

Dès que leur véhicule était entré dans Caracol, Nicole avait senti une émotion indescriptible s'emparer d'elle. Elle n'avait pu la définir alors et elle ne le pouvait toujours pas : une sensation très intense qui, comme elle le dirait plus tard à Jean, l'avait envahie tout entière et lui avait donné la sensation de toucher une chose à la fois spirituelle et matérielle. Elle avait surtout perçu une force extraordinaire et une puissance dépassant les limites de l'esprit humain. Elle parlerait aussi d'une impression de déjà-vu lorsqu'elle avait ensuite contemplé les ruines autour d'elle. Julio, Augusto et même Guy l'avaient déjà entretenue de Caracol et de sa grande pyramide, mais, cette fois, elle ressentait la cité comme une ville vivante, elle imaginait ses bâtiments fièrement dressés contre l'horizon et la rumeur animée de ses milliers d'habitants.

Jean la vit sursauter et l'interrogea du regard. Nicole fit un signe pour le rassurer, mais elle s'accrocha à son bras et appuya sa joue contre son épaule.

L'esplanade où ils s'étaient arrêtés était soigneusement débroussaillée. L'ensemble du site semblait d'ailleurs très bien entretenu. Le palais du ciel, la grande pyramide, était tout proche et Nicole ne douta plus en le voyant qu'ils étaient arrivés à destination.

Elle croisa le regard d'Augusto Fabricio, qui venait de descendre de voiture. Une lumière étrange brillait dans les petits yeux du Guatémaltèque et Nicole le sentit aussi enivré qu'elle. Il sembla comprendre sa pensée et lui sourit, mais détourna vite son regard vers Caana. La pyramide, immense et grise, paraissait animée d'une vie propre.

Nicole avait vu des photographies de Caracol et de sa pyramide, pour la plupart des clichés pris par les archéologues pendant la restauration du site. Le travail réalisé et les résultats étaient incontestablement exceptionnels. Ce lieu envahi par la végétation, dans lequel Caana ressemblait plutôt à une gigantesque montagne de terre qu'à une construction humaine, offrait désormais au visiteur la belle image d'une esplanade tapissée d'herbe verte, soigneusement entretenue, contre laquelle les édifices se détachaient dans toute leur splendeur. Mais entre tous, c'était la pyramide qui captivait le regard de la jeune femme : son sommet semblait lui lancer un appel.

Augusto Fabricio et Julio Rivera étaient en conversation animée avec un homme qui s'était approché d'eux et qu'ils avaient l'air de connaître. Dès qu'ils eurent pris congé de lui, les deux archéologues rejoignirent en hâte Jean et Nicole. La surprise s'affichait sur leurs visages.

— Il est passé, annonça Julio Rivera, tout excité. Guy était ici hier, en milieu de matinée.

— Et il était seul, poursuivit Augusto Fabricio. C'est ce que vient de nous dire Hernández, le responsable du site. Il ignore si quelqu'un l'attendait, parce que Guy est venu le voir dans son bureau, mais il est sûr en revanche qu'il ne s'est rendu qu'au sommet de la pyramide...

— Etait-il blessé ? l'interrompit Jean.

— Hernández a été surpris que nous lui posions la question. Il l'a trouvé comme d'habitude, peut-être un peu énervé. Ils se connaissent depuis longtemps.

— Sait-il ce qu'il est allé faire là-haut ?

— Non. Guy lui a seulement demandé de placer un écriteau pour que les touristes ne montent pas parce qu'il devait vérifier quelques données.

Julio reprit la parole :

— Il est très vexé parce que Guy n'est pas revenu le saluer. Dans le courant de l'après-midi, Hernández est monté lui-même au sommet de Caana et n'a trouvé personne. Il a retiré le panneau.

— Il vient de le remettre, les informa Fabricio avec un sourire. Cette fois, c'est nous qui le lui avons demandé. Il doit croire que nous sommes tous devenus fous.

— Mais Hernández n'a pas fait de commentaire, c'est un vrai professionnel, ajouta Julio.

— Mais personne n'a vu partir Guy ? Il était en voiture tout-terrain ?

— Hernández n'en sait pas plus. Nous n'avons pas voulu insister. Après tout, c'est nous qui devrions être informés.

— Alors ?

— Il nous a demandé vingt minutes pour placer l'écriteau et faire descendre les éventuels visiteurs. En attendant, nous pouvons aller prendre un verre, ils ont ici une cafétéria fort agréable.

Nicole aurait aimé se rendre sans délai au faîte du palais du ciel, mais elle accepta la proposition de bonne grâce.

Le groupe arrivait presque au sommet. Pierre, qui était chargé de la lourde caméra et avait dû s'arrêter à plusieurs reprises pour reprendre son souffle, accompagnait Nicole, Jean et les deux archéologues. Ils firent tous halte à mi-hauteur, au premier palier de la pyramide. Nicole s'accrocha plus fort au bras de Jean, prise de vertige quand elle jeta un coup d'œil vers le bas. Il n'allait pas être commode de redescendre ces marches escarpées.

A leur arrivée, elle préféra ne pas réitérer et se concentrer sur le spectacle de la vaste esplanade située au sommet de Caana. A l'exception du sud, par où ils étaient arrivés, trois constructions marquaient les points cardinaux. La jeune femme eut à nouveau la sensation de connaître les lieux, en particulier la partie centrale érigée au nord, qui dominait les deux autres. Un escalier de pierre s'élevait en son milieu, qui semblait n'avoir d'autre finalité que de rapprocher davantage du ciel. De part et d'autre se trouvaient deux petits édifices fermés. La transcription des inscriptions de Naranjo par Julio et Augusto ne faisait que le confirmer : la porte sombre du bâtiment de droite exerçait sur Nicole un irrésistible attrait.

Pierre avait mis la caméra en route et branché le projecteur : l'intérieur de la pièce était donc entièrement illuminé quand ils y pénétrèrent. Le seul signe remarquable était une inscription en mauvais état sur le mur du fond. L'égyptologue ne reconnut pas immédiatement le signe, puis les battements de son cœur s'accélérèrent : en dépit de légères différences, c'était celui qu'ils avaient vu dans l'oratoire.

— C'est le glyphe de Hun Cimil, dit Julio d'une voix étranglée. Les dieux nous sont tous apparus, un à un. Il est le troisième et le dernier.

Une fois passé le moment d'émotion, Nicole prit un air détaché pour regarder Jean. La seule chose qui s'offrait à leur contemplation était un sol couvert de larges dalles et des murs solides.

Hormis cela, rien.

27

Entre Caracol et Naranjo

– an 628 de notre ère –

Ils avançaient à cadence accélérée, les corps entraînés des guerriers poussés au maximum de leurs capacités. La prudence aurait conseillé une marche plus lente, l'envoi d'éclaireurs au-devant de la troupe et de guetteurs pour prévenir d'éventuelles embuscades, mais l'effet de surprise était leur meilleure arme, comme l'avait souligné le roi avant leur départ. L'armée de Naranjo n'était ni plus nombreuse ni mieux entraînée, mais à coup sûr mieux équipée car Teotihuacán lui fournissait l'obsidienne. Les Toltèques commerçaient avec tous les royaumes mayas, mais, étant en l'occurrence alliés à Tikal, ils considéraient Caracol comme leur ennemi.

Trois personnes seulement connaissaient le véritable atout de Caracol : le roi K'an II, Chauve-Souris Blanche et Balam. Même Ulil ignorait que la grande chauve-souris blanche s'était élevée au-dessus de la forêt et qu'à l'aube le roi s'était entretenu avec le *halach winik*. Le chef militaire avait reçu des instructions très fermes :

« C'est toi qui commandes et qui prends les décisions, mais Balam t'indiquera parfois le chemin que doit suivre la colonne. Ne discute pas ses choix et agis comme si l'ordre venait de moi. Il sait des choses que tu ignores. »

Ulil, impassible, s'était contenté d'incliner la tête.

A présent, le champion de l'ordre du Chacal marchait d'un pas ferme et rapide à la tête de ses troupes. Rien, dans son allure, ne trahissait son âge. Balam allait à ses côtés, attentif à la possible apparition de Chauve-Souris Blanche, bien qu'il fût encore tôt. Derrière eux, les guerriers progressaient en colonne. Prévoyant que la campagne serait brève, Ulil avait allégé au maximum leur fourniment individuel : quelques provisions de bouche, un bouclier et les armes personnelles. La compagnie était formée de lanciers, d'archers et de soldats équipés d'une masse d'armes ou d'un gourdin. Tous portaient un poignard à la ceinture pour les affrontements au corps à corps. Dans chaque section, commandée par le champion d'un ordre militaire, les hommes, regroupés par vingt, avaient à leur tête un officier. Ils étaient six cents à avancer sous les frondaisons et la colonne s'étirait loin derrière en raison de l'exiguïté du sentier. Les animaux de la forêt, apeurés par cette formation insolite, fuyaient sur leur passage.

Ulil ordonna de monter le camp avant la nuit noire. Il était satisfait du chemin parcouru et souhaitait que ses hommes prennent un peu de repos. Ils devraient s'éveiller d'ici quelques heures pour donner le meilleur d'eux-mêmes.

Quand il fit tout à fait nuit, dans la mince clarté d'un rayon de lune perçant le couvert, Chauve-Souris Blanche vint rendre visite à Balam. Il se posa sur une branche et émit un sifflement étouffé pour attirer son attention. Puis, voyant que son disciple l'avait remarqué, il s'enfonça de nouveau dans l'obscurité pour le retrouver peu après dans une clairière proche, à l'abri des regards indiscrets.

Déchiffrant les signes dont ils étaient convenus le matin même, Balam comprit que la voie était libre et qu'aucun guerrier de Naranjo ne venait à leur rencontre. Cela correspondait à leurs prévisions : ils s'attendaient à l'affrontement le lendemain. Lumière Noire avait alerté son père, le roi Grand Scorpion, et les troupes de Naranjo étaient sur le qui-vive, même si nul ne connaissait les intentions de Caracol.

Chauve-Souris Blanche raccompagna Balam au campement improvisé. Il s'installa discrètement au faîte d'un arbre pour dormir. Le lendemain, avant le lever du jour, l'étrange animal au pelage clair s'échappa dans le ciel encore sombre.

Les troupes de Caracol marchaient depuis plus de trois heures quand la grande chauve-souris traversa le chemin en sifflant. Elle était si près de la tête de la colonne que Balam ne pouvait pas la manquer. Il ordonna à Ulil d'arrêter la marche et avança seul sur le sentier, disparaissant dans le virage le plus proche. Il ne put s'empêcher d'admirer l'aveugle obéissance du chef militaire à son roi : Ulil n'avait posé aucune question et, s'il avait été surpris par l'irruption de l'animal, n'en avait rien laissé paraître.

La chauve-souris expliqua à Balam ce qu'elle avait vu en agitant ses ailes et en dessinant sur le sol avec son museau. Balam répétait à haute voix la transcription de ces signes et l'animal acquiesçait d'un hochement de tête. Quand le jeune homme exposa finalement le plan à suivre, Chauve-Souris Blanche fit un signe d'assentiment. Dans les étranges yeux fixés sur lui, Balam eut l'impression de lire l'expression d'une profonde tendresse.

Le plan d'attaque était simple : quand le *halach winik* aurait repéré les guetteurs et les troupes ennemies, une petite partie des soldats devrait se détacher du groupe et se porter à sa rencontre. Elle devait se montrer ouvertement afin que l'ennemi sous-évalue le nombre de guerriers. Pendant ce temps, le gros des troupes rebrousserait chemin et, en empruntant un itinéraire que lui indiquerait Chauve-Souris Blanche, arriverait à Naranjo par le nord-est en prenant garde de ne pas se faire voir. Les troupes envoyées en avant comme leurre ne livreraient pas combat mais, au contraire, donneraient l'impression de battre en retraite. Elles devaient attirer l'ennemi hors de la ville.

Ulil écouta attentivement Balam et donna des ordres à ses quatre lieutenants. Peu après, un groupe de soixante-dix hommes poursuivit sa marche sur le sentier vers Naranjo tandis que les autres s'éloignaient en se frayant un chemin vers la droite. Ces soldats ne sauraient jamais que leur guide était une grande chauve-souris blanche.

Le gros des troupes commandé par Ulil dut s'arrêter à deux reprises tandis que Balam attendait les instructions de Chauve-Souris Blanche, mais leur avancée inexorable se poursuivit sans encombre jusqu'à Naranjo. Aucun observateur ne put donner l'alerte car le grand chiroptère était parvenu à maintenir les soldats hors de leur champ de vision.

Peu à peu, la végétation dense laissa la place à des zones défrichées pour les cultures : les troupes approchaient de la ville. Quelques champs étaient en jachère, mais dans d'autres les soldats virent des hommes et des femmes s'enfuir à leur approche ; d'autres se contentèrent de les observer, résignés à une domination qui au fond ne changerait pas leur destinée.

Balam n'avait eu l'occasion de visiter Naranjo qu'une seule fois, trois ans plus tôt, à l'occasion d'une expédition commerciale. Chauve-Souris Blanche ayant décidé que ses disciples devaient connaître d'autres lieux, il s'y était rendu en compagnie de Héron Bleu et de Chalmek. Il n'en avait gardé qu'un souvenir confus, mais se réjouissait à présent que la cité ne lui soit pas tout à fait étrangère.

Les soldats de Caracol s'élancèrent au pas de course vers la grande place centrale où se dressait le palais royal. La consigne était claire : une fois le palais et ses dépendances investis, la cité de Naranjo serait à eux.

Quelques instants plus tôt, Ulil avait accordé un dernier repos à ses hommes et s'était réuni avec ses lieutenants. A l'aide d'une branche d'arbre, il avait dessiné sur le sol la mission de chacun. Tous devaient bien connaître la ville car ils ne posèrent pas de questions sur les itinéraires à suivre. Les troupes formaient une pince qui se refermerait sur l'objectif. Un tiers des effectifs restait en réserve, sur le pied de guerre, prêt à venir en renfort si nécessaire.

Le premier signe de résistance apparut quand, au-dessus de la colonne d'Ulil, où se trouvait Balam, le sifflement des flèches se fit entendre. Brandissant leurs boucliers, les hommes s'accroupirent. Beaucoup ne comprirent pas d'où venait l'attaque. On entendit les projectiles s'abattre sur eux, parfois suivis d'un cri de douleur.

Imperturbable, Ulil désigna le lieu d'où venait l'offensive, un bâtiment élevé qui devait faire office de caserne, et cria ses ordres d'une voix de stentor.

Un groupe d'archers se mit en position pour contrer l'attaque tandis que les autres soldats, au commandement d'Ulil et des chefs les plus proches, continuaient leur chemin vers l'objectif.

C'était la décision à prendre, car l'ennemi cherchait à gagner du temps pour permettre à ses troupes d'organiser la défense de l'acropole. L'issue était de toute façon certaine dès le moment où Ulil avait pénétré dans la ville avec ses hommes, puisque le gros des troupes de Grand Scorpion était occupé à poursuivre des fantômes dans la forêt. Les soldats de la garde royale restés dans la cité, bien qu'ils fussent les mieux entraînés de son armée, ne pouvaient résister très longtemps.

La tenaille se referma sur l'acropole et la résistance ne fut que symbolique. Quand les assiégés virent arriver par les rues qui convergeaient vers la place les soldats jusque-là cantonnés en arrière-garde, l'évidence de leur supériorité en nombre apparut.

Le commandant de Naranjo ordonna l'arrêt des hostilités et annonça sa reddition.

Ulil fit à son tour cesser l'attaque. Il avança à découvert vers les positions ennemies. Un silence admiratif se fit des deux côtés lorsque le valeureux commandant se dressa seul sur l'esplanade, superbe et puissant dans son costume de champion de l'ordre du Chacal.

Quelques instants plus tard, une silhouette se détacha au sommet du grand escalier. L'homme était aussi de stature imposante et bien charpenté. Les couleurs qu'il arborait et son flamboyant panache étaient ceux de l'ordre du Jaguar. Il avait dégainé son épée au fil généreusement garni d'obsidienne.

Ulil attendit, immobile, les bras croisés, que son ennemi parvienne jusqu'à lui. Dans le silence absolu, chacun put entendre les mots que prononça le guerrier de Naranjo en lui tendant son épée :

— Tu as vaincu avec honneur. Nous nous sommes déjà rencontrés, Ulil, en des situations moins graves. Prends mon épée et dispose de ma vie puisque les dieux l'ordonnent ainsi.

Ulil prit l'arme que l'autre lui tendait par le fil et la considéra un moment. Puis ses yeux cherchèrent ceux de l'homme qui lui faisait face. Les visages des deux colosses semblaient taillés dans la pierre.

— Oui, Faucon, nous nous connaissons et nous nous respectons. Le Jaguar a même affronté le Chacal dans des tournois qui nous ont opposés. Rien n'est plus douloureux pour un guerrier que d'accepter la défaite, mais tu l'as fait avec sagesse, en privilégiant la vie de tes hommes à ton orgueil. Votre résistance n'aurait fait que davantage de morts.

Ulil esquissa un sourire et rendit l'épée à son propriétaire en le saluant d'un léger hochement de tête.

— Crois-moi, Coz, tant que les dieux t'accordent la vie, tu seras plus utile ici que dans le royaume des morts.

Balam n'aurait pas su dire si les premiers cris de joie s'élevèrent dans le camp ennemi ou dans le sien. Ou même s'ils le firent dans son propre cœur. Soudain, de la vaste place de l'acropole s'éleva une grande clameur pour saluer les deux hommes et la fin d'un conflit qui avait laissé bien plus de vainqueurs que de vaincus.

Sur une terrasse de l'acropole, Balam contemplait le coucher du soleil. Il était plongé dans une profonde méditation et son âme débordait de la mélancolie qu'irradiait l'astre en disparaissant derrière le moutonnement des arbres.

Fleur n'était pas dans la ville. Pas plus que Grand Scorpion, Lumière Noire ou les princes de la famille royale. Seules les femmes étaient restées dans leurs appartements et les hauts dignitaires de la cour avaient été mis en sûreté dans des dépendances du palais.

Coz les informa, avec un soupçon de mépris dans la voix, que le souverain avait quitté la ville en compagnie de quelques personnes et d'une escorte de guerriers de la garde royale quelques heures avant l'attaque des troupes de Caracol.

— Ce n'est pas la première fois que Grand Scorpion a de telles intuitions. A croire qu'il a des informateurs parmi les dieux... ou dans l'inframonde. Personnellement, il ne m'a pas donné d'explications, mais il a déclaré à l'Homme de la Vara Alta que son voyage était prévu de longue date. Il lui a confié la ville en lui commandant de combattre vos guerriers s'ils apparaissaient, mais sans lui expliquer les raisons que vous auriez pu avoir de nous attaquer. Il n'a informé personne de sa destination. Et, croyez-moi, je ne saurais vous en dire plus... Oui, la femme dont tu parles est partie avec eux, confirma-t-il à l'intention de Balam.

L'Homme de la Vara Alta ne put rien ajouter à cela. C'était un homme déjà âgé qui semblait plus préoccupé de son sort immédiat que de son honneur. Mais personne ne douta de la destination des fuyards : la ville de Tikal. Ulil le confirma :

— Le roi ne peut avoir d'autre objectif. Des messagers ont déjà dû l'informer que Naranjo est entre nos mains. Il tentera sans doute d'impliquer Tikal et de demander à Crâne d'Animal d'envoyer son armée pour lui restituer sa ville.

— A-t-il des chances d'y parvenir ?

— Qui sait... Nous savons que Crâne d'Animal est vieux et malade, ce qui n'encourage pas à penser qu'il se lancerait dans une opération guerrière. Mais il peut la commanditer. Je crois pourtant que Calakmul l'en dissuadera. J'ai fait en sorte que son roi soit informé de notre victoire.

Balam acquiesça. Chauve-Souris Blanche lui avait dit, avant de s'envoler pour Naranjo dans le corps de la chauve-souris, que des messagers étaient partis la veille pour Calakmul informer la cité des événements qui se préparaient. K'an II avait lui-même dicté le message. Les relations entre Tikal et Calakmul s'étaient un peu envenimées depuis quelques décennies, mais les deux cités se respectaient et il était peu probable que l'une ou l'autre déclenche les hostilités sans être directement concernée.

— Et je sais que tu ne le permettrais pas, mon amour… murmura Balam tandis que le soleil finissait de sombrer.

L'image de Fleur l'avait accompagné dans sa contemplation du soleil couchant et sa solitude n'en avait été que plus douloureuse. Il aurait tant aimé que Héron Bleu soit à ses côtés, et Chalmek… et il aurait aimé entendre leurs encouragements. Il sourit en se souvenant de la prophétie de la jeune fille, qui les voyait unis, Fleur et lui, et il implora les dieux de faire qu'elle se réalise, très vite.

Son maître aussi lui manquait. Il aurait su le conseiller et lui redonner l'assurance qui lui faisait défaut. Il tenta d'évoquer Chauve-Souris Blanche et l'imagina de retour à Caracol, ayant retrouvé sa forme humaine, informant son roi et s'apprêtant à prendre un repos mérité. Car personne n'avait travaillé avec autant d'acharnement que lui depuis le premier jour de cette nouvelle année… qui semblait déjà si lointain.

Une heure plus tôt, Balam avait été témoin du retour des soldats de Naranjo lancés aux aurores à la poursuite d'un ennemi introuvable. Ils étaient nombreux et le jeune homme ne put s'empêcher de penser à la catastrophe qu'aurait pu provoquer un affrontement.

Les troupes défilèrent dans la ville avec leurs armes en berne en signe de soumission, mais les formations marchaient en rangs serrés pour sauvegarder leur honneur.

La population de Naranjo, qui s'était éclipsée à l'entrée des troupes d'Ulil, commença peu à peu à se montrer. A la tombée du jour, une foule compacte se pressait aux environs de l'acropole pour grappiller des informations.

Balam quitta son perchoir à la nuit et se dirigea vers l'appartement qu'on lui avait réservé. Il voulait se coucher tôt et profiter de quelques heures de sommeil car il avait décidé de partir au lever du soleil le lendemain. Il en avait informé Ulil par respect pour lui, mais rien ni personne n'aurait pu le dissuader de s'en aller.

Il irait à Tikal, car là se trouvait Fleur.

28

Pyramide de Caana, Caracol

– an 2001 de notre ère –

Un silence absolu régnait dans la chambre de la pyramide, troublé par le seul ronronnement de la caméra, que Pierre éteignit très vite. Chacun observait les murailles, cherchant autour de lui une réponse que les murs nus n'avaient pas l'air de vouloir fournir. Augusto Fabricio passa un moment à palper les contours du glyphe représentant le dieu de l'inframonde, puis il se détourna.

La voix de Jean sembla déplacée dans cette ambiance solennelle :

— Il faut se souvenir des chiffres. Vous pensiez qu'ils renfermaient la solution...

— Oui : 9-11, 10-14, puis 3-11, 3-14...

Nicole les avait invoqués comme une litanie.

— J'ai beaucoup pensé à cette combinaison et la seule chose que j'aie trouvée, c'est que le 11 et le 14 reviennent en deuxième partie... Je suppose que vous l'aviez tous remarqué !

— Ces chiffres n'auraient-ils pas quelque chose à voir avec le nombre de marches ?

Pierre n'avait pas pour habitude de se mêler de la conversation, mais il le faisait cette fois avec assurance. La pénible ascension avait dû graver dans son esprit l'interminable séquence des marches.

Fabricio essuya la sueur de son front avec son mouchoir.

— Je ne vois pas comment… Il y en a quatre-vingt-dix-neuf en tout, si je me souviens bien, et on pourrait dire que cela correspond au premier couple de chiffres : neuf fois onze… mais cela ne rime à rien.

— D'autant que les inscriptions de l'escalier font référence à la chambre où nous nous trouvons et pas aux escaliers de la pyramide, ajouta Julio Rivera.

— Mais il pourrait bien y avoir quand même un rapport, intervint Nicole. Peut-être que ce chiffre, 99, n'est pas dû au hasard.

Le silence envahit de nouveau la pièce. Le soleil, haut dans le ciel, n'éclairait pas beaucoup, suffisamment toutefois pour que l'on distingue clairement les détails de la petite chambre : un plafond de stuc, trois murs, l'un d'eux portant une inscription gravée au centre, une entrée donnant sur l'esplanade située au sommet de la pyramide et un sol dallé. Le tout en piteux état et abandonné depuis plus de mille ans.

Nicole étudia le sol en se souvenant qu'on avait retrouvé une chambre souterraine dans la pièce voisine. Le joint entre les dalles rectangulaires était à peine visible. Est-ce qu'ils devraient les soulever ? Pour cela, il faudrait des autorisations et des arguments convaincants. Et du temps, beaucoup de temps.

Soudain, tout s'accéléra. Nicole reporta son attention sur le sol, qu'elle avait jusque-là passé en revue presque inconsciemment. Elle recompta et trouva bien onze dalles entre l'entrée et le fond de la pièce. Elle se mit à compter avec nervosité le nombre de dalles entre le mur de gauche et celui de droite : elle le faisait en posant le pied sur les carreaux un à un, car ses compagnons lui masquaient la vue. Lorsqu'elle arriva au bout, elle respira à fond. Il y en avait quatorze !

— Elles forment un rectangle de onze par quatorze !

Sa voix sonnait plus aiguë que d'habitude.

— Les dalles ! ajouta-t-elle, voyant que les quatre hommes n'avaient pas compris.

Tous les yeux se baissèrent et l'archéologue guatémaltèque fit même un pas en arrière, comme par peur de fouler le sol.

— Des coordonnées ! s'exclama Jean avec enthousiasme. 9-11, 10-14 pourraient signaler une dalle, et 3-11, 3-14 une autre. Bon... c'est peut-être une conclusion hâtive...

— Mais c'est aussi une piste. Nous en tenons au moins une, et qui fait sens, se réjouit Augusto Fabricio.

— Par où commençons-nous à compter ? demanda Nicole. Les Mayas écrivent comme nous, n'est-ce pas, de gauche à droite ? Voilà pour les quatorze, mais pour les onze... est-ce que nous commençons par la porte ou par le mur du fond ?

— Par la porte sans doute, répondit Julio Rivera en cherchant l'assentiment de son collègue guatémaltèque. Dans la numération, les Mayas commencent par le bas.

— Alors, allons-y, celle-ci serait le 1 ! souffla Nicole, qui se trouvait dans l'angle inférieur gauche de la pièce.

Mais l'euphorie initiale s'effaça, quelque instants plus tard. Aucune différence notoire n'apparaissait, le résultat était le même si l'on prenait les trois angles comme point de départ et ils ne voyaient aucun moyen de soulever les dalles, pas le moindre interstice où glisser un levier.

Julio Rivera considéra les deux premiers carreaux isolés en premier.

— On dirait que les joints sont plus propres...

Mais personne ne savait plus s'il en allait vraiment ainsi ou si Rivera cherchait seulement à s'en persuader.

Nicole finit par sortir pour aller s'asseoir sur l'escalier situé entre les deux chambres de la pyramide. Jean vint la rejoindre peu après. De ce promontoire, ils bénéficiaient d'une vue superbe sur le sud et sur les ruines de Caracol à leurs pieds, bien délimitées par un cadre de végétation luxuriante.

La jeune femme profitait du magnifique spectacle, mais son front plissé trahissait ses préoccupations.

— J'ai la même sensation que quand une idée, un souvenir ou un mot est sur le point d'émerger mais demeure en suspens. Il y a quelque chose qui m'échappe... mais qui est là et reste sur le bout de ma langue...

— Cela va venir, ne t'inquiète pas, dit Jean en la prenant doucement par la taille. Nous sommes ici et il semble bien que les inscriptions de l'escalier de Naranjo ne pouvaient pas désigner d'autre lieu.

— Les inscriptions... Nous nous sommes peut-être emballés un peu tôt. Nous étions nerveux à cause de l'affaire de Guy et nous étions pressés... Tu te souviens ? Le dessin montrait le petit bâtiment et les deux portes, une silhouette agenouillée devant l'entrée de droite, les quatre couples de chiffres. Ensuite, il y avait d'autres signes gravés sur l'escalier, mais Augusto et Julio nous ont dit qu'ils faisaient allusion à des événements concrets, à la commémoration d'une victoire militaire ou quelque chose comme ça. Mais le dernier dessin, celui qui venait après la combinaison de chiffres, est-ce que tu t'en souviens ?

— Vaguement... Il me semble qu'il y avait des personnages...

— Oui, deux personnes debout. Je m'en souviens bien, elles regardaient devant elles, vers nous.

— Et alors ? Cela ne nous apprend rien... Ou bien...

Le ton de Jean avait changé, à la vue d'un éclat soudain dans le regard de Nicole.

— Jean, elles n'étaient pas sur le même plan ! Je ne m'en étais pas rendu compte, une silhouette apparaissait en avant et... le sol n'était pas lisse mais quadrillé !

— Dallé ? Est-ce que tu insinuerais que...

— Oui, j'insinue ! Peut-être que c'est une bêtise, mais il faut absolument vérifier !

Nicole s'était levée et avait rejoint les autres. Elle sembla les jauger, puis son regard s'arrêta sur le Guatémaltèque, qui venait de sortir de la chambre.

— Augusto, voulez-vous me faire une faveur ? Placez-vous sur la première dalle, celle que nous avons nommée 3-3. Voilà. Les autres, merci de rester où vous êtes et ne vous moquez pas si rien ne se passe. Et vous, Pierre, ne filmez surtout pas.

Le technicien lui répondit par un sourire, mais en entrant dans la pièce elle remarqua qu'il chargeait sa caméra sur son épaule. Quant à Augusto, il attendait bras croisés, en position sur la dalle, l'air amusé.

Nicole alla se placer sur la dalle 9-10 et se retourna. Elle constata que Pierre filmait et que Jean et Julio avaient les yeux fixés sur elle.

Au début, il ne se passa rien, mais on entendit bientôt une rumeur sourde. La jeune femme sentait que quelque chose se passait en dessous, semblant provenir de l'intérieur de la pyramide.

Tout à coup, le sol céda sous ses pieds. Le mouvement était lent et l'archéologue faillit rejoindre d'un bond la terre ferme. Puis elle vit que la dalle sur laquelle se tenait Augusto s'enfonçait également. Il gardait les bras croisés, mais son regard stupéfait était rivé sur ses pieds.

— Du calme, ne bougez surtout pas ! dit Nicole en voyant que Jean et Julio s'apprêtaient à les rejoindre.

Elle craignait que leur irruption ne mette fin au phénomène. Pierre filmait toujours.

Les deux dalles continuaient de s'abaisser. Le visage de Nicole se trouva bientôt à la hauteur du sol tandis que son corps s'était enfoncé dans la pénombre. La luminosité était suffisante pour distinguer une cavité à l'intérieur de la pyramide.

— Merci d'avoir patienté, Augusto.

Nicole avait murmuré ces mots pendant que leurs corps disparaissaient à la vue de ceux qui se trouvaient à l'extérieur. Quelques secondes plus tard, les dalles s'immobilisèrent en crissant. Puis ils entendirent la voix de Jean, et Nicole aperçut son visage par l'une des cavités.

— Nicole, Augusto, ça va ?

— Oui, oui, répondit Nicole d'une voix un peu cassée. Nous allons vous dire ce que nous voyons...

— J'espère que ce seront des choses merveilleuses, fit à voix basse son compagnon.

Nicole sourit en cherchant sa lampe de poche. Le Guatémaltèque avait été plus prompt à allumer la sienne.

Les deux dalles étaient maintenant immobiles, légèrement au-dessus du sol irrégulier. Ils découvrirent une pièce un peu plus spacieuse que celle du haut. Tous deux mirent pied à terre en balayant l'espace qui les entourait du faisceau lumineux de leurs lampes.

Libérées du poids des archéologues, les dalles se mirent à remonter. Nicole tenta de bloquer le mouvement, comprit vite que c'était inutile. Les deux rectangles de lumière disparurent très vite. Ils entendirent la voix de Jean, lointaine bien qu'il fût évident qu'il criait :

— Tout va bien ? Vous m'entendez ?

Nicole se força à élever la voix pour le rassurer.

— Oui. Tout va bien.

Les deux lampes éclairaient à présent les cylindres de pierre qui avaient servi de support aux dalles.

— C'est extraordinaire, s'extasia Fabricio en caressant la surface minérale. Un système de pistons mû par la pression...

— Je dirais plutôt un système de contrepoids.

La voix était venue de derrière. Nicole poussa un cri, mais reconnut dans le même temps un accent familier.

— Guy ? interrogea-t-elle en se retournant pour scruter l'obscurité.

Une silhouette masculine apparut derrière une colonne. L'homme alluma lui aussi sa lampe et la dirigea vers son visage. Dans ce jeu d'ombres et de lumières, il avait l'air diabolique, mais Nicole et Augusto n'eurent pas le moindre doute sur son identité.

Ils avaient craint pour sa vie et le retrouvaient ici, sans blessure apparente. Guy Lalande se permit même d'esquisser un sourire torve.

— Vous m'avez fait attendre. J'étais certain que vous finiriez par arriver. Trois grands esprits ne pouvaient pas manquer de trouver ce que j'ai deviné seul sans trop de peine. Mieux vaut prévenir les autres que le système prend plus de trente minutes à se remettre en place et qu'il est donc inutile qu'ils tentent de descendre avant.

— Mais, Guy, répliqua Nicole, comment allez-vous ? Et vos ravisseurs ? Comment êtes-vous arrivé jusqu'ici ?

Le Français éteignit sa lampe.

— Bien, je suppose que je vous dois une explication. Asseyez-vous, je vous en prie, nous n'avons rien de mieux à faire pour l'instant.

— Mais… le masque ?

— Il n'y a rien dans cette pièce, Augusto, si c'est là le sens de ta question. Vous pouvez vous en assurer par vous-mêmes.

Le Français extirpa de son sac à dos posé derrière la colonne une lampe à gaz qu'il alluma. C'était l'une de celles qu'ils utilisaient la nuit dans le campement.

— Vous pouvez éteindre vos lampes de poche.

La lumière blanche n'était pas très forte mais permettait de se faire une idée du lieu. La pièce était rectangulaire, plus grande que celle du haut. Les éléments visibles étaient les deux cylindres qui servaient d'appui aux dalles. Contre les murs s'élevaient d'autres colonnes qui complétaient peut-être le système mécanique et, adossé au mur septentrional, se trouvait une sorte d'autel, ou de console, surmonté d'inscriptions gravées.

Guy Lalande alluma de nouveau sa torche et la braqua sur le mur de gauche.

— Dans ces rainures, on peut observer une partie du système qui actionne les dalles. Vous pouvez y voir des disques de pierre qui reviennent lentement en place. Tant qu'ils n'auront pas fini leur course, les carreaux du haut ne bougeront pas. Dites à ceux d'en haut de prendre un café en attendant… Mais il vaut mieux ne pas leur parler de moi pour le moment !

A la remarque ironique de l'archéologue, Nicole et Augusto échangèrent un regard de connivence. Forçant sa voix au maximum, Augusto Fabricio se chargea de transmettre le message à ceux d'en haut.

— Guy, comment as-tu pu descendre ? Il faut deux personnes, n'est-ce pas ?

— Et de même poids, qui plus est.

Il considéra le petit Guatémaltèque avec un demi-sourire.

— Tu es assis sur mes compagnons de voyage. J'ai eu la chance de trouver deux grosses pierres au sommet de la pyramide et je n'ai pas eu à redescendre !

Le ton ironique dont Guy ne se départait plus intrigua Nicole. Elle le savait orgueilleux et d'un caractère difficile, mais sentit que son assurance n'était que de façade.

— Et... vos ravisseurs ?

— Vous avez donc trouvé leur billet ? Ils m'ont dit qu'ils en avaient laissé un. Ils m'ont conduit à Caracol et ils surveillent la pyramide jour et nuit. Ils m'ont affirmé qu'ils me rechercheraient et me tueraient si je tentais d'emporter le masque, ou même de m'enfuir.

— Ils savent donc que nous sommes ici... La nouvelle ne doit certainement pas les réjouir. Qui sont-ils ?

— Je n'en suis pas très sûr. Je suppose qu'ils travaillent pour Florencio Sánchez.

Augusto Fabricio intervint :

— Mais tu viens de passer un jour entier ici, n'est-ce pas, mon ami ? Ils doivent croire que tu es mort ou que tu t'es enfui.

— Je n'en sais rien. Il est difficile de savoir ce que pensent ces gens-là. Je me suis dit qu'en ôtant les maudites pierres les dalles remonteraient, mais elles l'ont fait sans mon aide.

— Il y a une chose que je ne comprends pas.

Nicole avait volontairement adopté un ton accusateur.

— Ils vous ont séquestré en pleine nuit et nous n'avions pas vu l'escalier ni les inscriptions. Ou bien, vous êtes allé les voir seul ? Et puis, comment ont-ils su que vous étiez parvenu à déchiffrer le message ?

Guy prit le temps de la réflexion, soupesant sa réponse.

— Je suis effectivement allé voir les inscriptions pendant que vous dormiez et j'ai compris la destination qu'elles indiquaient. Quand je suis retourné au campement, il m'a semblé entendre une voix dans les fourrés et j'ai été piqué par la curiosité. J'ai surpris Jorge dans une petite clairière, avec la radio mobile. Je ne comprends pas bien l'espagnol, mais j'ai su qu'il parlait du masque. C'est à ce moment que deux personnes se sont emparées de moi par-derrière et m'ont conduit jusqu'à lui. Jorge m'a traduit leur commentaire : ils m'avaient aperçu près de l'escalier et m'avaient suivi. Quand ils ont vu que j'espionnais leur chef, ils m'ont fait prisonnier.

Nicole sentait confusément que son compatriote lui cachait quelque chose. Il continuait :

— Jorge a compris que je l'avais démasqué et qu'il ne pouvait plus me relâcher. Il a également eu l'intuition que je connaissais la prochaine destination. Il m'a donc obligé à les suivre.

L'archéologue fit un signe explicite de la main. Il était temps de passer à l'observation.

— Je pense que vous préférerez vous rendre compte par vous-mêmes. Regardez partout. Y compris dans mon sac à dos, si vous pensez que j'ai pu y cacher le masque…

De nouveau sur la défensive, pensa Nicole. Il n'a pas fait la moindre allusion au sang dans la clairière.

Je jurerais qu'il cache quelque chose, mais nous verrons ça plus tard. Pour le moment, l'important c'est le masque, et il n'est pas ici : je le crois au moins sur ce point.

Elle alluma sa lampe de poche et se dirigea vers le petit autel. Elle se dit que quelque chose l'attirait dans cette direction et, l'instant d'après, qu'il n'y avait là rien que de très normal, puisque c'était le seul élément, en dehors des colonnes, à rompre la monotonie de cette pièce obscure où ils se trouvaient pour l'heure enfermés.

29

Tikal

– an 628 de notre ère –

Balam arriva à Tikal au crépuscule. Etait-ce parce qu'il connaissait déjà la ville ou parce que son esprit était torturé par de sombres pensées, toujours est-il qu'elle l'impressionna moins que la première fois qu'il l'avait découverte, lorsqu'il accompagnait le fils de K'an II et qu'il avait rencontré Fleur. Il fut cependant submergé d'émotion à la vue de la grande place et une douleur le saisit face à la porte du palais où était apparue la belle princesse.

Bien qu'il ait insisté pour voyager seul, Ulil lui avait imposé une escorte de deux soldats. Tous trois allaient vêtus de costumes de paysans et dissimulaient des dagues effilées sous leurs vêtements. Balam avait eu le temps de réfléchir pendant ce long trajet et devait se l'avouer : c'était une folie. Il était évident que la princesse Fleur ne courait aucun risque dans sa propre ville, et qu'il mettait en péril sa vie et celle des hommes qui l'accompagnaient.

Il s'en voulut de son manque de sang-froid et regretta que Chauve-Souris Blanche ne se soit pas trouvé à Naranjo la veille. Le *halach winik* imposait rarement ses opinions et laissait chacun libre de ses décisions. Mais il était toujours disposé à fournir un conseil quand on le lui demandait, et surtout, d'un simple regard ou d'un commentaire, il pouvait faire pencher la balance quand le doute s'installait. Son maître lui aurait certainement ôté cette idée absurde de la tête.

Mais Balam était à présent dans la ville, en territoire dangereux, et il lui fallait trouver un moyen de s'approcher de celle qu'il aimait. Dans ses rêveries, ils étaient en tête à tête, dans les bras l'un de l'autre, et il baisait les lèvres de la princesse et lui murmurant des mots doux à l'oreille.

Il décida de faire le tour des fortifications pour trouver un moyen d'entrer et demanda à ses compagnons de s'éloigner pour ne pas attirer l'attention. Il était en train de se dire qu'il pourrait peut-être s'approcher des gardes qui surveillaient les entrées et leur expliquer qu'il avait un message pour la princesse quand, à l'angle d'une rue, comme si les dieux avaient écouté ses prières, il se trouva nez à nez avec Antilope Grise, la fidèle demoiselle de compagnie de Fleur. La servante ne put retenir un cri de surprise, mais le jeune homme plaça son doigt sur sa bouche et lui sourit.

— Oui, c'est moi, Antilope Grise, et j'ai besoin de ton aide.

La jeune fille avait déjà servi de messager entre la princesse et lui ou veillé à ce que personne ne vienne les déranger. Balam l'appréciait et avait confiance en elle. Elle ne manifesta d'étonnement ni à sa demande ni à son accoutrement.

— Attends-moi ici quand il fera nuit. Je te conduirai à ma maîtresse. On ne te posera pas de questions si tu m'accompagnes.

Balam eut envie de la serrer dans ses bras mais se contenta de lui sourire et de se féliciter de sa bonne étoile. Il allait se retrouver seul avec Fleur et cette folie aurait donc valu la peine.

Il retrouva ses compagnons pour leur annoncer qu'il avait trouvé un moyen d'entrer au palais.

— Ne vous inquiétez pas si je tarde à revenir. Allez dormir dans la clairière que nous avons vue en dehors de la ville, je pourrai ainsi vous retrouver si besoin, et sinon je vous y rejoindrai demain, à la première heure. Gardez mon poignard.

Sur ces mots, anticipant de tous ses sens sa rencontre avec la princesse, Balam se rendit au rendez-vous avec Antilope Grise.

Ils venaient de pénétrer dans l'enceinte du palais et, comme annoncé par Antilope Grise, les gardes n'avaient pas bronché. Elle marchait quelques pas en avant et lui la suivait, transportant un grand panier recouvert d'un linge comme s'il était un domestique. Le jeune homme gardait les yeux baissés et feignait l'indifférence tandis que son cœur cognait violemment dans sa poitrine.

Ils traversèrent un patio, entrèrent par une arcade dans une galerie. Ils n'avaient croisé personne bien qu'on entendît des rumeurs de voix derrière les rideaux tendus devant les portes. Ils devaient se trouver dans une zone administrative du palais.

Alors que le couloir tournait à angle droit, Balam remarqua qu'Antilope Grise accélérait le pas. Elle n'était qu'à quelques mètres de lui, mais il ne put rien faire pour la rattraper. Deux soldats soudain sortis de nulle part lui barrèrent le passage, leurs épées à nu pointées sur sa poitrine. Il voulut d'abord attirer l'attention de la jeune fille, mais comprit dans l'instant que c'était elle qui l'avait mis entre les mains de ceux qui le menaçaient à présent.

Il ouvrit la bouche, cherchant une excuse qui puisse justifier sa présence en ces lieux, mais se tut. La silhouette de quelqu'un qu'il connaissait bien venait de s'encadrer dans la porte.

Lumière Noire le détailla des pieds à la tête. Balam se souvenait de la froideur de ces yeux qui semblaient ignorer le rire, mais ce qu'il y découvrait aujourd'hui le glaça d'effroi. Le fils de Grand Scorpion déversait sur lui une telle haine qu'il crut en sentir le contact physique sur sa peau.

— Je vois que tu ne te contentes pas de faire partie du complot que ton roi K'an II a ourdi contre mon père, mais que tu viens également espionner dans un royaume qui est notre allié. Soldats, emparez-vous de lui !

Balam fut sur le point de se jeter sur lui. Lumière Noire semblait désarmé et ils n'étaient séparés que de la longueur d'un bras. Mais il comprit que c'était ce que l'autre attendait : ce geste aurait justifié aux yeux de tous sa mort par l'épée des soldats.

Balam se laissa entraîner par les deux gardes qui l'avaient saisi chacun par le bras tandis qu'un troisième se chargeait de la corbeille. Il sentit la pointe d'une épée dans son dos et imagina que la princesse Fleur devait se trouver en ce moment très près de lui, dans l'une des innombrables pièces de ce palais. Il songea qu'elle ne devait même pas se douter de sa présence et en ressentit une profonde douleur.

On l'avait abandonné dans une cellule dont le mobilier se réduisait à un grabat poussé contre un mur. La solide porte était verrouillée. Sur le mur opposé, une ouverture exiguë pratiquée dans la pierre laissait voir quelques étoiles. Les rayons de la lune diffusaient un peu de clarté dans ce petit rectangle. Cette unique brèche, très haute et trop étroite pour qu'on pût s'y glisser, excluait toute tentative de fuite.

Balam s'assit sur la paillasse, très abattu. Son inconséquence l'avait conduit dans cette situation désespérée. Il n'avait guère d'espoir que quiconque, hormis Lumière Noire et ses acolytes, soit au courant de son sort, et il se maudissait de ne rien avoir convenu avec ses compagnons au cas où il ne reviendrait pas.

Le silence était à présent total. Balam avait déjà passé quelques heures dans cette cellule et les rumeurs lointaines qu'il avait perçues au début s'étaient tues. La ville dormait depuis longtemps.

Ils ne lui avaient rien apporté à manger, pas même laissé une carafe d'eau. A un moment, il s'était approché de la porte et avait tambouriné contre le battant pour attirer l'attention, mais personne ne s'était manifesté.

Soudain, bien qu'il ait eu les paupières closes depuis un bon moment pour oublier ce qui l'entourait, Balam sentit que la cellule s'était obscurcie, comme si un épais nuage passait devant la lune.

Il rouvrit les yeux et les leva vers l'embrasure. Au début, il ne discerna pas la forme qui, posée sur l'appui, occultait la lumière. Puis, en étudiant le contour, il comprit.

Une chauve-souris de grande taille était venue en silence se poser sur le rebord de l'ouverture.

Balam avait maintenant entre les mains la petite bourse que l'animal nocturne lui avait apportée. C'était une tripe de cochon fermée d'un bouchon de cire, qui contenait un liquide. Le jeune homme devinait de quoi il s'agissait sans avoir besoin de l'ouvrir. Il ne parvenait pourtant pas à comprendre comment Chauve-Souris Blanche avait pu apprendre sa situation et encore moins comment il avait pu découvrir l'emplacement de son cachot.

La chauve-souris était repartie aussi silencieusement qu'elle était venue. Balam lui avait parlé, se contentant de le remercier de tout cœur et de lui assurer qu'ils se reverraient bientôt. Il n'avait pas tenté d'expliquer son geste, son maître ne le lui avait d'ailleurs pas demandé. Ils s'étaient regardés avec tendresse, puis la chauve-souris s'était envolée dans la nuit.

Le jeune homme hésita un moment à boire, se demandant si c'était la meilleure solution. Une fois que son esprit se serait installé dans le corps du grand jaguar, il n'aurait probablement aucun mal à s'enfuir, mais son enveloppe humaine resterait dans cette cellule, inerte, à la merci de ses geôliers.

Il finit par décider qu'il ne pouvait présager de rien et qu'il devait boire la potion. Si son père adoptif était venu jusqu'ici lui apporter la boisson des dieux, c'était qu'il estimait cette solution comme la meilleure. Le *halach winik* se trompait rarement.

Retirant avec précaution le bouchon de cire, Balam huma l'odeur de plantes bien connue et en goûta la saveur amère. Il avala le liquide en pensant au dieu Jaguar, ressentit les effets bien connus.

Au moment où il revint à la lumière dans le corps du jaguar, il sursauta. Ses sens ne lui renvoyaient pas l'image des murs de pierre, de la porte close et de l'embrasure de la petite cellule, mais celle d'un espace vaporeux et infini. Ses pattes ne reposaient pas sur le sol, il flottait.

Capable de se déplacer sans effort dans la direction qu'il souhaitait, il aperçut au loin, sur sa droite, un objet nimbé d'une lumière verte. Fortement attiré, il s'en approcha pour découvrir qu'il s'agissait d'un masque représentant un visage humain taillé dans le jade, flottant aussi en apesanteur dans le vide. Il ressentit l'impérieuse nécessité de s'en emparer. Rien au monde n'avait alors plus d'importance.

A cet instant, il remarqua qu'il n'était plus seul. Deux autres créatures se trouvaient là et le Jaguar ne douta pas un instant qu'elles entendaient aussi s'emparer du masque.

30

Pyramide de Caana, Caracol

– an 2001 de notre ère –

Nicole, concentrée sur les inscriptions gravées autour du petit autel, avait oublié la situation précaire dans laquelle elle se trouvait. Malgré la faible lumière de la lampe à gaz, elle fut saisie par la force et la beauté des couleurs que revêtait le mur. Ces hiéroglyphes, plongés depuis leur création dans une obscurité infinie, avaient conservé leur fraîcheur pendant tous ces siècles. Elle tendit la main pour les caresser, mais arrêta son geste à mi-course : ses réflexes d'archéologue reprirent le dessus.

Les inscriptions s'organisaient clairement en trois groupes, un de chaque côté de l'autel et le troisième au centre, au-dessus de la table de pierre, nettement plus en hauteur. Malgré la diversité des couleurs, le vert prédominait à gauche, le jaune au centre et le rouge à droite. Chacun des blocs était formé de sept glyphes, une rangée de quatre superposée à une autre de trois.

Bien qu'elle fût incapable de déchiffrer l'ensemble, Nicole reconnut le premier glyphe de chaque groupe, celui qu'elle avait déjà vu à plusieurs occasions. Les profils grotesques de Chan K'uh, Kab K'uh et Hun Cimil semblaient leur souhaiter la bienvenue. Les trois dieux apparaissaient enfin réunis, comme dans l'oratoire perdu du Petén.

Augusto Fabricio s'était rapproché de la jeune femme, mais ce fut à Guy qu'elle s'adressa :

— Que disent les hiéroglyphes ? Nous donnent-ils une piste ?

— Je n'en ai trouvé aucune. Il faut demander à Augusto. Ils n'ont rien de plus que ceux que l'on trouve partout, des louanges et des demandes de bénédiction.

Fabricio approuva de la tête en continuant à détailler les inscriptions, lui aussi sous le charme de leur grande beauté.

Nicole fixa son attention sur le glyphe de Chan K'uh, le dieu du Ciel, le premier des sept qui figurait au-dessus de l'autel. Son visage ressortait sur un fond de couleur jaune vif. Elle se souvint avec plaisir du rêve dans lequel il lui était apparu sous la forme d'un jaguar.

L'image de Chan K'uh lui revint avec précision et elle revit le grand collier que portait le dieu Jaguar. La large bande multicolore qui ornait l'encolure de l'animal déclinait des tons qui rappelaient très exactement ceux du mur : verts à gauche, jaunes au centre et rouges à droite.

Nicole ressentit une émotion désormais connue, elle annonçait l'imminence d'une nouvelle découverte. Cette concordance de couleurs n'était sûrement pas due au hasard. Elle se rappela précisément le visage grave de Chan K'uh et le long collier qui épousait la forme de son cou, plus large au centre dans la partie jaune qui reposait sur son poitrail, et s'affinant aux extrémités. A chacune des parties colorées étaient suspendues des pendeloques noires fuselées. Nicole s'étonna une fois de plus de la netteté de ses souvenirs. Elle pouvait affirmer sans le moindre doute que ces ornements étaient au nombre de trois dans la partie verte, cinq dans la jaune et seulement deux dans la rouge.

— Je crois, je crois...

Augusto Fabricio l'entendit murmurer.

— Qu'avez-vous découvert ?

— Si cela marche, je vous expliquerai...

Elle se souvenait de l'expression de Jean quand elle avait évoqué son rêve d'un jaguar qui lui parlait et disait être un dieu, et elle n'était pas disposée à revivre l'expérience ici. Elle raffermit sa voix pour déclarer :

— J'aurai besoin de votre aide. Guy, s'il vous plaît, placez-vous devant les hiéroglyphes de droite. Et vous, Augusto, de l'autre côté, devant les verts.

Nicole resta à sa place devant l'autel et implora les dieux avec ferveur pour que cela fonctionne. Guy avait perdu son indolence et regardait la jeune femme d'un air préoccupé.

— Que nous mijotez-vous, cette fois ?

— Je ne sais pas, Guy, peut-être rien.

Vacillant à contre-jour dans la lumière de la lampe à gaz, les ombres des trois archéologues s'allongeaient sur le mur, semblant les observer. Celle de

Guy Lalande recouvrait en totalité les glyphes auxquels présidait Hun Cimil.

Nicole tendit de nouveau la main vers les inscriptions et la posa cette fois sur le mur, choisissant le cinquième glyphe qui se trouvait au-dessus de l'autel. Le contact était extrêmement froid sous ses doigts.

— Augusto, s'il vous plaît, posez votre main sur le troisième cartouche qui se trouve en face de vous. Et vous, Guy, sur le deuxième de votre côté.

Nicole se rendit compte qu'elle n'avait même pas regardé le dessin que sa main masquait, le regretta, puis se dit que de toute façon elle n'aurait pas su l'interpréter. Au fond, cela importait peu. Elle respira profondément et reprit ses instructions :

— Maintenant, je vais compter jusqu'à trois et nous appuierons sur le cartouche. Je crois qu'il est important que nous le fassions en même temps.

Les choses se passèrent comme elle s'y attendait : à trois, elle sentit sa main s'enfoncer dans le mur. Sans avoir besoin de le vérifier, elle comprit que la même chose s'était passée pour ses compagnons car un bruit sourd se fit entendre, comme lorsque les dalles du haut s'étaient enfoncées. Cette fois, le bruit était plus proche.

L'autel sur lequel Nicole était appuyée commençait aussi à bouger. Il se déplaçait lentement vers la droite et Guy Lalande fit quelques pas de côté. Dans la partie du mur ainsi libérée apparut une brèche encore obscure.

Quand le mouvement cessa, les trois archéologues se retrouvèrent devant une ouverture basse et étroite, qui leur ouvrait l'accès à un monde de nouvelles possibilités.

Les deux hommes se retournèrent vers Nicole. Sur leurs visages abasourdis se lisait une admiration muette qui vint augmenter son sentiment d'euphorie.

— Je n'ai aucun mérite, je vous assure. Je vous expliquerai plus tard. A présent, Guy, apportez la lampe, s'il vous plaît, et voyons ce qui se trouve de l'autre côté.

Ils se trouvaient face à une pièce de taille plus réduite que la précédente. Au centre, une dalle d'environ un mètre et demi de côté reposait sur le sol. Deux rainures en partaient pour rejoindre le mur de droite.

Nicole désigna le mur face à l'entrée de la nouvelle chambre où ils venaient de pénétrer.

— Ce mur donne au sud, n'est-ce pas ?

Augusto confirma :

— Nous devons donc nous trouver derrière les dernières marches de la pyramide. C'est étonnant que l'air ne soit pas vicié, non ?

— Il doit y avoir un conduit de ventilation que nous n'avons pas remarqué. Ou bien ce sont les dieux... ironisa Guy Lalande.

Ni Augusto ni Nicole ne sourirent à cette remarque. Elle faillit même lui rétorquer de ne pas en douter, mais se contenta de désigner la dalle.

— Est-ce qu'il ne vous semble pas qu'elle attend que nous la poussions ? On dirait qu'elle est prête à glisser le long de ces rainures...

Le Guatémaltèque s'agenouilla et exerça une pression sur la pierre des deux mains. Elle se déplaça de quelques millimètres, mais il était clair qu'il y faudrait un effort supplémentaire. Lalande se plaça à côté de lui.

— Allons-y, Augusto. A trois, comme tout à l'heure...

Une nouvelle fois, ils entendirent le bruit maintenant familier de la pierre glissant contre la pierre. Le son provenait du frottement, mais il y en avait aussi un autre, plus sourd et plus profond, qui semblait venir de l'espace contigu.

Quand la dalle se stabilisa, laissant à découvert l'entrée d'un puits circulaire, ils virent que l'autel s'était remis en place, refermant le passage par lequel ils étaient entrés.

— De plus en plus coincés, grogna Lalande. Je vous jure que j'en ai plus qu'assez de voir des murs de pierre autour de moi.

— Je suis sûr que nous pourrons rouvrir, dit Augusto, il suffira de remettre la dalle en place. Sinon, ils nous libéreront de l'extérieur.

— Je vous propose de le vérifier plus tard, dit Nicole en s'approchant du puits qu'elle éclaira avec la lanterne. Je crois bien qu'il nous faut descendre encore...

Les deux hommes se rapprochèrent pour observer l'intérieur de la cavité. Le boyau devait mesurer un mètre de diamètre et paraissait plonger dans les entrailles de la pyramide. La lumière ne parvenait pas à éclairer jusqu'au fond qui, d'après leurs estimations, devait se trouver six mètres plus bas. D'un côté de la paroi, des entailles pouvaient parfaitement servir d'escalier et une grosse corde à l'aspect solide fermement ancrée au mur descendait jusqu'en bas. Il y avait même, en surface, une sorte de poignée à laquelle on pouvait s'accrocher pour s'assurer plus commodément.

— Pour la descente, cela a l'air facile, dit le Guatémaltèque, mais pour remonter...

— On verra, trancha Nicole. Vous êtes volontaire, Guy ?

Le Français sortit de son sac une corde qui avait l'air résistante.

— Eclairez-moi pendant que je descends, puis envoyez-moi la lampe et le sac à dos avec cette corde. Je vous attends en bas, conclut-il du ton supérieur que ses compagnons connaissaient bien.

La descente fut facile et leur redonna un peu d'optimisme. La partie du puits dans laquelle étaient taillées les marches descendait jusqu'au fond, de même que la corde, ils pourraient donc remonter sans difficulté.

Guy Lalande sembla soulagé.

— Je suis heureux de voir que les dieux ont pensé que nous devions revenir. Je commençais vraiment à en douter.

L'endroit où ils se trouvaient n'avait rien de remarquable. C'était une salle ronde au plafond bas qui communiquait avec le puits par le haut et possédait une seule sortie donnant sur un couloir très pentu qui descendait dans la pyramide.

— Il reste du gaz dans la lampe ?

Augusto Fabricio scrutait l'obscurité.

— Au moins pour quelques heures, je pense, fit Lalande. Je l'ai laissée allumée en vous attendant. Mais nous avons encore nos lampes de poche...

L'idée de se retrouver en pleine obscurité dans les entrailles de cette pyramide millénaire n'était pas des plus agréables, assurément.

Tandis qu'ils marchaient le long de ce couloir qui semblait interminable, Nicole leur raconta son rêve :

— Au début, j'ai pensé que ce n'était qu'un rêve et je ne lui ai pas accordé d'importance, même si j'ai vraiment eu la sensation de l'avoir réellement vécu. Plusieurs jours après, j'arrivais à me souvenir de certains détails très clairement. Et l'un de ces détails, comme je vous l'ai dit, était le collier de Chan K'uh, ses trois couleurs et ses pendentifs. Je ne sais vraiment plus que penser.

Augusto se montrait très intéressé, mais Nicole préféra passer sous silence certains détails, comme le fait qu'ils ne seraient que trois à avoir accès au masque.

— Et que vous a dit le dieu ?

— Que le masque de jade serait de nouveau à la portée des hommes. Mais je me souviens parfaitement qu'il a ajouté d'un air grave que le temps du masque n'était pas marqué par nous, les hommes... A dire vrai, je n'ai pas compris ce qu'il voulait dire.

La discussion resta en suspens car le couloir touchait à sa fin. A la lumière de la lampe, on apercevait une nouvelle arcade donnant sur un espace plus ouvert. Sans se concerter, ils accélérèrent le pas.

Ils pénétrèrent dans une nouvelle salle, plus grande que les précédentes, plus longue que large, et au sol résolument plat.

— Nous ne devons pas nous trouver loin de la base de la pyramide.

Fabricio dirigea le faisceau de sa lampe sur le plafond cintré dont le point culminant se trouvait à environ quatre mètres du sol, ce qui donnait cette impression d'amplitude. Face à eux s'élevait un alignement de trois colonnes de pierre portant à leur extrémité, un mètre et demi plus haut, un linteau gravé. Les trois dieux y figuraient encore, mais cette fois Kab K'uh, le dieu de la Terre, occupait la colonne centrale, flanqué de Chan K'uh et de Hun Cimil.

— Ils ne veulent pas se faire oublier...

Guy observait les glyphes à la lueur de la lampe. Puis il se dirigea vers l'autre extrémité de la salle, où une issue semblait se dessiner dans l'ombre. Quelques mètres après les colonnes sculptées, le sol paraissait moins lisse, comme formé de fragments séparés. On aurait dit des tomettes de formes et de tailles irrégulières.

— Doucement, Guy !

La voix d'Augusto Fabricio résonna avec force.

— Que se passe-t-il, Augusto ? Tu m'as fait peur.

— Attends, n'avance pas davantage. Il faut que je vous dise quelque chose...

Augusto attendit que Guy soit revenu sur ses pas pour s'expliquer :

— J'ai aussi rêvé de l'un des dieux. C'est Kab K'uh qui est venu me visiter. Ce qu'il m'a confié pourrait se rapporter au lieu où nous nous trouvons maintenant.

31

Tikal

– an 628 de notre ère –

Balam oublia bientôt de s'étonner de l'étrangeté de sa situation. Il oublia la cellule où il aurait dû se trouver en ce moment même. Il oublia aussi Fleur. Et Chauve-Souris Blanche... Seul ce masque vert comptait et tous ses efforts pour l'atteindre semblaient vains. Le jaguar pouvait se déplacer à son aise dans ce monde sans limites comme si les brumes vaporeuses qui l'entouraient offraient un appui sûr à ses pattes, mais l'objet qu'il poursuivait, tantôt très proche, tantôt éloigné, semblait mû par une force contraire à celle de qui voulait l'approcher.

Car d'autres animaux tentaient aussi de s'en saisir : une chauve-souris de couleur blanche et un énorme scorpion s'agitaient autour du masque, sans plus de résultat que Balam.

Le jeune Maya ne doutait pas que le chiroptère fût celui qui lui avait apporté la boisson des dieux dans sa prison et l'esprit de son père adoptif Chauve-Souris

Blanche. Mais tout cela n'avait aucune importance, pas plus que l'identité du scorpion à la queue menaçante. Il n'existait qu'une priorité dans ce vide absolu : se saisir du masque.

A un moment, il s'en rapprocha au point de pouvoir le toucher. Il était constitué de multiples fragments de jade, chacun resplendissant de son propre éclat. Les yeux et la bouche formaient de profonds puits d'ombre. Cette proximité lui fit sentir l'étendue du pouvoir qui en émanait : qui parviendrait à s'en saisir serait bien davantage qu'un roi parmi les rois. Le masque aussi sembla considérer Balam de ses orbites vides, avant de s'éloigner. Le jeune homme ne parvenait pas à comprendre quelle force mystérieuse lui permettait de se déplacer.

A un autre moment, Balam se trouva près du scorpion à la taille impressionnante. Leurs regards se croisèrent et l'animal dressa la queue, mais, le jaguar ne réagissant pas, il se remit en quête du masque vert.

Cette danse étrange se poursuivit pendant un temps que Balam n'aurait pu mesurer car le temps n'était pas une notion pertinente dans cette dimension.

Le masque semblait jouer avec eux, s'approchant un instant de l'un, puis se mettant hors d'atteinte des trois, enfin restant arrêté comme s'il avait finalement résolu de se laisser conquérir.

Et comme avec une femme qui aurait joué avec son désir, Balam sentait croître la nécessité de le posséder. A l'instant où il allait enfin s'en emparer, le masque se retourna vers la chauve-souris qui volait lourdement dans sa direction. Le jaguar s'apprêtait à bondir quand il sentit un coup violent dans son dos puis une douleur aiguë dans ses jarrets. Déséquilibré, il tomba sur le flanc et vit le scorpion qui l'avait attaqué. Sans doute avait-il compris qu'il était sur le point de mettre la main sur le masque et avait-il tenté de l'en empêcher.

Le masque s'était éloigné tandis que le scorpion s'apprêtait à fondre sur son ennemi. Il déroula sa queue et pointa l'aiguillon mortifère sur le jaguar sans défense. Une nouvelle personne fit alors son entrée dans ce monde étrange. Elle arriva à l'improviste, s'interposant entre les deux adversaires. Le scorpion, surpris, retint son attaque et elle en profita pour le séparer de Balam en le poussant de toutes ses forces.

C'était une femme et, bien qu'il ne la vît que de dos, Balam reconnut Héron Bleu, la petite-nièce du roi K'an II : elle affrontait le terrible scorpion pour lui donner une chance de survivre. De nouveau sur ses pattes, il ne put qu'assister, impuissant, à l'impitoyable réaction de l'animal. Lançant sa queue contre la jeune femme, il enfonça profondément son aiguillon dans son corps. La bouche de Héron Bleu s'ouvrit sur un cri muet de douleur et, au même instant, Balam comprit que les rêves n'existaient pas dans ce monde.

Il s'élança à toute vitesse sur le scorpion et le projeta d'un coup de patte à plusieurs mètres de distance. Cet instant de répit lui permit de se retourner vers celle qui l'avait sauvé : elle masquait sa douleur sous un doux sourire, tout en tentant de refermer sa blessure de ses mains.

Fou de rage, Balam se lança contre le scorpion, disposé cette fois à en finir, quand une lumière intense arrêta tous les gestes.

La source lumineuse n'était pas un point réel, mais elle se concentrait sur la silhouette de la chauve-souris, non loin de là. L'animal était nimbé d'une aura bleutée qui enveloppait aussi le masque de jade qu'il tenait entre ses pattes. La chauve-souris et sa proie étaient revenues jusqu'à eux et il sembla au jeune homme que les trous noirs du masque lui adressaient un reproche silencieux.

Puis tout cessa. Comme le rideau tombe sur les acteurs au théâtre, l'obscurité envahit l'espace et Balam se sentit retomber dans un puits sans fond.

Son regard se rouvrit sur les murs de la cellule et dans la faible lueur de la lune Balam se demanda si tout cela n'avait pas été un rêve. Il faisait toujours nuit, rien ne semblait avoir bougé, comme si le temps n'avait pas passé.

Mais il ressentit une vive douleur au bas de son échine, là où le scorpion l'avait frappé. Il revit clairement la chauve-souris qui s'emparait du masque de jade, et l'expression de surprise et de douleur sur le visage de Héron Bleu.

Il devait sortir de ce cachot au plus vite pour s'enquérir de la jeune fille. Et aussi parler à Chauve-Souris Blanche. Et trouver Fleur pour lui dire qu'il était en vie et qu'il l'aimait.

Il commença à arpenter sa prison avec fureur, sachant que sa force serait sans effet contre la lourde porte. Son enveloppe humaine était toujours assise au bord de la paillasse, tournant légèrement le dos à l'entrée de la cellule. Ce corps immobile n'était pas le moindre de ses soucis : même si le jaguar parvenait à s'enfuir, il devrait revenir pour lui redonner vie.

Balam se sentait profondément impuissant.

C'est alors qu'un bruit mit les sens de l'animal en alerte. Des pas se rapprochaient de sa cellule. Le jaguar s'accroupit derrière la porte, de manière à ne pas être vu quand elle s'ouvrirait.

32

Tikal

– an 628 de notre ère –

Les pas s'arrêtèrent devant la porte. Le jaguar reconnut l'odeur des hommes. Ils retirèrent la barre de fermeture et entrebâillèrent la porte pour observer à l'intérieur. Puis la porte s'ouvrit plus franchement et le jaguar distingua deux hommes. Ils lui tournaient le dos, mais il reconnut la silhouette de Lumière Noire. L'autre devait être un soldat. Tous deux étaient armés d'un poignard au fil d'obsidienne, qu'ils brandissaient en position d'attaque.

Ils restèrent un moment indécis, sans doute étonnés par le manque de réaction du prisonnier, puis Lumière Noire fit un geste de la tête pour désigner le grabat. Il fallait agir immédiatement, il en allait de sa vie, même si son corps immobile n'en avait pas conscience !

Evaluant la situation, le jaguar décida d'attaquer en premier le guerrier qui accompagnait le fils de Grand Scorpion. C'était un homme grand et fort et, une fois prévenu, il pouvait devenir un ennemi non négligeable. Sentant dans sa gueule le goût âcre qui présageait le combat, il fondit sur sa proie.

Quelques secondes plus tard, les deux assaillants gisaient sans vie sur le sol de la cellule, la gorge déchirée. Lumière Noire avait affronté la mort avec un mélange de peur et d'incompréhension. Son dernier regard avait été pour le corps de Balam et il ne s'était souvenu que très tard du poignard dont il était armé, qui aurait d'ailleurs été de peu d'utilité contre la furie de l'animal sauvage.

Le jaguar tournait en rond dans la cellule, tentant d'apaiser sa colère et de faire passer le goût du sang encore dans sa gorge. Il s'approcha de la porte pour guetter, mais ne perçut dans le long couloir ni présence humaine ni bruit suspect. S'il voulait fuir, il était temps de le faire. Il rendit grâce aux dieux de lui avoir offert une telle occasion.

Il s'approcha de son propre corps et calma son esprit le temps d'y pénétrer. Gêné de se contempler ainsi, il détourna le regard.

Quelques instants plus tard, il retrouvait la mobilité dans son corps d'homme. Comme de coutume, il ne restait plus trace du jaguar.

Balam contempla de nouveau les cadavres, ne ressentit aucune pitié pour Lumière Noire. Il lui suffisait de le revoir entrer dans sa geôle quelques instants plus tôt, prêt à l'assassiner. Jamais le fils du roi de Naranjo n'avait voulu accepter son amitié et son respect.

S'assurant qu'il restait un peu de potion dans la fiole que lui avait remise la chauve-souris, il la referma soigneusement et la dissimula dans ses vêtements, conscient qu'il pourrait en avoir besoin à nouveau.

Il récupéra le poignard du soldat et soupesa la possibilité de ceindre la coiffe de plumes qui le désignerait comme un membre de l'ordre de l'Aigle de Naranjo, mais jugea qu'il valait mieux tenter de fuir à la faveur de la nuit. Le plumet ne ferait qu'attirer inutilement l'attention.

Il respira profondément par deux fois, resserra fermement le poing sur son arme et se dirigea vers la porte. Une fois dans le couloir, il repensa au chemin qu'ils avaient pris à l'aller et se souvint du patio qu'il fallait traverser avant de retrouver l'entrée du palais. Il y aurait sans doute une sentinelle. Si on essayait de le retenir, il prendrait ses jambes à son cou pour se réfugier dans la végétation dense de la forêt.

Pour le moment, il n'y avait aucun bruit. Lumière Noire avait certainement choisi ce lieu parce qu'il se trouvait à l'écart et n'était pas habité la nuit.

A la lueur de la lune, Balam aperçut un groupe qui traversait le patio et se dirigeait vers lui. Il compta trois personnes au moins. Elles marchaient vite et seraient bientôt près de lui.

Il se retourna, cherchant du regard un endroit où se cacher, s'arrêta net. Ses oreilles lui jouaient des tours ou bien la voix qu'il entendait était-elle bien celle de Fleur ? La princesse s'efforçait de murmurer, mais le son de sa voix parvenait jusqu'à lui. Quand il la vit, illuminée par la lune au centre de la place, il ne pensa plus à se cacher, mais n'en maîtrisa pas moins son désir de courir vers elle. Elle était en compagnie d'un homme et d'une femme dans laquelle Balam reconnut avec amertume la servante qui l'avait trahi. La demoiselle trottinait derrière elle, tête basse, relevant d'une main sa large robe. L'homme portait un uniforme militaire et l'on devinait à son plumet qu'il s'agissait d'un gradé.

Sachant qu'il n'avait rien à craindre de la princesse, Balam fit un pas en avant et prononça son nom :

— Fleur !

La jeune fille porta la main à sa gorge et étouffa un cri tandis que le soldat dégainait son épée. Réalisant qu'il était armé, Balam laissa tomber son poignard au sol et ouvrit les bras devant la princesse.

Fleur rassura l'homme d'un geste et alla à la rencontre de Balam. Elle prit ses mains dans les siennes.

— C'était donc vrai ! Et grâce aux dieux, tu es vivant... Antilope Grise vient de me le confesser, mais je pensais qu'il était déjà trop tard. Oh, Balam, cela aurait été si terrible s'il t'était arrivé quelque chose !

Il eut envie de l'enlacer, de l'embrasser, mais comprit qu'il lui faudrait encore attendre un peu. Pourtant, les yeux de la jeune fille, fixés sur les siens, lui disaient qu'il n'avait pas besoin d'exprimer ce qu'elle imaginait fort bien pour le ressentir elle aussi.

— Et Lumière Noire ? Qui t'a libéré ?

— Fleur, si je suis en vie c'est parce que j'ai tué ceux qui voulaient m'assassiner cette nuit... et Lumière Noire était l'un d'eux. Vous trouverez leurs corps dans la cellule où ils m'avaient enfermé, au bout du couloir.

Balam se tut un instant et jeta un coup d'œil sur le soldat, qui se tenait respectueusement à l'écart.

— Lumière Noire était l'hôte de ce palais et son père, Grand Scorpion, réside en ce moment chez vous. Ma présence ici ne sera pas facile à expliquer et cela pourrait causer du tort à ton père... et à toi. Il serait bon que je disparaisse au plus vite.

La princesse sembla soupeser le pour et le contre avant d'acquiescer.

— Tu as raison, Balam. Les temps sont difficiles et rien ne se passe comme nous le voudrions. Antilope Grise t'accompagnera jusqu'à la porte du palais. Personne ne te demandera rien si tu te trouves en sa compagnie. Et ne t'inquiète pas, elle s'est vraiment repentie. Lumière Noire l'utilisait comme espionne et la terrorisait.

Fleur se retourna vers le soldat.

— Allons jusqu'à la cellule qui se trouve au bout de ce couloir. J'ai bien peur que la nuit soit encore longue.

Elle tenait toujours les mains de Balam dans les siennes.

— Balam, mon très cher, nous allons nous revoir bientôt. C'est mon plus grand désir.

Quelques minutes plus tard, Balam était en sécurité sous l'épais couvert de la forêt. Il se réjouissait d'avoir au moins pris la précaution de convenir d'un lieu où retrouver les soldats qui l'accompagnaient dans cette périlleuse aventure.

33

Pyramide de Caana, Caracol

– an 2001 de notre ère –

— « Le fleuve qui conduit au masque ne sera visible qu'avec l'intervention des dieux et ce n'est qu'en suivant son cours que vous pourrez vous en approcher. » Je me souviens très exactement des mots qu'il a utilisés. C'est étrange, d'habitude, on oublie les rêves...

— Moi aussi, Augusto, j'ai des souvenirs très précis, et pour vous dire la vérité je doute que cela n'ait été qu'un rêve. Comment était Kab K'uh ?

— C'était une chauve-souris. Une très grande chauve-souris de couleur claire. Le lendemain, je me suis simplement étonné que les rêves puissent être aussi fous. Mais, Nicole, Kab K'uh m'a dit quelque chose qui ressemble à ce que vous a communiqué Chan K'uh, que le temps du masque était fixé et qu'on ne pouvait le modifier. En vérité, je suis extrêmement troublé, je ne sais plus quoi penser...

Guy intervint avec aigreur :

— Eh bien, ici, il n'y a pas plus de dieux que ceux qui sont sculptés dans la pierre, et je ne vois pas bien comment ils pourraient nous aider.

— Voyons si nous pouvons déplacer ou pousser les colonnes, suggéra Nicole.

— Encore un petit numéro de colonne mobile !...

— Guy, pour l'instant, ces petits numéros, comme vous les nommez, nous ont permis d'arriver jusqu'ici. Et, personnellement, je les trouve non seulement ingénieux mais étonnamment précurseurs, pour l'époque à laquelle ils ont été inventés. A votre place, je les considérerais avec un peu plus de respect.

— Pardon, pardon... !

Le Français leva les mains en signe de reddition. La lampe qu'il tenait à la main éclaira ses yeux au passage et Nicole eut l'impression de croiser le regard d'un fou.

— Eh bien, dites-nous donc ce qu'il faut faire, vous qui êtes experte...

— Tâchons de voir si elles peuvent bouger. Moi, j'essaierai avec celle de Chan K'uh, je crois que nous nous connaissons ! Et vous, placez-vous devant les deux autres.

— Je te cède Kab K'uh, Augusto, puisqu'il semble que le dieu t'ait choisi. Il me reste Hun Cimil, seigneur de la mort. Je suis persuadé qu'en ce moment il désire la mienne !

— Juste sous les hiéroglyphes, ma colonne offre une prise pour les mains, la vôtre aussi ?

Les deux hommes acquiescèrent. Augusto Fabricio réfléchissait à voix haute :

— Je ne crois pas qu'il faille pousser, ça a l'air de tenir. Mais plutôt faire pression vers le bas, quoique...

— Essayons, nous sommes sur le terrain de ton dieu, Augusto...

— Allons-y, comptons jusqu'à trois !

Une fois de plus, un mécanisme vieux de centaines d'années se mit en branle et les colonnes commencèrent à s'enfoncer dans le sol, pierre contre pierre, des engrenages déclenchant d'autres engrenages. Puis, par un orifice qui se trouvait dans le mur près de la colonne de Hun Cimil, de l'eau se mit à couler. D'abord faiblement, puis le débit s'accéléra et devint continu, comme l'eau s'échappant de la bouche d'une fontaine.

Aucun des trois archéologues ne bougea. L'eau se frayait un passage sur la superficie rugueuse du sol. S'il leur avait paru plat au sortir du tunnel à la forte déclivité, il devenait évident à présent qu'il suivait une pente allant en décroissant vers le mur opposé, où il leur avait semblé apercevoir une ouverture. L'eau s'écoulait de manière encore hésitante, se faufilant entre les fragments de roche irréguliers du sol.

— Le fleuve ! s'écria le Guatémaltèque.

L'eau commençait à serpenter maintenant pour ne former qu'un seul cours et gagner la sortie du fond. Le débit semblait parfois se ralentir, mais reprenait de la vigueur dans les passages plus étroits entre les roches.

Enfin, le flux cessa et le fleuve parfaitement dessiné s'assécha. Seule une trace humide permettait de suivre son cours.

Les mains toujours appuyées sur la base de la colonne, Nicole articula avec peine :

— C'est extraordinaire. D'où vient cette eau ?

Guy Lalande trancha :

— Probablement d'un réservoir qui s'est empli d'eau de pluie. Il faut que nous nous dépêchions avant que la trace ne sèche.

Augusto Fabricio ne pouvait masquer son excitation.

— Nous devons suivre le fleuve. C'est ce qu'a dit Kab K'uh : « Ce n'est qu'en suivant son cours que vous pourrez vous approcher du masque. »

Guy Lalande tenait la lampe très haut, comme pour éclairer le chemin.

— Et que se passera-t-il si nous ne le suivons pas ?

— Personnellement, je préfère ne pas le savoir, et vous ? Allons-y, Augusto.

Nicole braqua sa lampe sur la trace qu'avaient laissée les eaux.

— On y va, on y va... Avançons l'un derrière l'autre pour ne pas perdre la trace.

Augusto était passé en tête, marchant d'abord lentement et tâtonnant à chaque pas, puis avec plus d'assurance. Quand ils atteignirent le côté opposé de la vaste chambre, Nicole poussa un soupir de soulagement. Un nouveau passage voûté s'ouvrait devant eux, donnant accès à un nouveau tunnel en pente. Il fallait encore avancer, mais à présent plus aucun des trois ne doutait qu'ils seraient bientôt en présence du masque de jade.

34

Caracol

– an 628 de notre ère –

Balam avait marché aussi vite qu'il l'avait pu pour atteindre Caracol. Il n'avait qu'une pensée en tête : Héron Bleu. Bien sûr, il ne savait pas si l'épisode du masque de jade avait été réel ou s'il n'avait été qu'un effet de la potion qu'il avait ingérée, mais jusqu'à présent tout ce qui s'était produit avec le breuvage des dieux s'était révélé vrai.

Chauve-Souris Blanche lui ôterait ses doutes. D'ailleurs, il avait hâte de le revoir. La chauve-souris l'avait attendu à l'entrée de la forêt à Tikal et les avait accompagnés un moment, les soldats et lui. Quand ils furent en sûreté, à bonne distance de la ville, elle avait poursuivi son chemin seule vers Caracol.

Ils avaient marché trois jours d'affilée, dormant peu et mangeant en chemin, jusqu'à apercevoir enfin, depuis une hauteur, le sommet de la grande pyramide de Caana se dessinant contre le ciel.

Balam se précipita au palais dès son arrivée pour demander des nouvelles de Héron Bleu, mais la réponse de sa fidèle nourrice confirma ses craintes.

— Elle est dans sa chambre. Au lit, très malade. Elle ne cesse de répéter qu'il faut qu'elle te voie.

Quand il pénétra dans la chambre, le nœud qui s'était formé dans sa gorge se resserra davantage. Héron Bleu semblait avoir rétréci tant elle avait perdu de poids. Elle portait la tunique blanche avec laquelle elle avait combattu le scorpion et sa peau paraissait translucide. A la vue de Balam, ses yeux s'illuminèrent et elle tendit les bras vers lui. L'effort que lui coûtait ce geste était évident.

Le jeune homme s'agenouilla au pied du lit, prit ses mains dans les siennes et lui baisa le front. Sa peau était très froide et elle parla d'un mince filet de voix :

— Balam, je savais que tu allais bien, mais je voulais m'en assurer. Tu as encore tant de choses à réaliser ! Rassure-toi, Chauve-Souris Blanche a fait en sorte que je ne souffre pas et je suis à mon aise. Mais j'ai beaucoup de mal à parler, je voudrais t'écouter. Raconte, je t'en prie. Parle-moi de toi, de ce que tu as fait depuis que tu nous as quittés, et de Fleur...

Balam s'assit sur le tabouret qui était auprès du lit et, sans lâcher les mains de la jeune fille, commença son récit. Il lui raconta comment ils avaient conquis Naranjo, la fuite de Grand Scorpion et de ses fils, son voyage enfiévré jusqu'à Tikal pour retrouver Fleur.

Il sentit une main sur son épaule et se retourna pour croiser le regard de Chauve-Souris Blanche. Il ne l'avait pas entendu entrer.

— Elle ne t'entend déjà plus, mon fils.

Balam regarda la jeune fille. Son expression n'avait pas changé mais son immobilité était absolue. Ses mains serraient encore les siennes, mais il put les retirer sans peine. Dans son extrême pâleur, Héron Bleu semblait une déesse de pierre, auréolée d'une douce lumière.

Balam ne la quittait pas du regard tandis que les larmes lui montaient aux yeux. Puis, n'y tenant plus, il mit son visage dans ses mains et éclata en sanglots.

Le *halach winik* pressa tendrement son épaule.

— Je suis aussi profondément peiné. Notre cœur ne s'habitue jamais à la perte des êtres chers. Mais songe que Héron Bleu n'appartenait pas à notre monde, pas plus que sa grand-mère, Regard de Jade. C'est pour cette raison qu'elles nous ont quittés dans leur jeunesse. L'univers des dieux réclamait sans doute leur présence.

Balam accepta l'aide de son père adoptif pour quitter la pièce. Il préféra ne pas se retourner afin de conserver pour toujours en mémoire l'image lumineuse de Héron Bleu.

A la fin de la journée, il retrouva Chauve-Souris Blanche pour un tête-à-tête.

— Elle a donné sa vie pour moi et elle valait beaucoup plus que moi. Les personnes comme elle ne devraient jamais mourir, afin que nous puissions suivre leur exemple.

— Héron Bleu est vivante, n'en doute pas, mais dans un autre univers. Et je suis persuadé qu'elle continuera à s'occuper de toi.

Le chaman s'autorisa un sourire.

— Mais elle n'avait pas à se trouver là. Je veux dire...

— Tu veux parler du combat que nous avons mené pour le masque ? le coupa le chaman. Il est évident que les dieux n'avaient pas prévu sa présence. Mais si Héron Bleu a pu intervenir, c'est qu'ils l'y ont autorisée. En tout cas, Kab K'uh et Chan K'uh. Je suppose que Hun Cimil ne l'aurait pas permis si cela n'avait tenu qu'à lui. Mais je m'avance, à parler ainsi à la place des dieux. Après ton départ pour Tikal, Héron Bleu ne vivait que pour toi. Elle ne cessait de nous demander de tes nouvelles. Elle te savait en danger et, sans doute alertée par l'un de ses pressentiments, c'est elle qui m'a appris il y a trois jours que ta vie était menacée. Elle m'a précisément décrit le lieu où tu te trouvais.

« Je ne l'avais jamais vue aussi agitée. J'ai préparé la potion et je suis parti à ta recherche. Heureusement que la fatigue est restée dans le corps de la chauve-souris car les dieux savent le chemin que j'ai parcouru ces derniers jours par la voie des airs.

— Maître... Qu'est-il donc advenu du masque ?

Le *halach winik* marqua un temps d'arrêt avant de répondre :

— Tu es en droit de savoir. Le masque aurait pu t'appartenir. Je pense que tu as ressenti la même chose que moi : dans ce monde étrange, rien n'était plus important que de s'en emparer. Il était plus précieux que le trésor le plus précieux ou que la femme la plus désirable. Je dois t'avouer que j'ai cru mourir quand j'ai compris que tu étais sur le point de le saisir et que, quelques instants plus tard, quand il a été à moi, j'ai ressenti une joie en tous points insurpassable. Son pouvoir immense s'est transmis à mes mains. J'ai eu la sensation d'être un dieu. Oui, Balam, d'être un dieu.

« Cela va te paraître absurde, mais dans ces instants d'euphorie l'histoire du masque m'est revenue en mémoire ; celle que je t'ai contée et que je tenais de la reine Regard de Jade. J'ai compris que j'étais l'élu de Kab K'uh, le dieu de la Terre, celui qui hésitait à mettre entre les mains des hommes un pouvoir aussi immense. Et j'ai compris qu'il avait vu juste en me choisissant. Le pouvoir revient aux dieux et nous devons nous contenter de mériter leur bienveillance. Au moment dont je te parle, vous aviez déjà quitté ce monde ou bien je ne vous voyais plus. J'ai décidé que je ne voulais pas le masque. Et je l'ai lâché.

— Tu ne l'as plus revu ?

— Non, mais j'ai revu Kab K'uh. Après m'être séparé de vous, j'ai volé jusqu'ici. J'ai dû me poser sur une branche d'arbre pour dormir, car j'étais épuisé. Et il est apparu dans mon rêve. Je crois bien que c'était la réalité, on ne sait jamais avec les dieux. Ils profitent de notre sommeil pour venir nous parler.

— Que t'a-t-il dit ?

— Qu'ils avaient fait le choix d'attendre encore un moment avant de remettre le masque à la portée des hommes. Est-ce que je sais ? Ce doit être un jeu pour eux ! Il m'a fourni des indications très précises pour aménager le lieu où il serait déposé. Il m'a dit qu'ils nous donneraient des instructions détaillées au fur et à mesure.

Balam était stupéfait du naturel avec lequel son maître l'informait de ses conversations avec les dieux.

Mais il ne douta pas un instant que c'était sérieux. Il pensa de nouveau à Héron Bleu.

— Je dois aller retrouver Chalmek. Nul n'a souffert plus que lui de la mort de Héron Bleu. Il était profondément amoureux d'elle.

— Nous l'étions tous, d'une certaine manière. Pour elle, seuls les autres existaient. Et je dois dire que c'est une qualité pratiquement impossible à trouver en ce monde.

Voyant le visage de son disciple s'assombrir de nouveau, Chauve-Souris Blanche changea de sujet :

— Balam, le scorpion qui t'a attaqué a un nom ici-bas, comme toi et moi. Il a sans doute été l'élu de Hun Cimil pour conquérir le masque.

— Tu sais qui il est ?

— Quand j'ai quitté la cellule où tu étais prisonnier, je suis resté à proximité au cas où tu aurais besoin de mon aide. C'est là que tu m'as retrouvé après notre aventure. Et là que je l'ai vu. Le scorpion se dirigeait vers le palais à la faveur de l'obscurité. J'ai eu la tentation de l'attaquer, mais j'ai compris que si je le faisais j'agirais de la même manière que lui, ce que je ne peux que condamner. J'ai attendu, observé sa progression, et je l'ai laissé s'introduire dans les bâtiments. D'une fenêtre, j'ai pu voir comment il s'approchait d'une silhouette immobile et se fondait à elle pour disparaître ensuite. Il connaissait aussi le secret du breuvage des dieux. Et je connais bien cet homme, Balam, l'élu de Hun Cimil...

— C'est le roi ?

— Oui, Balam. Un roi qui ne connaît que trahison et perfidie. Un roi qui a du sang sur les mains et qui s'est emparé d'un trône qui n'était pas le sien.

— Grand Scorpion, roi de Naranjo... Peut-être sait-il déjà que c'est moi qui ai tué son fils.

— Le hasard n'a rien à voir dans le fait que nous portions le nom des animaux dans lesquels s'incarnent les dieux. Mais peut-être que le nom que l'on t'a donné à ta naissance n'est pas celui que tu portes aujourd'hui. Je te l'ai donné le jour où l'on t'a trouvé dans la forêt.

— C'est bien mon nom et je n'en connais pas d'autre. De la même manière que je ne connais pas d'autre père que toi. Et il n'y a aucun doute : tu as fait le bon choix.

Chauve-Souris Blanche posa un regard affectueux sur le jeune homme avant de reprendre :

— Un roi détrôné n'intéresse plus personne et je doute qu'à Tikal on l'apprécie beaucoup. Le roi K'an II est disposé à exiger qu'on nous le livre. Nous verrons bien, Balam, nous verrons bien.

35

Pyramide de Caana, Caracol

– an 2001 de notre ère –

Nicole fit un geste pour arrêter Guy Lalande alors qu'il allait s'engager dans le nouveau tunnel qui s'ouvrait devant eux.

— Un instant, Guy. Accordons-nous une pause pour faire le point.

Le Français sembla hésiter puis résolut de se retourner vers Nicole, mais son regard exprimait son agacement.

— Très bien. Au fond, après tant de siècles, quelques secondes de plus ou de moins... Que voulez-vous ?

— Vérifier que nous comprenons bien tous les trois ce qui se passe et au moins savoir si nous sommes d'accord sur la manière d'agir. Je suppose que vous êtes tous deux conscients qu'il nous a été nécessaire d'être trois pour arriver jusqu'ici. Les hiéroglyphes de la première salle étaient séparés les uns des autres, de telle sorte qu'il aurait été impossible à une personne seule d'actionner le mécanisme, et la même chose s'est produite avec les trois colonnes que nous venons de déplacer...

— Bien sûr, admit Lalande. Mais souvenez-vous que quand vous êtes descendus sur les dalles j'étais déjà en bas. Je m'étais débrouillé seul, pour ce premier pas.

— Si nous n'étions pas venus, vous auriez bien pu faire le deuxième pas dans votre tombe, rétorqua la jeune femme d'un ton acerbe. Et cela suffirait à me convaincre que rien de tout ce qui nous arrive n'est le fait du hasard. Il se trouve qu'en raison d'une série de circonstances qui n'ont rien de normal nous nous sommes retrouvés tous les trois à l'intérieur de la pyramide pendant que l'entrée se refermait. Et selon vous, elle ne se rouvrira pas de sitôt.

Guy Lalande fit une grimace dédaigneuse, comme pour dire « Et alors ? » et Fabricio intervint :

— Oui, Guy. J'y ai moi aussi pensé et cela m'a donné la chair de poule. Nous sommes trois, comme les dieux. Nous n'aurions pu être plus ni moins. Il semble même que nous soyons élus par chacun d'eux. Sans le rêve de Nicole, nous serions encore là-haut à attendre que les dalles bougent pour ressortir.

— Et sans le vôtre, Augusto, nous n'aurions su que faire de ce fleuve, à supposer que nous ayons d'abord actionné le mécanisme. Et vous, Guy, avez-vous rêvé ?... Avez-vous rêvé de Hun Cimil ?

Nicole avait prononcé le nom du dieu avec crainte. Guy balaya la question d'un geste du bras.

— Tout cela est très intéressant et nous pourrions en discuter des heures, mais je suggère que nous remettions cette conversation à plus tard. L'important maintenant est d'aller chercher le masque.

— A condition que nous le trouvions. Mais avant de poursuivre, je voudrais avoir l'assurance que nous resterons unis. Jusqu'ici, nous avons travaillé en équipe et nous devons continuer dans cette voie.

Le regard de Nicole et celui de Fabricio convergèrent vers l'archéologue français, qui fit un nouveau geste ambigu.

— Tout cela est un peu mélodramatique, Nicole, vous ne croyez pas ? Depuis que nous avons quitté Paris, nous avons tout fait ensemble et je ne vois pas pourquoi cela changerait !

Sur ces mots, Guy Lalande s'engagea dans le tunnel, la lampe à bout de bras pour éclairer son chemin.

Nicole fut sur le point de faire remarquer au Guatémaltèque que depuis quelques jours son compatriote faisait cavalier seul, mais elle se tut et tous deux s'engagèrent derrière lui dans le boyau et disparurent dans les ténèbres.

Il était là. Encore lointain, mais on ne pouvait plus en douter. Le passage avait débouché sur une salle semblable à celle qu'ils venaient de quitter. Au centre, tel le naos d'un temple sacré, se trouvait le masque. Bien que nimbé d'une légère vapeur, il resplendissait comme un phare, attirant les regards de son éclat vert. Le support de pierre sur lequel il reposait rappela à Nicole le petit oratoire où avait commencé son aventure. Au premier regard qu'elle posa sur le masque, elle sentit qu'il lui fallait absolument s'en emparer :

rien au monde ne pouvait avoir plus d'importance. Elle eut aussi la conviction, sans même avoir à se retourner, que ses compagnons ressentaient la même chose qu'elle. Les profonds trous noirs des yeux et de la bouche donnaient à ce trésor un air macabre, sans rien enlever au pouvoir qu'il exerçait sur Nicole. Elle n'était disposée à le partager avec personne.

Guy Lalande fut le premier à courir vers le masque. Augusto Fabricio et Nicole s'élancèrent sur ses pas, mais il avait pris de l'avance. Presque aussitôt, Lalande s'arrêta, regardant le sol, puis sur les côtés, comme pour chercher une échappatoire. Nicole comprit en arrivant à sa hauteur : un vertigineux précipice aux parois lisses s'ouvrait au milieu de la pièce, rendant toute avancée impossible.

Nicole croisa le regard de son compatriote : c'était celui d'un dangereux prédateur. Elle eut la lucidité de se dire que le sien ne devait pas être loin d'exprimer la même cruauté.

— C'est une vraie folie ! Je suppose que le masque vous attire autant que moi, mais nous ne devons en aucun cas faire n'importe quoi...

La voix d'Augusto Fabricio parvint jusqu'à eux comme en provenance d'une autre dimension. Nicole n'en croyait pas ses oreilles. Comment cet homme pouvait-il parler de folie alors qu'on lui donnait la chance d'être un dieu ? Alors qu'à quelques mètres de lui se trouvait l'objet qui lui conférerait un pouvoir à ce jour inégalé ? Elle le savait, elle n'aurait pu expliquer pourquoi, mais en avait la certitude : celui qui s'emparerait du masque aurait le monde entre ses mains.

Augusto continuait à leur parler :

— Je vous demande de nous diriger ensemble vers ce masque et je vous demande de reconnaître que sa découverte a été réalisée par une équipe. Même s'il nous subjugue, nous ne devons pas prétendre en faire notre propriété...

Guy Lalande ricana avant de répondre :

— Pour l'instant, il n'est la propriété de personne. A moins que nous ne trouvions un moyen d'arriver jusqu'à lui. Une idée ?

Nicole comprit que ce petit homme à grande moustache avait raison et qu'elle s'était laissé gagner par l'avidité qu'elle condamnait chez son collègue français. Elle fit un signe affectueux au Guatémaltèque.

— Pour ma part, je me range à votre avis, Augusto.

Elle alluma sa lampe de poche et promena le faisceau autour d'elle. L'abîme s'ouvrait devant eux. On en devinait le fond, mais y descendre aurait été bien inutile, car la paroi opposée ne présentait pas la moindre aspérité. Seul un pont ou un équipement complet d'escalade leur permettrait d'atteindre l'autre côté. Augusto Fabricio interrompit ses réflexions.

— Ici, sur le sol, la dalle est gravée à l'effigie de Chan K'uh !

Effectivement, au centre de la dalle de pierre, l'image du dieu les contemplait.

— Si Chan K'uh est ici, les autres ne doivent pas être loin... murmura Nicole.

36

Naranjo

– an 628 de notre ère –

K'an II resplendissait dans ses atours royaux. Sa haute stature ajoutait encore à la magnificence qui émanait de toute sa personne. Il portait un poncho tissé de plumes multicolores et sur la tête le tricorne royal du dieu Hu'unal.

Le trône, installé pour l'occasion sur la vaste estrade érigée dans la citadelle de Naranjo, faisait face à la grande place où, quelque temps plus tôt, les troupes de Naranjo avaient déposé les armes devant Caracol.

Sur la place et dans les rues adjacentes, la foule se pressait pour assister à la cérémonie publique. Le monarque y révélerait ses intentions pour la cité conquise et peut-être le nom du successeur de Grand Scorpion, le roi déchu. Bien sûr, pour la majorité des citoyens de Naranjo, étrangers aux intrigues de palais, ce nom ne ferait que satisfaire une curiosité naturelle, mais ils espéraient qu'il serait aussi garant de la paix qu'ils souhaitaient tous.

Conscient de cette attente, K'an II avait entendu et soupesé toutes les opinions. Tikal et Calakmul avaient fait pression, chacune à sa manière, et le roi savait qu'il ne serait pas facile de contenter les deux grandes puissances. Caracol était l'alliée de Calakmul, mais Tikal était plus proche et savait faire sentir son importance. En outre, la mort de Crâne d'Animal, le vieux roi de Tikal, et la montée sur le trône de son fils aîné, Grand Cerf, compliquait la situation. K'an II n'aurait su dire ce que présageait ce changement : certes, le nouveau monarque était le frère de Fleur et leurs relations étaient excellentes, Balam le lui avait confirmé. Mais la raison d'Etat peut parfois prendre le pas sur les sentiments, quelle que soit leur force.

D'une voix puissante et sous les murmures d'approbation, K'an II avait prononcé des paroles de paix et d'entente :

« La colère de Caracol ne s'est pas élevée contre la cité qui m'accueille aujourd'hui, mais contre Grand Scorpion, le roi félon qui a tenté une fois de plus de s'emparer de ce qui ne lui appartenait pas en semant la mort et le mensonge. Mais cette fois les dieux ne l'ont pas permis et Grand Scorpion devra payer. »

Il avait ensuite ajouté que le nouveau roi de Naranjo devrait garantir la paix à laquelle ils aspiraient tous, et conclu en adressant un message on ne peut plus clair à Tikal et à Calakmul :

« Le roi ne sera redevable à personne et n'aura d'autre souci que le bien-être de cette cité. »

Sur l'estrade, légèrement au-dessous du trône surélevé, se trouvaient tous ceux qui jouaient un rôle dans le gouvernement de la métropole. Certains avaient fidèlement servi Grand Scorpion, ce qu'ils niaient aujourd'hui à grand renfort de serments ; d'autres étaient simplement de hauts fonctionnaires. Les prêtres des différents cultes étaient aussi représentés ; ceux de Tlaloc, désireux ne pas attirer l'attention, s'étaient assis aux derniers rangs.

A l'avant venaient les deux chefs militaires en tenue de gala : les champions des ordres guerriers imposaient le respect par leur seule présence. Ulil était demeuré dans la ville après sa conquête, garant d'une paix qui ne s'était pas vue menacée depuis. Quant à Coz, il avait assumé la défaite de ses troupes et fait une reddition honorable. Les deux hommes avaient tissé des liens d'amitié, et les habitants de Naranjo s'étaient accoutumés à les voir ensemble.

Chauve-Souris Blanche et Balam se trouvaient auprès d'eux. Le jeune homme tentait de prêter attention à la cérémonie, mais son esprit était bien loin. Depuis son retour à Caracol, il s'était replié sur lui-même, doublement peiné par l'absence de Fleur et la disparition de Héron Bleu. Chauve-Souris Blanche avait dû insister pour l'arracher à ses sombres pensées et le faire venir avec la délégation.

Il n'avait eu aucune nouvelle de Fleur depuis qu'ils s'étaient croisés dans les couloirs du palais de Tikal. Il comprenait que ses devoirs de princesse royale et la mort de son père la contraignent à demeurer dans la cité, mais il ne pouvait s'empêcher de craindre que cette séparation ne devienne définitive.

Quant à Héron Bleu, il ne s'habituerait jamais à son absence. Chaque fois qu'il l'évoquait, il ressentait une profonde douleur, mêlée d'un sentiment de nostalgie à la douceur amère. Il tentait de se la représenter dans le royaume des dieux, qui, eux, avaient le privilège de la voir sourire. Il voulait croire à ce que lui avait affirmé Chauve-Souris Blanche : là-haut, elle se languissait d'eux tous.

Balam embrassa du regard la place noire de monde, théâtre de sa première action militaire. Quand il cherchait à se remémorer son avancée derrière Ulil, le souvenir était flou et cotonneux, comme étranger à lui-même. A la fin de la courte bataille, il avait compris que la valeur résidait dans la détermination que l'on mettait à accomplir ce que l'on s'était proposé de faire, mais il n'avait pas eu l'impression de participer personnellement à l'action.

Après avoir annoncé que l'Homme de la Vara Alta allait prendre la parole, le chambellan vint à leur rencontre. On devinait son âge à ses cheveux blancs et à la lenteur de sa démarche, mais sa voix était restée forte. L'officier royal regarda Chauve-Souris Blanche, puis Balam. Il finit par s'arrêter à leur hauteur, comme frappé de stupeur. Remarquant qu'il ne regardait pas son visage, mais le haut de ses jambes, Balam y jeta lui-même un coup d'œil et comprit ce qui avait éveillé sa curiosité. La courte tunique blanche bordée de rouge que portait le jeune homme découvrait sur sa cuisse le tatouage qui avait grandi avec lui : un soleil rayonnant et un quartier de lune décroissant.

— Me permets-tu, monseigneur, de te demander à quel moment ce tatouage a été réalisé ?

La voix du chambellan semblait plus fluette et Balam crut y déceler une intonation respectueuse.

— Tu peux le demander, mais j'ai peur que ma réponse ne te déçoive. Je le portais déjà lorsque mon père m'a recueilli dans la forêt encore enfant.

Il avait désigné Chauve-Souris Blanche en prononçant ces mots. L'homme s'inclina respectueusement devant le chaman.

— Ce qui signifie que le *halah winik* t'a adopté et que tu ignores qui sont tes parents naturels ?

Balam acquiesça sèchement. Il ne comprenait pas pourquoi cet homme s'intéressait tellement à sa personne. Chauve-Souris Blanche suivait la conversation avec intérêt.

— Je te présente toutes mes excuses, monseigneur, mais tes réponses sont cruciales pour moi et pour la ville de Naranjo. Et probablement aussi pour toi... Permets-moi donc encore de te demander ton âge.

Ce fut Chauve-Souris Blanche qui lui donna la réponse.

— Lorsque nous l'avons trouvé dans la forêt auprès des corps sans vie de ses parents, il ne devait pas avoir plus de deux ans. Dix-huit années ont passé depuis.

Le regard de l'homme revint alors vers Balam et on aurait cru qu'il voyait un fantôme. Puis, à la grande stupéfaction du jeune homme, il s'agenouilla devant lui et lui prit la main.

— Ce n'étaient pas tes parents, seigneur, mais les fidèles serviteurs du roi Aj Wosal et de son épouse, la reine Rouge Fleur. Les souverains t'ont fait quitter la ville quand Grand Scorpion était aux portes du palais avec ses guerriers. Je me trouvais ici quand cela s'est passé, et aussi, peu de temps auparavant, quand on t'a fait ce tatouage.

L'Homme de la Vara Alta avait commencé son allocution, mais il interrompit son discours lorsqu'il remarqua la scène qui se jouait à quelques mètres de lui. Le chambellan était agenouillé aux pieds d'un jeune homme qu'il reconnaissait : le jour de l'entrée des troupes de Caracol dans la cité, c'était lui qui l'avait questionné avec anxiété sur le sort de la princesse de Tikal. Quant au *halach winik* de Caracol, il le connaissait depuis longtemps et éprouvait pour lui un profond respect.

A présent, le chambellan faisait un signe impérieux à l'Homme de la Vara Alta pour qu'il s'approche d'eux. Les spectateurs les plus proches virent le manège et un murmure ne tarda pas à s'élever dans la foule.

L'Homme de la Vara Alta s'excusa en adressant une révérence au roi K'an II et s'approcha de l'officier royal, qui lui murmura quelque chose à l'oreille. Son regard se tourna ensuite vers Balam, qu'il détailla des pieds à la tête, quoique avec le plus grand respect et la mine stupéfaite de qui observerait un revenant. Quand il reprit la parole, le silence était revenu sur la grande place :

— Peuple de Naranjo, les dieux nous font savoir leurs désirs de bien des manières. Aujourd'hui, ils nous parlent haut et fort. Voilà dix-huit ans, Grand Scorpion a pris la place d'Aj Wosal pour devenir notre roi, mais, désormais, les dieux veulent qu'une autre personne ceigne la couronne de Hu'unal pour présider à nos destinées en leur nom. Le roi K'an II, dans sa grande sagesse, nous dit qu'il faut les écouter et leur obéir. Or leur volonté vient de s'exprimer si clairement que nous ne pouvons en douter. Le fils unique du roi Aj Wosal et de la reine Rouge Fleur, a disparu il y a dix-huit ans et que nous croyions mort, réapparaît précisément aujourd'hui pour venir servir les dieux qui nous dirigent. Nous avons un nouveau roi ! La lignée d'Aj Wosal est vivante ! Rendons hommage à notre roi Balam Kimil !

Les derniers mots furent étouffés par la clameur. Tandis que l'Homme de la Vara Alta désignait Balam, des hourras s'élevèrent sur toute la grande place.

Le soir tombait et Balam était toujours plongé dans une immense stupeur. Il n'était conscient que d'une chose : Chauve-Souris Blanche ne l'avait pas quitté un seul instant et il lui en serait éternellement reconnaissant. Le chaman avait immédiatement compris dans quel état d'esprit se trouvait son fils adoptif et il lui avait servi de bouclier, s'interposant entre lui et ses interlocuteurs.

Les habitants de la cité n'avaient pas tous connu Aj Wosal, mais ils savaient comment il avait perdu son trône et péri entre les mains de Grand Scorpion. L'histoire du prince âgé de deux ans que l'on n'avait jamais retrouvé était tombée dans l'oubli, et resurgissait aujourd'hui avec force. Nul ne doutait de l'intervention divine et le peuple reconnaissait déjà son nouveau roi comme un envoyé des dieux.

On avait conduit Balam dans l'une des salles du palais. Il y avait reçu la visite du roi K'an II et des principaux dignitaires de Naranjo, avait parlé avec chacun, mais sans être bien conscient de ce qu'il faisait.

L'Homme de la Vara Alta et le chambellan s'étaient relayés pour lui conter sa fuite dans les bras des serviteurs de son père. Ils étaient mari et femme, et elle était la fidèle demoiselle d'honneur de Rouge Fleur. Un passage secret, que le couple royal avait renoncé à emprunter lui-même, leur avait permis d'atteindre la forêt à l'abri des regards. Le tatouage de la lune et du soleil entrelacés, réalisé peu avant cette fatidique journée, avait été une idée de Rouge Fleur, qui désirait placer son enfant sous la protection des dieux du jour et de la nuit.

Quand ils se retrouvèrent seuls, Balam se confia à Chauve-Souris Blanche :

— Je ne veux pas être roi, père. Tu me connais bien et tu dois le savoir. Je n'ai pas été élevé pour cette fonction et il ne me plaît pas de décider pour les autres. Je sais maintenant qui furent mes parents, mais je n'ai aucun souvenir d'eux et la seule ville que je considère comme mienne est Caracol.

— Il est vrai que je te connais bien, Balam. Voilà de nombreuses années que nous vivons ensemble, jour après jour, et je t'ai vu grandir. J'ai suivi chacun de tes pas comme si tu avais été mon propre fils et j'ai eu envers toi la même sévérité. Et c'est pourquoi je sais que tu ne t'es jamais dérobé, aussi difficile qu'ait pu être la tâche que l'on t'avait confiée. Je sais que tu n'as jamais abandonné en route ce que tu avais entrepris.

Chauve-Souris Blanche posa ses mains sur les épaules de Balam.

— Tout ce qui s'est produit ces derniers jours est tellement extraordinaire qu'il est difficile de l'expliquer. Seuls les dieux peuvent le comprendre. Et leur désir, si tu y réfléchis calmement, semble clair. Tu dois devenir le nouveau souverain de Naranjo, mon fils.

Une expression amusée et joyeuse passa dans les yeux du chaman.

— Rassure-toi, je connais quelqu'un qui te facilitera grandement la tâche...

37

Pyramide de Caana, Caracol

– an 2001 de notre ère –

Après qu'Augusto Fabricio eut trouvé l'effigie de Chan K'uh, il ne fut pas difficile de dénicher les deux autres. Les dalles ornées de hiéroglyphes se trouvaient en bordure de la fosse qui séparait l'espace en deux. Elles étaient situées à plusieurs mètres de distance l'une de l'autre. Chan K'uh à gauche, Kab K'uh au centre et Hun Cimil à droite. Ils ne doutèrent pas un instant que ces dalles actionneraient un nouveau mécanisme qui leur permettrait de traverser.

Nicole dut faire de gros efforts pour se concentrer sur ce qu'elle faisait car l'objet qui ne se trouvait qu'à une vingtaine de mètres d'elle exerçait un pouvoir d'attraction quasi irrésistible. Elle pensa qu'Ulysse avait dû éprouver la même chose en entendant le chant des sirènes. Elle avait la sensation qu'une chape s'était abattue sur elle, lui ôtant toute volonté propre. Un ronflement assourdi emplissait ses oreilles. Elle sentait ses mains et son visage brûler de fièvre et sa respiration lui paraissait extrêmement rapide. Elle ne parvenait pas à détacher les yeux des fulgurances vertes.

Avec ses mouvements d'automate et son regard de dément, Guy Lalande semblait lui aussi hors de lui. Comme si elle était actionnée par un ressort, sa tête ne cessait de faire le va-et-vient entre le sol et le masque de jade. Seul l'archéologue guatémaltèque conservait son sang-froid, ne jetant que des coups d'œil intermittents au masque.

Cependant, affecté lui aussi par cette hypnotique attraction, il parla d'une voix tremblante :

— Je suppose que chacun d'entre nous doit se placer sur une dalle. J'ignore quel sera le résultat final, mais si nous parvenons à atteindre le masque, nous devons nous souvenir que nous sommes arrivés ensemble jusqu'ici. Son influence est... trop forte.

Comme en réponse, le masque émit un éclat plus puissant, attirant le regard des trois archéologues. Nicole sentit de nouveau la pulsion irrésistible de la possession et ses deux compagnons lui apparurent soudain comme des ennemis. Des ennemis à abattre. Un échange de regards lourds de haine et de mépris lui apprit qu'ils ressentaient la même chose.

Au début, il ne se passa rien. Puis la dalle commença à s'enfoncer dans le sol et ils entendirent le bruit désormais familier de la pierre frottant contre la pierre. Prise de frénésie, Nicole cherchait à comprendre ce qui se passait, mais la lumière tremblotante ne facilitait pas les choses. Puis elle distingua, face à l'emplacement où se trouvait Guy Lalande, un bloc de pierre fait de fragments irréguliers et mesurant moins d'un mètre de largeur, qui, s'élevant du fond de la fosse, allait constituer une sorte de pont au-dessus de l'abîme. Nicole scruta l'obscurité devant elle, espérant voir la même chose, mais rien n'apparaissait. Rien non plus face au Guatémaltèque.

Lorsqu'elle comprit que Guy Lalande était favorisé, un cri rauque s'échappa de sa gorge. Quelques mètres seulement la séparaient de son collègue et elle doutait fort qu'il l'attende.

Elle retira ses pieds de la dalle pour arrêter le mécanisme, mais il était trop tard. Guy Lalande avait bondi sur la passerelle de pierre qui se trouvait encore à près d'un mètre au-dessous du niveau du sol. Il faillit perdre l'équilibre, mais se rattrapa et se mit à courir.

Nicole laissa retomber ses bras le long de son corps. Le masque ne serait jamais à elle. Guy Lalande ne se retourna pas. Il avait laissé sa lampe sur le sol, mais la lumière qui se dégageait du masque éclairait sa progression. A quelques mètres du piédestal sur lequel il reposait, l'archéologue ralentit l'allure ; il avançait maintenant à pas feutrés, avec révérence, comme s'il craignait d'être rejeté. Nicole le vit baisser la tête et tendre les bras...

Le masque sembla regarder l'homme qui venait à sa rencontre. Un faisceau lumineux sortit de ses orbites vides, enveloppant d'une lumière blanchâtre le corps de Guy Lalande. Après un instant d'hésitation, celui-ci referma ses mains sur le masque, qu'il souleva sans effort. Il était à peine un peu plus grand qu'un visage humain et il était creux.

L'archéologue français observa le masque un moment puis il se retourna vers ses collègues et, avançant de quelques pas, brandit son trophée au-dessus de sa tête.

— Le dieu est aussi venu me voir, mais il ne m'a pas raconté de balivernes. Son message était clair : « Je suis Hun Cimil et celui qui sera avec moi s'emparera du masque ! »

Une fois ces paroles prononcées, Guy Lalande se désintéressa de ses compagnons pour contempler le masque. Le rapprochant de son visage, il murmura :

— C'est merveilleux. C'est le pouvoir absolu, comme être un dieu... Oui, être un dieu... Je suis un dieu !

Nicole sentit la saveur amère de la défaite et l'envie la prit de traverser la passerelle pour arracher le masque à son compatriote. Elle aurait tout donné pour s'en emparer. C'est alors qu'elle remarqua que les blocs de pierre s'étaient remis en place, l'autre côté de la fosse devenant de nouveau inaccessible.

Observant de nouveau Guy Lalande, elle eut l'impression que l'homme et le masque qu'il tenait tout contre lui s'agitaient à la même cadence, comme habités d'une force surnaturelle. Mais le mouvement la fit elle aussi vaciller et elle comprit que le sol de la grotte tremblait sous leurs pieds.

Le mouvement s'intensifia et une rumeur sourde se mit à enfler, venant de tous les points à la fois. Une main la tira en arrière, lui rappelant la présence d'Augusto Fabricio qui, à présent, criait :

— Courez, Nicole, courez ! C'est un tremblement de terre !

Le regard toujours rivé sur Guy et sur le masque, la jeune femme se laissa entraîner tandis que des morceaux de roche commençaient à se détacher du plafond de la grotte.

Il étaient parvenus à l'entrée du passage qui conduisait à la caverne et Nicole se retourna. Elle poussa un cri, tendant une main impuissante vers l'objet perdu. De gros blocs obstruaient maintenant le fond de la caverne, là où Guy Lalande était tombé. Il n'avait rien fait pour se protéger. Les yeux vides du masque restaient fixés sur son corps sans vie.

Augusto Fabricio, qui s'était arrêté en même temps que Nicole, la pressait maintenant de fuir. Quand ils se trouvèrent au milieu de l'étroit boyau, ils comprirent au tremblement du sol et au gigantesque grondement qu'ils entendaient derrière eux que la grotte s'était entièrement écroulée.

Nicole recherchait fiévreusement le lit du fleuve qu'ils avaient suivi, mais aucune trace d'humidité n'apparaissait dans le faisceau de sa lampe. Autour d'eux, le tremblement de terre continuait, projetant çà et là des morceaux de roc.

— Il faut courir, Nicole. Fuyons, le plus vite possible...

Alors, lancés dans une course folle, ils se précipitèrent vers l'issue qu'ils distinguaient vaguement en face d'eux. A peine eurent-ils regagné la salle d'où partait le fleuve à présent asséché que le sol s'effondra derrière eux, obstruant définitivement le passage.

Puis le tremblement commença à décroître et le vacarme à s'estomper. Bientôt, ils sentirent que le sol se stabilisait sous leurs pas.

Ils éprouvèrent un immense soulagement à l'entrée du puits en retrouvant la corde qu'ils avaient utilisée pour descendre. Les secousses avaient totalement cessé et il n'y avait ici aucune trace du cataclysme auquel ils avaient assisté.

Ils s'arrêtèrent tous deux, épuisés. Nicole réalisa alors qu'ils venaient de frôler la mort et que Guy Lalande n'avait pas eu la même chance qu'eux. Augusto Fabricio remarqua sa pâleur et lui pinça gentiment la joue.

— Encore un petit effort, Nicole. Il ne faut penser à rien, maintenant.

Elle ressentit une bouffée de tendresse pour ce petit homme moustachu et son expression affable, qui se souciait d'elle et cherchait à lui redonner courage.

— Augusto... Guy, il...

— Oui, je sais. Ne pensez qu'à une chose : quand la grotte s'est effondrée, il se prenait pour un dieu. J'imagine que nous aimerions tous ressentir cela au moment de mourir ! Et, à propos...

— Oui ?

— Ce n'est qu'une impression, mais je crois que, pour le moment, nous ne devrions pas dire aux autres que nous étions avec Guy. Personne n'était au courant. Je crois que c'est préférable...

— Pourquoi ?

— Mettons que ce soit mon intuition... féminine ! En tout cas, il sera toujours temps de le faire plus tard.

Ils remontèrent facilement du puits à l'aide de la corde. La dalle qui l'avait découvert en obstruant l'entrée de la salle où se trouvait l'autel était toujours à la même place. Il semblait logique qu'en la faisant revenir au-dessus du puits l'ouverture réapparaisse à leur retour. Nicole n'était pas rassurée, mais tout fonctionna comme prévu.

Elle faillit éclater en sanglots quand, revenue au point de départ, elle vit apparaître le visage de Jean. Ebloui par la lumière de la lampe, il mit une main en visière.

— Nicole, c'est toi ? Je ne vois rien...

Nicole s'accrocha à lui et, agenouillée sur le sol, laissa s'échapper des pleurs longtemps réprimés. Il la prit dans ses bras pour l'apaiser.

— Tout va bien, Nicole. Tu n'as rien ?

— Non, non, c'est juste que cela a été...

— Terriblement émouvant, compléta Augusto Fabricio en prenant pied à son tour.

— Nous n'avons pas compris, nous ne savions pas où vous étiez. Quand nous avons pu descendre, la pièce était entièrement vide.

— Nous vous raconterons... Tout a été tellement surprenant...

On entendit alors la voix de Julio Rivera et son visage s'encadra dans le rectangle qu'avait libéré la dalle en s'abaissant :

— Heureux de vous retrouver sains et saufs... Des nouvelles du masque ?

— Il se peut qu'il soit encore dans les entrailles de la pyramide, Julio, mais enseveli sous des tonnes de pierres. Nous avons progressé aussi loin que nous avons pu, mais tout s'est écroulé et il a été impossible de continuer. Dommage !

— Vraiment dommage... Allons, venez donc nous raconter tout cela.

Ils remontèrent par une échelle de corde dans la petite chambre de la pyramide. Aussitôt, Nicole sortit sur l'esplanade. Inspirant à grands traits, elle se laissa griser par l'air pur. Elle n'aurait jamais pensé que l'air et la lumière du jour puissent lui procurer tant de plaisir. Elle se rendit compte qu'elle tremblait de tout son corps.

Jean vint la rejoindre et l'enlaça.

— Nous avons nous aussi des nouvelles. Il s'est passé beaucoup de choses, dans l'heure qui vient de s'écouler.

Fabricio et Nicole étaient tout ouïe. Julio Rivera s'était joint à eux et Pierre se tenait un peu à l'écart, sa caméra posée par terre. Avait-il filmé son retour ? Nicole ne s'en souciait guère, à vrai dire, et était heureuse de la diversion.

— Nous avons eu la visite de la police guatémaltèque. Ils doivent d'ailleurs se trouver encore là-bas, en bas. Ils ont retrouvé un cadavre dans la forêt vierge près de Naranjo, près de notre campement. C'est celui de Jorge, le chauffeur. C'est terrible... Cela ne colle plus avec notre hypothèse : il ne peut être l'auteur de l'enlèvement.

— Les policiers n'ont pas été particulièrement aimables, c'est le moins qu'on puisse dire. Ils nous mettent non seulement en cause dans un meurtre mais dans un enlèvement. Nous leur avons appris la disparition de Guy et ils nous reprochent de la leur avoir cachée. Ils ne se sont calmés qu'en voyant le billet qui nous menaçait de mort si nous ne quittions pas le territoire maya. Mais je ne crois pas qu'ils nous laisseront partir si facilement !

Augusto Fabricio tranquillisa son collègue mexicain.

— Je leur parlerai. Je connais les policiers qui patrouillent dans le Petén et leur commandant est un ami. Ils ne peuvent nous accuser de rien : nous ne savions pas que Jorge était mort et nous n'avons aucune nouvelle de Guy, à part qu'il est venu par ici avant nous. Nous n'avons pas à nous justifier davantage.

Julio Rivera sembla parler tout seul :

— Je n'arrive pas à comprendre qui a bien pu enlever notre ami... Et comment les ravisseurs ont su qu'il était prêt à venir ici, à Caana.

38

Naranjo

– an 629 de notre ère –

La nostalgie envahit le cœur de Chauve-Souris Blanche à la vue du cortège qui avançait sur la grande avenue pour rejoindre la place.

Il se revit enfant, portant des vêtements aux chatoyantes couleurs de fête, au pied du palanquin qui conduisait à Naranjo la belle Regard de Jade, princesse de Calakmul, pour y célébrer ses noces avec le roi Yajaw Te K'inich. Il n'avait alors que neuf ans.

La scène se répétait, mais le palanquin richement décoré conduisait cette fois la belle Fleur vers son futur époux, le jeune roi Balam Kimil. La beauté de la jeune femme d'aujourd'hui n'avait rien à envier à celle de son ancêtre, et Chauve-Souris Blanche ressentit pour les deux femmes une profonde tendresse.

Jamais cité maya n'avait été plus belle. Chaque habitant avait tenu à apporter sa collaboration à la splendeur de cette journée qui devait rester mémorable. Il y avait bien longtemps que la population n'avait pas eu une telle confiance dans l'avenir : les dieux lui avaient rendu un roi qu'elle croyait perdu et ce jeune monarque avait déjà montré qu'il savait agir pour le bien de son peuple.

Ils se réjouissaient aussi de leur sort car le chemin de la paix se dessinait devant eux après de nombreuses années de guerre, de tensions et de luttes pour le pouvoir. L'union entre leur souverain et la princesse de Tikal ouvrait des perspectives impensables quelques mois plus tôt : Naranjo et Caracol étaient devenues des cités amies et même les relations entre Tikal et Calakmul s'étaient apaisées depuis l'annonce de ce mariage. Il semblait vraiment que les dieux se soient pour une fois mis d'accord pour se montrer bienveillants envers les peuples mayas.

Grand Cerf, devenu roi de Tikal après la mort de son père, était venu assister aux noces de sa sœur et de Balam Kimil. Il était à Naranjo depuis deux jours et en avait profité pour nouer des relations diplomatiques. A présent, il était assis auprès de K'an II, roi de Caracol, et les deux souverains devisaient aimablement en attendant le cortège, composant un bien agréable tableau.

Grand Scorpion, le roi destitué de Naranjo, avait été remis à Calakmul et placé sous sa surveillance. Grand Cerf s'était rangé à ce jugement de Salomon malgré les fortes pressions exercées par les émissaires de K'an II, qui auraient voulu le ramener à Caracol pour l'exécuter. Calakmul le retenait prisonnier, le maintenant à l'écart de la ville où il avait régné et sans le moindre espoir de retrouver un jour le pouvoir.

La grande place et les avenues adjacentes étaient si bondées que les soldats arrivaient à peine à garder un passage pour le palanquin de Fleur. On avait défriché une grande surface de forêt pour accueillir le campement de la nombreuse délégation de Caracol et, depuis deux jours, ces visiteurs avaient fraternisé avec les habitants de Naranjo au cours des diverses festivités prévues à l'occasion des noces royales.

Au pied de l'acropole, Balam vint aider sa promise à descendre de son palanquin. La future reine était entièrement vêtue de blanc, comme Regard de Jade bien des années plus tôt, mais la jeune fille avait piqué dans ses cheveux une multitude de fleurs colorées. Elle était resplendissante.

Le couple commença à monter vers la plate-forme médiane de l'acropole, où devait être célébré le mariage. Les vivats s'élevaient sur son passage à mesure qu'il devenait visible à tous.

C'est à Chauve-Souris Blanche que reviendrait l'honneur de les déclarer mari et femme, selon l'ancien rite maya. Bien que le *halach winik* fût originaire d'une autre cité, nul ne contesta son rôle. Ou n'osa le contester.

Pour que sa haute stature n'éclipse pas celle des promis, le chaman portait une tunique de couleur neutre. Pourtant, malgré son souci de discrétion, sa silhouette impressionnante se détachait parfaitement contre le ciel, à mi-hauteur de l'acropole.

A mesure que le couple gravissait les marches pour se rapprocher de Chauve-Souris Blanche sous la pluie de pétales que projetait une haie de fillettes, les acclamations de la foule s'amplifiaient. Le *halach winik* eut le sentiment qu'il ne se trouvait pas seul sur la plate-forme, mais ne vit personne derrière lui. Pourtant, ce sentiment grandissait.

Puis il entendit leurs voix, ou les imagina… Regard de Jade et Héron Bleu avaient souhaité participer à la cérémonie et se trouvaient là, avec lui, tandis que Balam et Fleur avançaient.

Il eut aussi le pressentiment que la vie touchait à sa fin pour lui dans ce monde, mais n'en eut cure. Celui qui avait été son fils adoptif pendant tant d'années et la princesse Fleur étaient déjà près de lui.

Chauve-Souris Blanche, les bras tendus, se prépara à les recevoir.

39

Vol Mexico-Paris

– an 2001 de notre ère –

Nicole considéra d'un air dépité l'écran qui indiquait la position de l'appareil et il lui sembla qu'il ne s'était pas déplacé du tout. Elle n'avait jamais pu dormir en avion. Au mieux, elle tombait dans une vague somnolence qui finissait par lui donner des maux de tête.

— Il vaut toujours mieux arriver que repartir, maugréa-t-elle tandis que Jean tâchait de se concentrer sur le livre qu'il avait acheté à l'aéroport.

Pierre et Stan s'étaient installés deux rangées plus loin et ils étaient tout à fait à l'aise. « C'est le métier qui veut ça », avait dit Pierre pour expliquer qu'il pouvait dormir n'importe où.

Celui qui ne voyageait pas et ne le ferait plus jamais, c'était Guy Lalande. La jeune femme avait la gorge serrée en pensant à l'archéologue et aux événements qui avaient précipité sa fin tragique. Le savoir mort mais ne pouvoir en parler à personne et avoir l'air intéressée quand on évoquait son cas n'était pas chose facile. En dehors d'Augusto Fabricio et elle, seul Jean était au courant. Mais qui sait si le Guatémaltèque ne ressentirait pas lui aussi le besoin de partager son secret ?

Elle avait dit toute la vérité à Jean la nuit même où ils avaient échappé à cette épouvantable catastrophe. Elle ne pouvait s'empêcher de penser qu'elle aurait pu être la première à s'emparer du masque et à essuyer la fureur des dieux. L'image de son compatriote absorbé dans la contemplation du masque tandis que le plafond de la grotte s'abattait sur lui la hantait. Elle était sûre que Guy Lalande ne s'était même pas rendu compte de ce qui lui arrivait.

Cet après-midi-là, en descendant de la pyramide de Caana à Caracol, ils avaient dû répondre aux questions des policiers guatémaltèques. Tous les membres de l'expédition avaient déclaré ne pas avoir la moindre idée de ce qui était arrivé à leur collègue disparu.

Il apparut que le sang retrouvé dans la clairière n'était pas celui de Guy, mais bien celui de Jorge. La mise en scène de l'enlèvement était une idée surgie du cerveau malade de l'archéologue français. A son retour du grand escalier de Naranjo en pleine nuit, il avait effectivement dû entendre Jorge informer quelqu'un des progrès de la recherche – on ne saurait jamais s'il s'agissait ou non de Florencio Sánchez. Lalande portait toujours sur lui la machette qui lui servait à débroussailler. Il avait dû se battre avec le chauffeur et le tuer. Le reste avait montré jusqu'où pouvait le conduire sa démence ou, en tout cas, son extrême froideur : il avait inventé son propre enlèvement et s'était aussitôt rendu à Caracol pour s'approprier le masque.

Mais les dieux ne l'ont pas permis, pensa Nicole en observant l'avion sur l'écran.

Sa formation scientifique lui interdisait de croire aux interventions surnaturelles : elle ne pouvait donc pas se figurer trois dieux mayas jouant à cacher un masque de jade. Il était pourtant impossible d'expliquer rationnellement tout ce qui s'était produit et la logique ne répondait pas à toutes les interrogations. L'exceptionnel état de conservation des inscriptions qui les avaient conduits au palais du ciel et les mécanismes sophistiqués qui leur avaient ouvert les murs de la grande pyramide restaient mystérieux.

Mais, surtout, il n'y avait aucune explication aux rêves qui les avaient mis en présence des dieux, chacun élisant son représentant parmi les humains. Car Nicole était persuadée que Guy Lalande en avait lui aussi fait l'expérience, comme il l'avait évoqué avant de mourir. Hun Cimil, dieu de l'inframonde, lui avait d'ailleurs confié le secret qui lui avait permis d'accéder le premier au masque. Sans ces rêves, ils n'auraient jamais pu atteindre la grotte.

Ou bien tout cela n'avait-il été qu'une accumulation d'incroyables coïncidences ?

« Le temps du masque n'est pas réglé par vous, les humains. »

Nicole s'interrogeait sur la signification de la phrase de Chan K'uh, qui lui était revenue en mémoire. Augusto Fabricio avait lui aussi évoqué les mots de Kab K'uh : « Le temps du masque est fixé et on ne peut le modifier... » Quant à Guy, Hun Cimil avait dû aussi lui communiquer quelque chose à ce sujet, même s'il ne leur en avait pas parlé.

La seule mention au temps était celle qu'ils avaient trouvée dans l'oratoire, au début de leur aventure. Elle indiquait que le masque resterait caché pendant près de deux millions de jours, le point de départ étant le moment de la création de notre monde pour les Mayas.

« L'équivalent de cinq mille cent quatorze années et quelques mois »... Ensuite, le compte était simple : le commencement de notre monde étant fixé en août 3114 avant notre ère, le « cadeau des dieux » aurait donc été à la portée des hommes à la fin de l'an 2000 !

« Justement à la fin de l'année dernière, avait alors commenté Julio Rivera. Cela coïncide exactement avec la fin de notre deuxième millénaire. »

Nicole sursauta. Jean dut s'en apercevoir car il leva le nez de son livre.

— C'est peut-être une bêtise, mais voyons si j'arrive à le formuler comme il faut... Redis-le-moi, Jean, l'an zéro n'existe pas, n'est-ce pas ?

— Non. On a parlé de ça longuement au moment du passage du millénaire. C'est comme si tu comptais des poires. Il ne te viendrait pas à l'esprit de compter en partant de zéro pour la première !

— Donc, à l'an un avant notre ère a succédé l'an un de notre ère, c'est bien ça ?

— Oui, mais...

— Alors, par exemple, de mars de l'an cinq avant notre ère à, mettons, mars de l'an trois de notre ère, il se serait donc écoulé cinq plus trois, donc huit ans...

Jean ne voyait toujours pas où elle voulait en venir.

— Eh bien, non, mon cher monsieur. Il ne s'est écoulé que sept ans, de la même manière qu'entre moins un et un il ne s'est écoulé qu'une année et pas deux !

L'architecte ferma son livre et compta sur ses doigts, puis se recomposa une attitude plus sérieuse.

— Tu as tout à fait raison, je n'y avais pas pensé. Et donc ?

— Donc cinq mille cent quatorze années comptées à partir de 3114 avant notre ère nous amènent à la fin de l'année 2001 et pas 2000.

Jean finit par comprendre.

— Le temps du masque ! Tu veux dire...

— Que le temps du masque n'était pas révolu, Jean !

Tous deux restèrent silencieux, imaginant ce qui aurait pu se produire s'ils avaient attendu quelques mois. Puis Nicole secoua la tête : elle trouvait tout cela absurde.

— C'était leur dernière devinette, Jean. Nous la connaissions depuis le début et nous n'en avons pas tenu compte. Et cela ne les a pas gênés de nous faire mourir en prétextant nous donner le masque... Tu sais, Jean, je les hais, ces dieux. Je ne sais pas au fond s'ils sont intervenus ou non... mais je les hais !

POSTFACE
La civilisation maya

Nous avons tendance à idéaliser tout ce que nous connaissons mal et tout particulièrement lorsqu'une personne ou un objet disparaît prématurément. C'est ce qui s'est produit, au cours de l'Histoire, avec des personnages dont le plus grand mérite a été de mourir jeunes en laissant de grands espoirs mais de bien maigres réalisations. Inversement, on pourra admirer ou encenser quelqu'un ou quelque chose qui arriverait à sa fin de manière naturelle, mais on l'idolâtrera rarement.

Ce principe s'applique également à la civilisation maya, qui a été bien souvent mythifiée en raison de sa fin brutale au IXe siècle et du peu de connaissances dont nous disposons à son sujet.

Pour qu'une civilisation puisse rayonner, elle doit non seulement pouvoir établir des contacts avec l'extérieur mais aussi disposer de moyens de communication propres à faciliter ces contacts et d'outils capables de témoigner des progrès qui en ont résulté. Autant d'éléments qui font défaut dans un monde isolé dans la forêt tropicale, confronté à des difficultés de communication physiques et ne possédant pas un système d'écriture sophistiqué.

Mais il faut rendre à César ce qui appartient à César : les Mayas ont atteint un niveau élevé de connaissance dans un domaine concret : l'astronomie.

Leurs « Maîtres des étoiles » connaissaient parfaitement la durée de l'année solaire, les dates des solstices et des équinoxes, les orbites de planètes telles que Vénus. Ils étaient capables de prévoir les éclipses. Peut-être est-ce leur morne environnement qui leur a fait lever les yeux vers le ciel en quête d'un monde plus vaste.

En tant qu'écrivain, j'ai profité de l'existence des ambiguïtés et des lacunes qui entourent cette civilisation. Elles m'ont permis de romancer, sans abandonner pour autant le principe de fidélité historique auquel je tiens. Dans ce récit, j'ai ainsi pu livrer mes impressions personnelles – et subjectives – sur ce qu'a dû être le monde maya à un moment donné de son histoire.

Les rois et les luttes dynastiques dans les cités sont des événements historiques avérés, de même que la rivalité permanente entre Tikal et Calakmul et la propension de ces deux villes à conclure des alliances toujours remises en question avec les cités voisines. Le modèle social, les croyances, les coutumes et le panthéon qu'habitaient les capricieux dieux mayas sont aussi des éléments réels, dans la limite des connaissances dont nous disposons.

La cosmogonie maya est également respectée dans ce récit. D'après celle-ci, le monde tel que nous le connaissons ne serait pas le premier – trois autres l'auraient précédé. Il devrait s'achever une fois écoulés treize *bak'tuns* (treize périodes de cent quarante-quatre mille jours, soit un peu plus de trois cent quatre-vingt-quatorze ans). Ce qui nous conduirait au 23 décembre 2012. Espérons que les Mayas se sont trompés !

La guerre qui eut lieu au VIIe siècle entre Caracol et Naranjo a en réalité duré plus longtemps que dans ce récit. Caracol a triomphé avec le soutien de Calakmul et le roi destitué a bien fini sa vie dans les prisons de Calakmul.

Quant à la fin de cette civilisation millénaire et à l'abandon de ses cités, nous continuons et continuerons à en ignorer la cause. L'opinion cependant la plus répandue parmi les chercheurs est qu'il n'existerait pas une unique raison mais plutôt une série de motifs à ce déclin.

Les peuples mayas dépendaient avant tout de leur proche environnement et, en conséquence, des conditions climatiques. La forêt tropicale offrait certes des moyens de subsistance, mais ne pouvait plus nourrir des populations dépassant les cent mille habitants, comme ce fut le cas dans les plus grandes villes.

Le sol calcaire des basses terres centrales de la péninsule du Yucatán n'est couvert que d'une mince couche de terre fertile. Le système de brûlis pratiqué par les mayas (les *milpas*) épuisait la terre très rapidement, obligeant les communautés à se déplacer de plus en plus loin des centres urbains.

Au IXe siècle, Tikal avait réussi à prendre le dessus sur Calakmul, et sa suprématie était incontestable dans l'ensemble du monde maya. Quelques années de sécheresse ont pu provoquer la catastrophe, de même que l'autocratie du clergé et les exigences despotiques de Tikal sur un peuple affamé. On peut aisément imaginer qu'une révolte populaire ait mis fin à cette société devenue intolérable. Une telle insurrection a pu décimer la population maya. Les survivants, abandonnant les villes, ont dû se réfugier sur les côtes, dans des lieux également précaires.

La forêt vierge a absorbé en peu de temps ces monuments qui avaient coûté tant d'efforts humains. Les fières métropoles construites en pierre calcaire et dégradable ont été réduites en poussière, au point de disparaître entièrement sous la végétation.

Une civilisation est morte, laissant la place à la légende.

Cet ouvrage a été imprimé en France par

CPI
BUSSIÈRE

à Saint-Amand-Montrond (Cher)
en juin 2011

N° d'édition : 8646 – N° d'impression : 111928/1
Dépôt légal : juillet 2011